兵妈妈

骆自星◎著

中国文史出版社

目 录

引　子

人的身躯能把河流阻断吗？

1998 年的那个让人揪心而又激情迸发的夏天给出了答案：能！

那个夏天，台风、暴雨肆虐，一场洪水侵袭了大半个中国，从长江到珠江，从松花江到嫩江，大江奔涌，浊浪排空。

一声令下，一辆辆军车开动，一架架军机升空，一条条迷彩长龙出发……

哪里有管涌，哪里有裂纹，哪里就有橄榄绿的身影；哪里有危险，哪里有需要，哪里就有鲜红的军旗飘扬。

“打完针后，我还要上堤坝！”这是战士胡继成留给妻子的最后一句话。在大堤上没日没夜地苦干几十个小时后，他带着对灾区人民的满腹遗憾和对祖国军队的满腔赤诚走了，走得那么突然，连和他并肩作战的战友都没来得及告别，更不用说听听刚出生的女儿叫他一声爸爸了。

李向前，一个从特区来的富家子弟，为了圆他绿色军营的梦而放弃了几十万家财投奔军营。也正是在这次与洪水搏斗的战役中，他光荣地献出了年仅二十岁的生命。儿子倒下了，父亲上！他的父亲李德清毅然穿上儿子生前抗洪时穿的衣服来到抗洪前线，扛上了沙袋。

……

鲜血、雨水、汗水、泥泞搅拌的迷彩，令国人动容。

一位普通的“洛阳市民”眼睛湿润了。

就在人民子弟兵勇战洪魔的时候，一封落款“洛阳市民”的慰问信并两千元慰问金被送到了素有“铁军”之称的某红军师防汛指挥部。

这个红军师的数千官兵正舍生忘死奋战在湖北汉南、仙桃、洪湖地区一百二十公里的长江干堤和东荆河大堤上。

这支被誉为“铁军”的英雄部队，面对肆虐的洪魔和超越极限的艰难困苦，官兵中没人掉泪；而面对饱含军民鱼水深情的慰问信和沉甸甸的两千元钱，许多铮铮硬汉却热泪盈眶。

1998 年 8 月 23 日，“铁军”的一名干事走进洛阳晚报社，带来“铁军”致报社的一封信。“铁军”表示：感谢这位不愿留下姓名的女士及洛阳人民对子弟兵的深情厚谊，我们已将慰问信通过电报转给战斗在抗洪一线的全体官兵。请她全家以及洛阳人民放心，我们一定不辜负洛阳人民的厚望，死保大堤，圆满完成抗洪抢险任务！

“铁军”同时在信中表示：这位女士信中提到，钱是女儿的爷爷奶奶、外公外婆给即将上大学的女儿准备的，心意“铁军”将士已领，希望能通过报社查找这位女士，还是将钱用于孩子上学。

一边是饱含对“铁军”关爱的匿名市民，一边是深受鼓舞又还赠心切的“铁军”官兵，两种深情是那样交汇融通，催人泪目。

双方的来信和一则寻人启事在《洛阳晚报》隆重推出。

“洛阳市民”和她的事迹终于被“挖出”。

她就是乔文娟。一个从 1976 年起就走进绿色军营的“洛阳市民”。

同为洛阳市民的我，就这样满怀敬意地“结识”了乔文娟。

后来的一个晚上，八点半左右，我在八一路候车。

一辆末班公交车擦着人群边缘驶了过来。没等车停稳，人们便一起拥向车门。

公交车上挤满了人，一点空隙都没有。突然听到有人喊了一声“兵妈妈也上车了”，我一怔，知道他说的是乔文娟，难道她也是刚才和我们一块儿挤公交的？我在站都站不直溜的情况下第一次见到了她的真容，端庄贤淑，穿一套绿色的军装，自信而谦和地微笑着。

一位熟悉乔文娟的乘客问：“您怎么也挤公交，不自己开车啊？”

乔文娟开口之前先笑：“我哪有车啊，再说坐公交多方便啊，我早习惯了。”

“这么晚了，您是刚办完事？”

“端午节给附近部队的战士们送点粽子，他们愿意吃我包的粽子。”

熟悉乔文娟的乘客说：“送给战士们吃的粽子都是您亲手包的？买现成的煮好多方便啊！”

“那不行，我的心意可不能掺假，我亲自泡米、洗粽叶儿，每个粽子里都要包上一颗红枣或蜜枣，兵娃娃们才能体会到我对他们的情谊啊。”乔文娟依旧挂着那种如阳光般和煦的微笑。

那次巧遇后，我就萌发了采访乔文娟的强烈冲动。从此，我不停地“追踪”着她的脚步。

她开设了“家庭兵站”，曾有数百名途经洛阳的官兵在她家获得免费食宿。最多时，家中有七八名官兵食宿。

1999 年 7 月，她开通了全国第一家“战士心理咨询热线”，点燃战士们的理想之火。

2004 年 7 月，她创建了“中国拥军网”，携全国各地的成千上万名拥军会员，在网上进行拥军爱兵的宣传。

2004 年 10 月，她又成立了“中国拥军网心连心艺术团”。十七年来，逢年过节，她率“中国拥军网心连心艺术团”走进军营，上小岛、去哨卡，慰问部队官兵，和部队官兵同台演出一千多场，成为一支有特色的文艺轻骑兵。每年不定期地组织爱心企业家、书画家们走进军营泼墨作画。

她先后与上万名战士面对面谈心或电话交流，与三千多名战士进行书信交谈，帮助两千余名战士卸掉思想包袱，支持十一名战士考入军校。

她被十一个驻军营、连聘为“编外指导员”。四十五年来，她到部队做报告有两千余场。

她帮助一千多名退伍战士找到了工作，为部队干部和大龄士官牵红线搭鹊桥，已有七十对新人欢欢喜喜地走上红毯。

她在成千上万个“兵儿子”中，认下了一百八十七个特殊的“兵儿子”。他们或是孤儿，或是疾患战士，或是家有特殊困难，或是有思想疙瘩解不开，也有个别后进战士。

她细心照料二十二名身患绝症的战士，执着地去为不幸的“兵儿子”

寻找那只有十万分之一希望的配型骨髓。

她先后向部队捐赠自己创作的牡丹作品一千多幅。她画的牡丹，开放在东南西北中的各个军营，盛开在官兵的心坎上。

“你们走进军营是保卫国家、保护人民，是伟大的军人！你们远离家乡，远离父母的爱，儿在军营母挂心，自你们走入军营的那一刻，我就是你们的妈妈，我会把我所有的爱都献给你们……”

每当乔文娟在部队的讲台上鼓舞新兵安心军营时，台下雷鸣般的掌声迟迟不落；演讲结束时，“我可以叫您妈妈吗？”“我可以抱抱您吗？”战士们将乔文娟团团围住，像和自己的母亲久别重逢一样。

从“兵姐姐”到“兵嫂嫂”再到“兵妈妈”，一条拥军路，乔文娟一走就是四十五年！

四十五年，这是怎样的一种大爱？这是怎样的一种情怀？这是怎样的一种信念？

我走近她，试图挖掘那一个个大爱的故事，并触摸她沥血长城的背后……

第一章　心中的那一抹绿

迎着冬日里温和的阳光，我走进洛阳市涧西区武汉路东侧的一处街坊。

这里有幢老式建筑，走廊狭长昏暗。四楼的一户人家贴着这样一副对联：“战士之家迎来东南西北兵，小小兵站送往四方可敬人。”横批：“爱国拥军。”这就是兵妈妈乔文娟的家。

乔文娟，1955 年 12 月生于上海，2002 年 6 月入党，国家一级美术师，河南柴油机厂退休职工。

一套不足六十平方米的两居室内，堆满了各种拥军荣誉证书、奖杯等，从内到外，一摞又一摞。墙上挂满了锦旗、奖章，从上到下，一行又一行。

客厅四周墙壁的顶端，是一排她与兵儿子们的合影照。她把他们捧得高高的。她仰视着一张张笑脸，热情地介绍这些兵儿子与我“相识”。

客厅中间摆着一张餐桌兼办公桌，从桌子到凳子，一袭的迷彩。桌上的军用搪瓷口杯还冒着热气哩。

在署名“东西南北兵”敬赠的“战士之家”大匾背面，来自全国各地的上百官兵写下肺腑衷言：“自古洛阳牡丹甲天下，乔妈妈的人生瑰丽、精神芬芳，更甲洛阳牡丹花。”新华社记者蒋永武在匾额上写道：“真挚爱军，试问世间几人如许痴情；赤心报国，且看神州万众皆仰高风。”

置身兵妈妈的家，我感受到了内心的召唤，似乎血液中的一种高涨的情绪在不断地冲撞着我的心脏，仿佛能够听到那铿锵有力的撞击声。

一身没有领花肩章的迷彩军装，饱含着这位顶着“全国爱国拥军模范”“全国道德模范”“中国十大杰出母亲”等许多闪亮头衔的兵妈妈对战士、对军队、对祖国的炽热情怀。

一枚红色的中国共产党党徽在胸前闪闪发亮。“为人民服务”的长条章也在胸前微笑着。一个兵妈妈、一个共产党员平凡而伟岸的初心真实地呈现在我的面前。

打开她的衣柜，满眼绿色。

那里藏着她的军营梦。

1995 年之后的二十多年里，她一年四季身着官兵留赠的没有领花肩章的绿军装，背一只褪了色的军用布包，并随着部队季节换装而同步换装。

那没有领花肩章的绿军装，见证了她对战士、对国防从一而终的大爱真情。

绿色军营梦

在她很小的时候，妈妈抱着她站在一张巨大的中国地图前，指着那只傲然挺立的雄鸡告诉她：这就是我们的祖国！保卫我们祖国的，就是那些身穿绿军装的解放军叔叔。

随着妈妈的指引，祖国的身躯在她眼中渐渐放大。她懵懵懂懂地走在祖国的大地上，从黄浦江畔到万里长城，从首都到边陲，从大兴安岭到南沙群岛，从波涛起伏的东海到高耸入云的珠穆朗玛峰……

夜里，她做了一个绿色的梦，夜深人静，她来到了一片绿色的森林。她在森林中快乐地玩着、玩着，忽然觉得背上痒痒的，转头一看，原来背上长出了一对雪白的翅膀，翅膀的顶端长有五根长长的羽毛。她高兴得一蹦三尺高，迫不及待地想要扇动翅膀，终于，慢慢地，她飞上了蓝蓝的天空……后来看到英姿飒爽的军人，她的梦想逐渐清晰：长大穿上绿军装，守卫祖国的神圣疆土！

从那时开始，这抹亮丽的生命之绿就牢牢地印在她幼小的心灵。

她最爱看的电影是战斗故事片，邱少云、黄继光、董存瑞等英雄形象在她的脑海里根深蒂固。1963 年 3 月 5 日，毛泽东主席等党和国家领导人为雷锋同志题词，并号召全国人民“向雷锋同志学习”，那年她八岁。电影《雷锋》更给她打下了深深的烙印，两首插曲《唱支山歌给党听》《雷锋，我们的战友》的旋律常常在她心中回荡。雷锋的故事和精神，在一个少女的心中布下了爱的种子。他们都是从解放军大熔炉里走出来的英雄，她崇尚英雄、崇尚军人，梦想着有一天能走进他们的行列。

1964 年公映的《英雄儿女》，是她看的次数最多的电影。刘世龙、刘尚娴、田芳、周文、浦克等一代优秀的电影演员，用他们最真切的情感和高超的演技，讲述了两个革命家庭在朝鲜战场意外团圆的故事，塑造了英雄战士王成、文工团员王芳的英雄形象。“风烟滚滚唱英雄，四面青山侧耳听、侧耳听。晴天响雷敲金鼓，大海扬波作和声，人民战士驱虎豹，舍生忘死保和平。为什么战旗美如画，英雄的鲜血染红了它；为什么大地春常在，英雄的生命开鲜花……”凝练壮美、气势磅礴的电影主题曲《英雄赞歌》让她过耳不忘，喜爱的目光久久地停留在王芳美丽的身影上，内心深处的那一片橄榄绿情怀更加浓烈。

读中学的时候，二炮文工团来她们学校招文艺兵，她抬头、挺胸、收腹，双眼平视前方，脚跟并拢，“啪！”一个标准的军礼，迎向文工团老师赞美的眼睛。她表演的一段芭蕾舞《北风吹》，更令文工团老师眼前一亮。她自信她成功了。她满心欢喜地等待着圆梦的那一天，可是最终没有等来，后来才知道她被人顶掉了。

妈妈为了安慰她，就去上海市场青年营业部买了一丈二尺白布。那个年代，买布是要布票的，她们家姊妹多，布票根本就不够用，妈妈给她买的是三寸布票买一尺，一尺要三毛三分钱的白布。

妈妈买了白棉布，又买了一包绿染料，买回来后放进家里的大铁锅里，再加点盐，加水煮。妈妈用自己染的军绿布给她做了一身“军装”。虽然她未能当上兵，但是穿上妈妈给她做的“军装”，她也很兴奋。

初中毕业后，她穿着妈妈给她做的“军装”，戴着比她的脸还要大的大红花，背着行李，挎着书包，提着脸盆，和同学们一起走向了“广阔天地”。那年她十五岁。

插队落户的知青生活将会是什么模样？这段经历会有多久？没人告诉她，谁也不知道。连城市户口都转到了农村，她们现在的身份是什么？可以肯定的是，已经不再是城里人。

其实，那时候，她还是一个稚气未脱的孩子。繁重的农事生产，磨炼了她勤劳刻苦的品质。五年的知青岁月，她慢慢地长大了。她说，她的人生是从那里起步的，没有当年插队的艰辛和苦涩，就不会有今天的坚强和成熟；没有当年的磨炼和铸就，就不会有现在的坚韧与执着。这五年，把她锻炼成为一个不怕困苦、不畏艰险、敢于挑战、坚强有担当的人。

她们大队几个爱好文艺的知青被挑选到公社毛泽东思想文艺宣传

队。有一个舞蹈《为咱亲人补军装》，负责宣传队的公社干部老苏给她们发军装演出用。中午休息时，她偷偷地去上海市场万氏人民照相馆拍了照片。她说，第一次穿上梦寐已久的真正的军装照相，心里好激动，也好紧张呢。

绿色的军帽下，一双水晶般明亮的大眼睛，闪动着青春、热情的光芒。那年她十六岁。

军营对于她已经遥不可及，但她对军营依旧痴心不改。每天她像一名战士一样，闹钟一响，她从床上鱼跃而起，洗漱，整理床铺，把被子叠得整整齐齐。每当看到穿着国防绿的解放军，她的眼神总是被吸引过去。青春的热血在那身迷人的绿的包裹下沸腾，青春的热情也在那迷人的绿里得到了充分展现。哦，那身迷人的绿！那是她最爱的颜色，那是她梦寐以求的颜色，真想停下来给他们敬一个标准的军礼。同学们笑她，她只是微微一笑：你们又有谁真正明白我的军营梦呢！

1972 年，有亲戚退伍回来，看她喜欢军装，就把军装送给她，从那年起，她穿上了“真军装”。这一穿，竟再也难以割舍。1995 年之后，那没有领花肩章的绿军装，就成为她永远的时装。

她到上海探亲，上海的大表姐去车站接她，看到她身穿一身军装，肩背军挎包，惊讶地说：“三妹呀，你搞什么呀？你这身打扮，好像是当年的红卫兵回上海来串联了。”她去广州出差，广州的一位朋友一见面就瞪大了眼睛说：“乔姐呀，有没有搞错哇，怎么穿着军装到广州来了？不认识你的人会认为你脑子有问题的啦。”她嘿嘿一笑：“随别人怎么去说吧，我喜欢！”

血染的军帽

她出生在黄浦江畔，是喝着黄河水长大的，但对那条犹如银色巨龙奔腾不息的雅鲁藏布江，她满怀深深的眷恋。

她的外婆是藏族人，家在拉萨，喇嘛赐予她达娃卓玛的名字。达娃是藏语月亮的意思，卓玛是藏语菩萨、仙女、仙子的意思，达娃卓玛就是月亮仙子。

她没有哥哥，但她说她有一个可以当作她亲哥哥的人。这人是她的表哥。她从小到大一直叫他哥哥。

她哥哥于 1951 年末出生在西藏拉萨。

拉萨，巍峨的皑皑雪峰，辽阔的高原牧地，一个充满神秘、充满诱惑的地方。

她哥哥藏名叫尼玛。尼玛是藏语太阳的意思，象征着希望、生命、力量和生机。

她哥哥在上小学五年级的时候，脸上带着“高原红”回到内地上学。哥哥的汉语讲不好，她就教哥哥说普通话，虽然她的普通话是江南式的并掺杂着豫味。哥哥教她藏语，哥哥给她讲美丽的西藏，给她讲可爱的故乡，讲布达拉宫的雄伟壮观，讲世界第一峰珠穆朗玛峰的峻峭，讲羊卓雍湖的秀丽多姿，讲银色巨龙似的雅鲁藏布江和雪域神山、圣湖的无数神奇的传说。

1968 年，她哥哥初中毕业，西藏军区来内地接兵。

虽然当年拉萨的日光留在她哥哥脸上的“高原红”已经褪尽，可他始终眷恋着那块他难忘的出生地。

那一年，她哥哥把亲人的嘱托及希望打进行囊里，带着火热的追求，和同伴们高唱着《解放军进行曲》：“向前！向前！向前！我们的队伍向太阳，脚踏着祖国的大地，背负着人民的希望……”先坐闷罐火车，后改乘汽车，进藏了。

乔文娟清晰地记得，她哥哥离开家的那天，一身崭新的绿色军装穿在一米八二的身上，显得短小了些，胸前的光荣花，把哥哥那国字形的脸庞映红，一双有神的大眼里透着兴奋的光彩。哥哥对她说：“三妹，快快长大，长大了到西藏来，把藏族的民间舞融到你那足尖舞（芭蕾）里，那我们的达娃就更像卓玛了啊！哥哥等你。”

那年，西藏少数不法分子搞叛乱，她哥哥所在的部队进藏后就参加了江孜平乱战役。那次战斗中，她哥哥因英勇作战而立功受奖。

1972 年的秋天，她哥哥在一次执行任务时出了意外，在万分危险的时刻，他奋不顾身地把战友推到一边，自己却不幸遇难。

她的哥哥，永远留在了 1972 年的秋天。那个秋天，有层林尽染的色彩，有清澈湛蓝的天空，有圣洁雪白的雪山。

这位出生在西藏、来自内地的金珠玛米战士，化作了山脉，与雪山融为了一体，只留下了一顶血染的军帽，和那颗被血染过显得更红更亮的红五星。

她哥哥走了，她哥哥和无数个为解放西藏的金珠玛米和建设新西藏的建设者们永远留在了西藏。他们一腔赤诚、无私奉献的事迹和精神，如一朵朵藏地雪莲，长久地生长在这片雪域高原上，在蓝天下盛开，在阳光下绽放。

她说："哥哥那顶血染的军帽和那颗被血染过显得更红更亮的红五星，一直在我的脑海闪现，也浸润着、影响着我的人生。"

长大后，她一直说要回西藏给哥哥扫墓。

她告诉我，多少次梦回西藏，给哥哥扫墓，可是以前没有条件。2000年的时候，计划"八一"后回西藏去为哥哥扫墓的，可是那时候兵儿子陈永龙和司高峰病重，不能离开，所以没有回成；2001 年 7 月份，她陪兵儿子蒋友清去北京寻找骨髓，未能成行；2002 年，她在台湾为蒋友清找到骨髓后在北京陪伴他，又没有圆回西藏之梦；2003 年父亲病重，她不能离开；2004 年，为了创办中国拥军网；2005 年因为搞首届"八一"征文，一直等啊，等啊，等到了青藏铁路开通，天路修到了家门口，预计 8 月 9 日启程的，没有料到，7 月 2 号早晨起来，发现自己的右胳膊肿痛，不能自己穿衣服，不能自己梳头盘发……

多少次她在心中对哥哥说：对不起、对不起！

妈妈，二十年，
你走了好远，好远。
妈妈，二十年，
我知道你好难，好难。
妈妈，你空手来的，没有任何祭品，
我不怪你，因为你没有足够的钱。
妈妈，我明白，你还没有吃饭，
可惜我不能为你尽孝，只能望着你无言。

妈妈，你的哭声是那样辛酸，
我明白你嫌自己来得太晚。
妈妈，你在我头上的拍打是那样的无奈，
我明白你在追问为什么要二十年。
……

《妈妈，我等了你二十年》的歌，哪是歌啊！分明是烈士妈妈在儿子墓前撕心裂肺、肝肠寸断的哭喊。

听着那天地间最悲壮的声音，乔文娟心里发痛，眼泪横流：哥哥一定在说，“妹妹，我等了你几十年了”……

终于有一天，她虔诚地回到了魂牵梦萦的西藏。但哥哥原所在的部队早就移防了。

她面向那化作了山脉与雪山融为一体的地方，久久地伫立着、凝望着，然后立正、挺胸，举起右臂，向哥哥行了一个标准的军礼。

她含泪向哥哥辞行：“哥哥，你对部队的爱、对战友的爱，妹妹会传递下去……安息吧，哥哥！”

生命里，烈烈升腾的彩虹

她在一阵疼痛中醒来，感觉自己躺在什么上面，被人抬着在上楼，又听到很多凌乱的脚步声，她睁眼看到建民（未婚夫）在旁边，满头大汗，出了什么事？

不知道过了多久，当她再次睁开眼睛的时候，发觉自己躺在一张带轮子的床上，被人推着走在一条两边是白色墙壁的走廊里。走廊里有很多人。窗外面很黑，好像在下大雨，不时有闪电声、雷声。

她躺在带轮子的床上被推进手术室后，又被人推着拐进一间房子里，看到几个穿白大褂的人过来要抬她，只感觉一阵剧烈的疼痛……

当她再次睁开眼时，看到上面有一个很大很圆的圆盘，圆盘上面有很多灯，哦，这就是无影灯吧！她在电影《无影灯下送银针》里见过，那好像是祝希娟主演的。这时，一群医生围过来了，一位医生看看她，对其他医生说："醒着呢，小姑娘挺漂亮的。"这位医生又问她，"多大了？"

"虚岁二十二。"她回答。

医生问："结婚了吗？"

"没有呢。"她回答道，又问医生，"医生，我怎么了？"

医生说："你让车轧了。"

她问："我还能好吗？外面怎么有那么多人？他们是做什么的？"

医生说："能好，做手术就能好。他们都是好人，都是来给你献血的。"

在和医生对话时，她感觉有人用带子把她的两只手腕绑起来，固定在手术台边上，把她的两只脚腕也绑在手术台边上。听见医生说："千万不要翻动她，用剪刀把她衣服剪开。"

她向我还原了接下来的情景——

一会儿，我感觉腹部凉凉的，是手术刀在划开腹部，顿时我感觉胳膊和手被一股很烫很烫的液体烫得发疼，好像是很烫的开水。我想把手拿过来，可动不了，手绑着呢。我从身上盖着的布下面的空隙望去，啊，是血！难怪有形容词说"热血沸腾"，这肚子里流出来的血，就像烧开的一样烫。

接下来，我感觉医生把我的五脏六腑都掏出来了，那种撕心裂肺的疼痛，让我至今记忆犹新。可能我那会儿的眼泪都变成血流出来了，所以没有眼泪，不会哭，只会张开嘴大声喊着疼。也许是腹部剖开了，不聚气，所以再大声喊，声音也不响。

后来听说医生把我死马当活马医，不能全麻，只是局部麻醉，怕全麻了不知道我的死活，听我在喊，就证明我还活着，所以医生任凭我喊叫。

后来我怎么出的手术室，全然不知道……

当我再次在药物支配下醒来时，我已经躺在一间大病房里，房间有六张病床，我的床在靠近门右边最里面的墙角。我正吃力地张开双眼左顾右盼时，听见建民很大的声音在喊："护士、医生快来看，十六床醒了！"

听到建民的喊声，我得知自己有了一个编号和临时的名字：十六床。

一会儿，看到一群身穿白色工作服的医生走进病房，走到我的病床边。那一身身洁白的工作服，让我仿佛看到雪域高原上的一座座雪山，让人感到圣洁，肃然起敬。在那一片洁白中闪出一抹绿色，那抹绿色被白色衬托得特别显眼，绿色的衣领把两面领章映得鲜红鲜红的，照亮了我的双眼。

起初的日子，我的大脑一直被药物支配着，有时清醒有时昏迷，这次醒来就记不起来上次清醒时的情景及来探望我的人，病危通知书已经下了好几次了。

一日在昏迷中，我感觉自己走在很黑很陡的阶梯上，冥冥之中好像有个声音让我跟他走，我感觉自己跟着那个声音往下走，越走感觉阶梯越陡，越走感觉脚下的阶梯越窄，越走感觉光线越暗，我突然好害怕，我大声地喊："我不去，我不去，我怕……"我在自己的喊声中一下醒了，这次醒来才是彻底清醒了，从这天起，我就再也没有昏迷过。现在想来，那一定是死神在召唤我，如果我跟着死神走，就会一步步走进地狱，再也不能复生了。一定是观音菩萨在保佑着我，一定是与雪山融为一体的尼玛哥哥在为我祈祷。

我睁开眼睛看到建民在我身旁，还有阿爸、阿妈、姐姐和妹妹们。

这时我才感到自己身上穿的衣服没有了，整个腹部用雪白的纱布包着，头部左右摆动很吃力，没有力气，全身不能动，一动就感觉到剧烈的疼痛，根本没有能力把自己的手抬起来。

建民见我醒来，关切地问我："疼吗？"

"疼，很疼。"我说话的声音很微弱。

"现在几点了？我的手表呢？"我这才想起来阿妈给我买的那块上海牌手表。

当建民把摔坏的手表放在我眼前时，我看到手表的指针定在8月31日10点12分上。

我这才知道自己在1976年8月31日上午10点12分，被孙旗屯公社苗湾大队一个无驾照的农民驾驶的手扶拖拉机给撞了。

无驾照的农民第一次进城，拖拉机上装了一车石头，石头装得太多太满，他怕拖拉机头翘起来，就把两个很重的铁块挂在车头上。拖拉机开到闹市区，他看到人多心慌，方向盘打错了，把拖拉机开到人行道上，拖拉机前面的保险杠撞在我的右小腿上。拖拉机把我撞倒后，这个开拖拉机的农民又把方向盘往左打，把我从人行道上撞到马路中间。我仰躺在路中间，前轮从我的腹部碾过，我的身子随着车轮翻滚了一百八十度，又面朝马路趴在路中间。这时拖拉机的后轮又轧在我的衣服角上了，拖拉机在一片惊叫声中停了下来。

这一切都在几秒钟之内发生了，当建民发现我出了意外后，把推着的自行车一扔，就往路中间跑，他和他的同学一起把我送到了拖厂职工医院。到医院急救室时，我的血压、脉搏都没有了，医生后来说幸亏送来得及时。命运注定了我与建民的一世姻缘。

建民说从把我送到医院，到扎上针，输上液，整整八分钟的时间。医院急忙组织医生抢救，经医生检查，没有发现我有外伤，我的右小腿有瘀血，外皮没有破，但整个腹部鼓大，医生说是内脏轧破大出血，生的希望是没有了。

最需要的就是血。当时血库没有血，护士长王桂荣叫了救护车，亲自跑市中心血站去为我找血。可市中心血站没有血，建民连忙去通知所有熟悉的同学和朋友来医院为我献血，又有很多素不相识的好人自愿来为我献血。

那天原本晴空万里，太阳很高、很大、很热。也许是大家的爱心感动了上天，也许是上天怜惜我，天也会哭，天的泪水变成了大雨，那呜咽声变成了雷电，大雨夹着雷电从天上倒了下来……

开手扶拖拉机的那个年轻农民跑了，手扶拖拉机被路边的好心人开到市第五中学的校园里押着。建民的那辆绿色的28型飞鸽自行车也被好心人推到五中，和那辆轧我的手扶拖拉机放在一起。

一直到下午，我的血压才升上来，脉搏开始复苏。后听孔靖涛医生和在此实习的军队苏医生说，打开我的腹腔探查，发现肝脏轧裂了，碎得像豆腐渣一样。肝脏是人体内造血的机器，造血机器被损坏了，体内的血全部从轧裂的肝脏流进腹腔里。血不够用，来不及采血了，医生们把我腹腔里的血舀出来过滤一下再输入我的体内，输进去的血从体内流入肝脏，又从轧裂的肝脏流进腹腔里，再从腹腔里把血舀出来过滤一下再输入我的体内，就这样循环着。手术做了四个多小时，因为那个时候肝脏是禁区，遇到肝脏破裂是没有办法修补的，所以肝脏破裂后是没有办法挽救生命的，那时候权当我是一个试验品。医生们用凡士林纱布条把我的肝脏裹起来，来回折叠裹，在刀口留一个引流口，纱条的头从引流口出来，好隔天往外抽。

孔靖涛医生说我即便能活，也是终身与床相伴，不能再站起来了，即便站起来，以后结婚了也不会生育了。

奇迹在我身上发生了！

我顽强地活了，我顽强地站起来了，我幸福地走上了红毯，我和建民有了我们漂亮的宝贝女儿。

当我醒来得知这一切后，被深深地感动了。面对撞伤后剧烈的疼痛我没有哭，可面对救我的拖厂职工医院医生和实习的解放军医生，我热泪涌流，也使我对党、对社会、对军人的热爱更加执着。

从那时起，我就知道，我的生命已经不属于我自己；

从那时起，我就决定，今后的日子里要为社会奉献自己的所能；

从那时起，我就决心，努力工作，用出色的工作来报答党的恩情；

从那时起，我就认定，爱国拥军，走上一条无怨无悔的爱兵路！

就在乔文娟出院后不久的一天，她到医院复查身体，在门诊发现一位战士情绪低落，左手包着一块毛巾。

经询问得知，这名战士来自二百多公里外的某部，每年冬天手都会被冻伤，用了许多药都不见效，听说这家医院熬制的一种药膏效果好，就赶来了，谁知一问药膏需要四十多元，而他只有二十元钱。

乔文娟毫不犹豫地掏出自己的钱，为这位战士买了药，并留下自己的地址，让他再需要药时与自己联系。

走出医院，天，高高的，蓝蓝的，蓝得那么可爱，不含一点尘滓；城市在一片绚丽中呈现出多彩的颜色，红的火红，黄的金黄，绿的深绿；阳光温暖、清新、自然地微笑着。

她说："做了这件事，我从内心感到无比欣慰和快乐，更坚定了我把为亲人解放军服务作为一种人生追求，长久坚持下去的理想和信念。"

她鼓励身边的人和单位的同事去当兵，并经常写信鼓励他们。后来她结识了负责学校军训的某部三连官兵，从那时起，她时常到军营为战士们补衣服，和他们唠家常，做战士们的思想工作。战士小吴在老家的父亲住院，生活拮据，她听说后就给他家寄去了二百元钱。战士小张家中遭灾，加上母亲有病，她知道他东北老家的住址后寄去了一千元钱。战士小孙因回东北探家时救了二百多名村民，荣立一等功，被部队选派上武汉二炮指挥学院，她就给了他六百元，鼓励他好好学习。驻伊川某部战士孙元东在施工中被砸伤了脚，她冒雨乘车四十公里为他送去水果等营养品。某通信总站干部逯军的妻子因病长期住院，她先后几十次去看望，一直陪她走到生命的最后时刻。

后来，她走向了大江南北的绿色军营……

第二章　兵妈妈的日子

一颗爱兵心，一捧出就再也没收回；

一腔奉献情，一点燃就再也没熄灭；

一条拥军路，一走就是四十多年……

“如果你有解不开的心结，或有愿意对我说的话，请写信或打电话给我，我愿为你分忧解难；假如你立功受奖，也别忘了告诉我，让我分享你的快乐。”

乔文娟递给我的“拥军名片”上，印着这样几句话。

她工作室的电脑开着，这里有她创办的中国拥军网站，有一群与她姐弟、姐妹相称的拥军网友。

我点开乔文娟的博客，一篇篇日记撞击着我的心扉。

让我们走进她普通的一天，走进一个兵妈妈寻常而又不寻常的日子——

2007 年 6 月 12 日　星期二　晴

兵儿子魏太行昨晚到家里来了，想从平顶山解放军 152 医院转到洛阳解放军 150 医院。我赶快与女儿商量，星期二上午先去解放军 150 医院，下午再带女儿去做治疗，女儿没有犹豫就答应我，让我先去管兵儿子魏太行。

魏太行于 1982 年农历十一月初六出生在山东临沂平邑县温水镇兴孝村的一户农民家里，2000 年 12 月入伍，在许昌 71622 部队 62 分队服役。

2004 年 12 月，魏太行发烧，浑身无力。12 月 30 日到平顶山解放军 152 医院看病，未确诊。2005 年 1 月 15 日，被转到洛阳解放军 150 中心医院，确诊患的是慢性粒细胞白血病。

魏太行住院不久，就要认我做妈妈。其实每个战士在我的心中都像我自己的孩子一样，不管是叫阿姨还是叫妈妈，都是一样亲。

我记得很清楚，2005 年 2 月 15 日，大年初六，我买了鸡蛋、水果，去解放军 150 医院看望那群不幸身患重病的战士，魏太行忧郁的神态让人牵挂放不下。

2005 年 6 月 15 日，我去看望太行，太行对我说：“妈妈，我和我妹妹要去北京做骨髓配型，您能帮我联系医院，陪我们一起去北京吗？”

我与北京解放军 307 医院的陈虎主任联系好后，2005 年 6 月 28 日，我陪太行和他妹妹到北京解放军 307 医院做骨髓配型检测。很遗憾，太行和他妹妹的骨髓不相配。我又帮他在中华骨髓库找，也没有找到相同的骨髓。好在住在解放军 150 医院，好在他遇上了好医生徐禹林主任，才使他的生命得以延续。

6 月 12 日早晨起来，没有顾上吃早饭就出门了，乘 8 路公交车到东方医院下车，再转 50 路公交车。到了解放军 150 医院门口，兵儿子魏太行和他的战友在大门口等我。

解放军 150 医院血液病和肿瘤病患者原来都在内五科，医院的外科大楼建好后，把原来的外科楼改成内科楼了，又成立了血液专科，条件比原来的病房大大改善。

到血液科后，没见徐禹林主任，也没见何医生。我拨通了徐禹林主任的电话，告诉他，我在血液科军人病房等他。

一会儿徐禹林主任从门诊回到血液科。徐主任说，因为平顶山解放军 152 医院现在也升为中心医院，和 150 医院是平级的，魏太行所在的部队医疗体系是在 152 医院，所以 150 医院不能再收治魏太行了。

看着兵儿子魏太行情绪低落的模样，我的心里也不是滋味儿。我只好安慰魏太行，再想办法吧。

从徐禹林主任办公室出来，我来到军人病房 307 室。刘云他们都出院回去休息了，只有 127 师叶挺独立团的两位患血液病的战士在病房。

傅皎看到我来看望他，非常高兴，说我每来看望他一次，好多天都感到好幸福好高兴。

傅皎说好想再和我一起合张影，前年的那张与我合影的照片让战友们传看得有些破损了。傅皎说把我的照片带在他的身边，会给他带来与病魔抗争的信心和勇气。

听傅皎这么说，我的心里有种说不出的感觉，我拉着傅皎和杜小俊的手说：“来，孩子们，乔妈妈和你们一起合个影。”

时间过得真快，不知不觉到了中午12点了。

正好赶上王师傅的车，50路公交车有两位司机，每当看到我乘车去150医院，都不让我投币，说我是为了战士们，这么多年坚持不断，太不容易了。

虽然只节省了一元五角钱，但司机师傅对我的理解、支持，让我深受感动，也是我拥军爱兵路上的一种动力。

我到上海市场下的车，为的是去把和傅皎、杜小俊、魏太行他们的合影照片洗出来，下次去的时候给他们带去。

从上海市场回到家已经是下午2点5分了，丈夫建民还在午睡，女儿见我回来，埋怨我不爱惜自己的身体，让我赶快吃饭。

饭和菜早凉了，早晨起来后到这会儿，只喝了半瓶兵儿子魏太行给我买的矿泉水，粒米未进呢，感觉又饿又累。

三口两口吞下半小碗米粥，吃了点炒包菜和西红柿炒鸡蛋，漱了口，赶紧躺下休息一会儿。刚躺下，电话响了，是武警洛阳支队的新战士侯伟涛打来的。伟涛告诉我，他明天要到郑州武警总医院做手术，我问他做什么手术，伟涛说是做腰椎间盘突出的手术。

才十八岁的年纪，怎么做这个手术？

放下电话，也许是太累了，我不知不觉睡着了。15时，电话把我惊醒了，是王学雷打来找建民的。我赶快起来去叫女儿，要带她去解放军534医院做治疗呢。一看女儿房间没人，赶紧给建民打电话。原来女儿看我睡着了，没有惊动我，她对她爸爸说：“我妈太累了，就让她睡吧，您陪我去医院吧。”听见建民在电话中学说女儿的这番话，我的心里潮潮的，鼻子酸酸的。我庆幸自己有个支持我的好丈夫，我庆幸自己有个理解我的好女儿，才使我走过这一路。

下午又把中国拥军网下步工作的计划草案仔细阅看。这份草案是中国拥军网秘书处的阿德秘书长起草的，太长，阅读起来很吃力。给中国拥军网聘请的法律顾问黄一萍法官打电话，让她帮我审阅一下这份草案。

晚上一直忙到凌晨 2 点多，眼睛睁不开了，赶快倒下睡觉。睡到今天凌晨（6 月 13 日）4 点钟醒了，就起来记这篇日记。

2007 年 6 月 13 日　星期三　多云，晚上下雨

中午，五妹也过来一起吃午饭。五妹今天下午和同事换了节课，要带女儿贝贝上街，给贝贝买衣服。

贝贝和五妹很希望我和她们一起去逛街，但下午有事，不能陪贝贝一起去。对女儿说对不起已经是脱口而出了，女儿也早已习惯了。

今天下午要去老城，昨晚在深圳的李女士已乘飞机来到洛阳。

2005 年 6 月，在深圳工作的四川籍的李女士，通过中国拥军网联系到我，希望我为她做媒，牵线搭桥，并问我介绍对象收费是多少。

我告诉她，我是军地红娘，是无偿服务的。

李女士开始不信，说她曾上过一个也是为军地牵线搭桥的网站，开始说是免费的，后来那个站长又说网站这困难那困难要收点费用。李女士说中国拥军网是不是也是这样，先是免费，最后收费呢？

类似这样的问题，我没有时间去解释，就让她们自己用时间和事实去验证吧！

说实话，如今四十多岁离异的女性很多，但部队没有很多四十多岁的离异军官啊。

正好有一位团职军官×政委，离异五年后一直没有再找，我就把李女士介绍给了他。

两人一直通过电话和手机短信联系。不知不觉两人相识三个年头了，李女士这次决心来洛阳会会×政委，我也认为李女士应

该来一趟，成不成也有个了断，两人都老大不小了。

×政委头天晚上就电话告诉我，小李来了，让我这个媒人也见见。

下午5点钟，×政委带车先去150医院接曾护士长，再到我家来接我。

晚饭安排在老城真不同饭店，因李女士点名要吃洛阳的水席，老城真不同饭店是洛阳最好的水席园了。

我虽然是媒人，但今天也是第一次见到李女士。给×政委介绍时，只是见过她的照片，这次见到，给我的印象不错，模样不错，身材不错，也很健谈。我悄悄对×政委说："我感觉小李不错，对你这么痴情，这一追就是三年，一追就从深圳追到了洛阳，不要再犹豫了。"

×政委大笑说："哈哈，谁在乔大姐眼中都是好人，都不错。"

呵呵，女儿也经常这么说我，但愿×政委与李女士有缘又有分，也愿我能喝上他俩的喜酒。

21点40分，大家在欢乐的气氛中结束了相亲的晚餐。从老城真不同饭店出来，天气变了，刮起了大风，到家不久，窗外就下起了大雨。

刚进家，洛阳市支队的新兵伟涛来电话，告诉我他已经住进医院了。我给如玉大姐打电话，委托如玉大姐代表我和中国拥军网站的全体同志到武警医院去看望伟涛。

放下电话，见女儿手里拿着几件衣服走过来说："妈妈，您回来了也不问问我，出去忙，回来又忙着接电话、打电话，我明天就要回北京了。"

我只能又是老一套的赔礼道歉。女儿告诉我，下午五姨带她上街，给她买了两件短袖上衣、一条短裙，还买了一堆零食。

二姐、四妹和五妹，无论是对贝贝，还是对我的拥军事业，都给予了大力的支持和无数的资助。我非常感谢我的父母，让我有这样的好姐妹。

欣赏完五妹买给女儿的衣服，看着女儿穿着新衣裙高兴地离开我的卧室兼工作室，我急忙打开电脑，登录中国拥军网，再一次失望，还是不能登录。在QQ上给风雨发信息询问，风雨回我：“正在传数据，快了。”

看到风雨发过来的信息，心中有了希望。晚上将近11点时，风雨又发过来信息：“可以了，登录吧，检查一下有没有问题。”

中国拥军网因租用的服务器受到黑客的攻击，导致网站瘫痪了十天，这十天给中国拥军网站带来很大的不利，造成了很大的损失。

时间在浏览检查中国拥军网站和论坛的工作中，不知不觉地流逝。

2007年6月14日　星期四　多云

女儿执意要回北京，不肯再去解放军150医院做治疗，自己让王学雷买了今晚8点20分回北京的火车票。女儿大了，有自己的主意，就由她吧。

今天决定放下一切事情，好好陪陪女儿，让女儿高高兴兴地回北京。

6月10日下午从山里回来，因山上太潮湿，导致女儿身上出了很多疹块。五妹说涧西区卫生院的裴大夫自配的药，治疗过敏症很有效。

上午8点多，我就带女儿去涧西区卫生院去找裴医生。到了涧西区卫生院门口，妈妈早已在门口等我和贝贝。妈妈已经是八十三岁高龄的人了，总是放心不下在她眼里永远长不大的儿女们，对孙辈们更是疼爱。

给贝贝取完药已经是上午10点20分了。

晚上把贝贝送上火车，车没开，贝贝就催我们走。我知道女儿不舍得离开家，可又牵挂在北京的小明和自己的小家，所以不得不走。我知道我和建民在站台多待一会儿，女儿的心里就会更刚到家，刚要登录中国拥军网，家里的座机响了。我接起电话，询问："你好！请问你是哪位？"

"您是乔阿姨吗？"

"是我，我是乔文娟，请问你是哪位？"

"乔阿姨您好，我叫严亢有，2002 年 12 月入伍，是 96544 部队 74 分队的战士，我有事要求助您。"

"哦，你有什么事请讲，看我能不能帮你。"

"乔阿姨，我妈被火烧伤了，现在住在南昌市第一附属医院烧伤科，烧伤面积百分之五十，烧伤深二度，已经花了九万多元了，医生说还需要二十多万。我到处借钱，实在借不来了，我就想到了您，乔阿姨，您帮帮我吧，帮我救救我妈妈！"

"先不要着急，慢慢讲，你家是哪里的？你妈妈怎么会被火烧伤？"

"乔阿姨，我家是江西省吉安市永丰县藤田镇严方村的。我父亲叫严洪善，是农民，今年五十四岁；我母亲叫杨根秀，也是农民，今年五十一岁；还有一个哥哥，今年三十一岁，在深圳打工。5 月 25 日，我母亲在厨房用火熏大蒜，不知道怎么会引起火灾。"

听电话里传来战士求助的声音，我心里乱乱的。

需要帮助的人太多太多，我的能力太小太小。不管最后的结果会怎样，遇到这事，不能不管啊。

我让严亢有先到他家所在大队和他妈妈住院的医院开证明，把相关证明给我寄来，再想办法吧。

严亢有说下周要到洛阳来找我。

接完严亢有的电话，看看时间：22 点 43 分。

2007 年 6 月 15 日　星期五　晴

昨天下午，市商务局的生猪屠宰管理办公室崔峰主任打电话来，说今天上午 9 点钟，他和董建康科长、刘均亮来我家，给我送“洛阳市商务局关于对《市第十二届人大四次会议第268号建议》的答复”。

作为市第十二届人大代表，我提交了一份建议案。5月22日上午，他们三位已经来过我家，带来了答复文件的草案。

他们上午9点20分来到我家，送来了正式答复。

我搭乘他们的车到天津路，去办今天要办的第二件事。

这第二件事是帮助退伍兵王宝办理营业执照。王宝于2002年12月退伍，退伍回来后一直到处打零工，转眼四年半了。

上个月，我建议他租个门面，做点小生意。这不，王宝在天津路口开了个小小的“路路秀”鞋店，昨天开始试营业，刚开门，税务局就来人了。所以今天上午赶快去工商局办理营业执照。

先到小李村旁边的工商局，工作人员说天津路路北的要到广州市场工商所办理。到了广州市场工商所，一名工作人员说要身份证的复印件、租房协议书和退伍证。

只能让王宝回去拿相关资料，下午再来了。

下午办完营业执照，到解放军150医院，再落实一下兵儿子魏太行能否在150医院住院的事情。昨天听150医院的一位医生说，只要院长同意就行。

到解放军150医院后，我先去办公楼，刚到门口就遇到副院长刘山青。

刘副院长说，因为平顶山解放军152医院升级，和解放军150医院是平级的，所以魏太行不属于150医院收治范围，如果要来150医院治疗，必须通过152医院医务处与150医院医务处协商。

看来这事还得让魏太行部队领导先出面，与152医院协商，如果不成再说。

但愿兵儿子魏太行能转到150医院治疗，更愿兵儿子魏太行能出现奇迹，早日康复，不再受病魔的折磨。

从解放军150医院回到家，已经19点40分了。

第三章　与三千名战士的书信情缘

在那些我们用手指触摸不到的时光里，一封封书信带着指尖残留的余温，从大江南北的军营飞向同一个地方：洛阳市中州西路 173 号。收信人：乔文娟。

乔文娟先后与三千多名战士通信。

与三千多名战士通信，这是怎样的一种快乐？信鸽往来，留下的不单纯是文字，一纸薄薄的信笺，一个普通的信封，一张义务兵的邮戳，传达的都是子弟兵的信任，凝聚着对兵妈妈的一片深情，那种无法言喻的温暖包围着她。在书信早已淡出人们生活的今天，那些散发着淡淡幽香的信笺让人回味无穷。

与三千多名战士通信，这是怎样的一种揪心？信鸽传来的不仅是笑声，还有心事、烦心事、想不开的事。信封上被她打了两个、三个三角标记的，都是情况紧急的。她回复一封后接着回复第二封、第三封，有时实在放心不下，她便千里迢迢出现在战士面前。

与三千多名战士通信，这是怎样的一种付出？她来信必复，有时忙不过来回复晚了，战士就急了，瞧这封来信："乔阿姨，怎么很长的时间都不给我写信了呢？难道您忘记我了吗？请给我回封信，我好想跟您聊聊。晚辈：邓莹林。"在静静的夜里，在幽静的灯光下，她铺开信纸，将聚集在心头的话化作文字在笔尖汩汩流淌。信写好后，折成心仪的模样装进信封，然后用胶水封好口，贴上邮票寄走。那浓浓的笔墨和淡淡的清香，凝结着兵妈妈无边的大爱。

我走进洛阳市涧西区武汉路社区"乔文娟工作室"，急切地打开保存在这里的近千封信件。这些信件大都是 1999 年到 2001 年的。轻轻翻看这些泛黄的旧信件，读着那些似曾相识的文字以及回忆那些与信有关的兵妈妈的故事，恍如隔世，见字如面的亲切感是那样的强烈，那样的安暖，久违了的温情弥漫心间。

我多想叫您一声妈妈呀

我捧读的第一封信，钢笔字迹干净娟秀，一撇一捺、字里行间记载着直抵人心的深情——

乔阿姨：

您好！

请您原谅这封冒昧的来信。

曾经与您擦肩而过的片刻，是在那不经意的瞬间，瞬息间的变化，您深深地留在了我的心灵深处，从此勾起了我平静多年的那份情感。有句话，我想跟您说，却总也难以启齿。

我是380团通信连的一个第二年度兵，您曾来到过我们连和我们一起谈过心，拉过家常。那天晚上我递给您一张纸条："乔阿姨，会后我能和您单独聊聊吗？"

您看了纸条并和我做了个简单的认识，可往往事情难料，还没等和您交谈，我就被突如其来的事给拉了下去。您走出连队，天色已晚，我只好默默地望着您的背影。

那天在洛阳火车站的那个大时钟下面，您去接一位从广州来的朋友，恰逢我们师去集团军集训的战士。当时您穿的还是那身绿，显得那般稳健。我远远看着您向这边走来，可我不敢正视您的目光，一连看了您几次，您也关切地看了我几眼，可我不敢叫您一声，因为我从未和您正面接触。她认识我吗？内心的迟疑搞得我十分尴尬和不知所措。我们一一与您握手，做了片刻的交谈之后，与您挥手告别，看着您登车离去，那一刻，一股懊恼、一股憾悔的感受让我越来越觉得自己胆小。如今我在集团军教导队做预期专业班长集训，脑子里经常浮现出您的形象，也许是对失去多年母爱的一种依恋，我感觉到自己对您有一种特殊的感情。

我是来自湖南桃江的农村兵，自十五年前父母离异，我从此远离了一份母爱的关抚。虽然与同龄人相比，我不知母爱的伟大，但我清楚一个自小远离母爱的人，对母亲的那份渴望与要求。在我的记忆中，母亲是一个模糊的记忆，我从四岁开始随爷爷奶奶做小生意长大，他们养育我，送我上高中，走出校园又把我送进了军营。我明白他们的良苦用心，但我更需要一份母爱。在我记忆的长河里，那一次在连队片刻的一聚，让我又一次地想起了我母亲的容貌。您很像我妈妈，那一颦一笑，那身材、个头、样貌，简直是一种刻画。要是我真的能那样真切地拥有您这位妈妈该多好啊！这并非一时的冲动，而是我一直以来的渴望。

乔阿姨，还能从您记忆的角落中搜索到我的大概吗？我多想叫您一声妈妈呀！

敬礼！

380团通信连战士李斌4月20日于集团军教导队

“我多想叫您一声妈妈呀！”

听到李斌的呼唤，泰戈尔诗作《仿佛》中的几句话忽然闪进我的脑际：

我不记得我的母亲/只是当我从卧室的窗里外望悠远的蓝天/我仿佛觉得/我母亲凝住在我脸上的眼光/布满了整个天空

翻阅着一封封留存岁月余温的来信，“妈妈”两个字是重复最多的字眼。一声妈妈，饱含了多少情感、多少爱！

乔妈妈，您好！当我写完这五个字后，心里感到无比的幸福，无比的快乐。我又有妈妈了，一个拥军爱兵模范，一个善解人意、受人尊敬、爱兵如子的兵妈妈！我为自己能加入许许多多的兵儿子行列当中去而感到万分荣幸。我将永远不会忘记乔妈妈对我的关心与厚爱。为了拥军爱兵，您不畏困苦，不需回报，心甘情愿地奉献。您对我和许多战友那种深邃的、本能的、无须任何前提的爱，那种时时环绕、无所不在、牵肠挂肚的惦念，都表明您是一个好妈妈，您拥有并给予了我们世上最伟大最神圣的母爱。您就像母亲一样鼓励我们进步，关心着我们的成长。

80805部队赵勇军

妈，我很高兴能成为您的儿子，有您这样一位伟大的妈妈，我感到十分自豪。每当我看见您的身影，听到您的声音是那么亲切，心里有一种说不出来的感觉。我入伍以来，您一直关心和照顾我，常常还会担心我，我真的好过意不去。那天我看见您的身体没以前好了，这都是为了我们，天天让您操心累的。您是我洛阳唯一的亲人，保重，妈妈！

儿子：建平

乔妈妈，第一次见到您的时候，我非常非常激动，也是我来军营以后第一次流泪。因为见到您就像见到了我的母亲，我流泪了。特别高兴的是能在您的身边和您合影，当时我真的很兴奋，唯一的遗憾就是一年了没见到您。我们连队今年在新乡施工，现在我就在新乡。不知您现在工作忙不忙？如果累了的话，您就歇一歇。如果您真的累病了，我会很难过的、很伤心的。因为您是我的妈妈，您在我心中就是我的亲妈妈。我现在很想很想靠在您的怀中和您谈心，告诉您我的快乐与哀愁。在我生命中，我就爱一个人，那就是我的妈妈，但现在我又爱上了一个人，那就是您——乔妈妈！

刘伟峰（伟伟）

乔妈妈，您的回信我已收到。看了内容，我感到无比激动。我愿意和其他战友一样认您做我的妈妈。我有十多年没有叫妈妈了。以前读书时有些同学经常嘲笑我、歧视我没有妈妈，使我感到很自卑，以致我的性格变得十分内向。现在我可以自豪地说，我有妈妈了，而且是个伟大的妈妈！

妈妈，这几天我和战友们的关系处理得不错了，我尽量不和战友们争吵，争做一个有理想、有道德、有文化、有纪律的“四有”革命军人，一定听妈妈的话，为所有关心我、支持我的亲人朋友们争光。

妈妈，我现在最想感谢的就是您，您一直是那么地支持我、鼓励我。每当我心里遇到什么挫折的时候，我只要打开您写给我的信，看一下，就什么都过去了。有些不对的，我都做了改正；对的，我比以前做得更好了。

73043部队林生果

今后的路该怎么走

乔阿姨：

您好！

您来我们连队也看出来了，我不爱多说话，不善于表达自己。确实是这样，我改变了很多，也变得沉默了许多。

一位名叫罗国希的战士，1999年4月13日写给乔文娟的信这样开头。

就是这位“不爱多说话，不善于表达自己”的兵，给乔阿姨的信洋洋洒洒写了五页。在信中，他绘声绘色地介绍了自己从南下广州闯荡到穿上橄榄绿，再到成为新兵团的尖子、成为连队通信专业一把好手的经历，他说“到此时，我的心里甜丝丝的”。但一个“岂知”，苦恼便涟漪一般荡漾开来——

9月份，上面的一纸命令撤编了我们部队，虽然我不至于被裁回，但到了别的部队，我辛辛苦苦的工作不就泡汤了吗？有谁会了解你以前是什么样的呢？也许我这样想暴露出了人自私的一面，但这已是改变不了的事实。

自我调到这边以来，等于是多当了一次新兵，无论在哪方面都必须比别人付出的要多。但当兵就意味着奉献，也就是人生的价值。可就在我准备重新开展我的军旅计划时，命运跟我好像合不来似的，我被医院诊断为腰椎间盘突出（您第一次来我连的时候，我刚好才从医院回来两天），这无疑给了我当头一棒。我的理想，我的愿望，这一切都会随着它远我而去。自此时此刻起，我好像变了一个人似的，言语少了，精神受到了极大的打击，有了很多的思想包袱，干工作时即使咬紧牙关也难免落后于别人，因为我的病从外表根本就看不出来，所以有些战士说这说那也是在所难免的。缠绕我一个最重要的问题是：今后的道路该怎么走？

在罗国希的这封信中，我看到了乔文娟写的回信草稿。细腻而感性的文字，仿佛明媚的阳光拨开迷雾向我走来——

国希：

你好！代问大家好！

收到你的来信，好高兴。两次去部队，你都给我留下如同女孩子般的印象。说实话，我从心里好喜欢你们。或许是因为自己没有儿子、没有弟弟的缘故，看着你们如同见到自己的儿子和弟弟一样亲切。

听付军长介绍过你，说你非常聪明，什么事都做在前面，而且非常有才华。看了你的来信，你那一手漂亮的字和那流畅的文笔让我赞叹。

看到信中你父母说“儿啊，为了你今后的事业，爸妈再苦再累也是值得的。你放心去吧，到部队安心服役，做一个有出息的人，做一个对国家有用的人”，我为你有这样的父母而骄傲。多么朴实的话，多么博大的胸怀，他们代表了千千万万做父母对儿子要讲的话，也代表了我想对你们说的话。

在你的信中，我看到你在部队成长的过程，看到你在新兵三个月中，先后得到六次奖励，成为团新兵中的尖子，我仿佛看到你在训练场上勤学苦练的身影。看到你所有的付出、所有的希望都因一纸撤编的命令而成为泡沫时，我为你而担忧，怕你接受不了要面对的现实。接下来我为你能正确对待部队的命令，甘愿从一名新兵做起，我为你有这样的思想境界而敬佩，又为你那句“当兵就意味着奉献”而感动。当我看到你说在你准备重新开展你的军旅计划，命运跟你好像合不来时，我的心一下抽紧了。我知道，这种病别人看不到，自己却非常痛苦，常常会引起别人的误解。当我从你的信中得知，我第一次去连队时，你刚从医院回来两天，我对自己在心中无数次责备，好内疚，我太粗心了，当时付军长对我讲过你从医院刚回来，我竟然没有去仔细询问你的病情。如果不是我粗心，你这两个月或许心情会好些。

昨天给连里打电话一直打不通，心里好着急，好不安。今天上午 8 点，总算拨通了团里的总机，王恒接的电话，我让他将付军长找来。小付在电话中讲了你的情况，他的一席话让我心里得到安慰。他说连里干部和战友们现在都知道你的病情，他们会照顾你的。国希，我就知道连里的战友们都是通情达理的，一旦知道谁有困难，都会帮助的。

国希，望你丢掉思想包袱，不然对身体对工作都会有阻碍的，抓紧时间好好看病治疗，做些力所能及的事情，其他不要去多想。战友们会理解你的。

国希，我能为你做些什么吗？需要什么请你告诉我，我会尽力而为的。既然你们将我当作自己的亲人，那就不用客气，你说呢？

国希，好多话要说，也许是文化水平有限，不知怎样去叙写，请见谅。时间关系，下次再聊。

最后愿你身体早日康复，万事如意，愉快！

乔姨草于 1999 年 4 月 17 日

我在乔文娟保存的一摞摞信件中找寻着，希望能够找到罗国希的回信。

几个小时过去了，蓦地，我眼前一亮，是罗国希漂亮的笔迹！

乔姨，您写给我的信，我看了非常激动、高兴，也感到惭愧。高兴的是，你我非亲非故，仅一面之见，您那博大的爱心、广阔的胸怀，使我像见到自己的父母一样感到亲切，浑身充满着亲情的温暖。惭愧的是，我给您添麻烦了。其实我一点也不聪明，一点也没您说的那么好。我知道您关心我，安慰我，开导我不要背思想包袱。

我以前给您写信的时候，没有将事情考虑周全，本来我这点病根本算不了什么，但由于我一时想不开，而给您添麻烦，耽误您宝贵的时间来牵挂我，真是受之有愧。乔姨，请您别担心，我现在能跑能跳，身体棒棒的，真的。

乔姨，我现在业余时间在连队乐队学音乐。我真怕自己学不出来，但我一点都没有放松自己。如果这点东西都学不会，怎么对得起您对我的关心和期望。我对自己非常有信心！

乔姨，您说您没有弟弟，没有儿子，您放心，安装一连的人都是您的亲人，我永远把您当作我的长辈、我的母亲，您愿意吗？

国　希

1999 年 5 月 23 日

一个女兵的心结

妈妈，我这几个月心里一直很矛盾，一直烦恼。其实有时我也不知道烦什么，总之我有一种预感，那就是活着真累，成天心情烦到了极点。我想成长的感觉是不是就是这样，妈妈，您能给我解释解释吗？

乔阿姨，过去一个星期里，自己感觉像是在“慢性自杀”，什么东西都没有学到。我本来是报考了法律专业的，上次考试一门都没有考过，现在感觉一点信心也没有。可再回头想一想，又有一点不甘心，自己没有理由学不会。这不，上半年的自学考试时间又快到了，可自己一点信心都没有。乔阿姨，我现在是多么想得到您的指点。盼来信。

乔阿姨，从家里回来已经一个多月了，现在心情很乱，以前的女朋友不辞而别，从此音讯全无。我正在努力调整自己的情绪，不去想不开心的事，我要按照自己的标准去追求有价值的，能够使生活具有自身意义的目标。我现在正在学习外语，但有一门专业是不够的，还想学点其他的。但我真想不出我能学什么。报纸上的函授学校让人眼花缭乱，我也不知道该学些什么，能学些什么。乔阿姨，您能帮我出个主意吗？

一封封来信，诉说着自己的苦恼、自己的迷茫，期望乔阿姨、乔妈妈能给他解释，能给他主意，能给他指点。

下面这封来信，是一个叫赵冰的女兵写的——

乔阿姨，有件事情我想征求您的意见。这件事我不好跟我妈讲，您跟我妈是一代人，我想听听你们这一代人的意见，如果这件事情发生在您女儿的身上，您怎么解决？

有个老班长在追求我，他是个士官，年龄比我大八岁，我感觉他这人还不错，也给了我很多帮助。他和我们司务长是战友，我到现在私下里还管司务长叫叔叔。晚上躺在床上想一想，在年龄上我俩不合适，他大我太多。可转念一想，我爸爸去世得早，他年龄大，社会经验多，可以更好地照顾我，照顾我的家。爸爸去世这一年来，妈妈老了许多，家里什么事都得她去办，也确实需要一个人去和我妈妈分担一些。

我已到了说大不大、说小不小的年纪。在我周围的女兵中也有很多这样的事情，有成的，也有不成的，她们有很多教训，我也看到了，也许她们的今天就是我的明天。我发现我心里现在也在一点一点接受他，不能说对他一点感情都没有。在我周围也有很多干部的家属是当兵的，他们的年龄也相差很多，最多的一对相差十岁，他们现在看起来也很幸福。以前谈这些事情，总觉得不可思议。可这件事又发生在我的身上，想起来他当兵时我还在上小学，就觉得好笑。我想我妈肯定不会同意，她会揪住他的年龄不放的。我现在是真的不知道该怎么办，就算我能说服自己去接受他，可我也不能说服我妈。乔阿姨，我该怎么办？

我没看到乔文娟给这个女战士的回信，也没问乔文娟在回信中都说了些什么，但我看到了赵冰信上的那个他——比她大八岁的士官张松的来信——

妈妈，很长时间没有给您写信了，其实每天都很想您，赵冰我俩整天都说起您。

在您的关心帮助下，赵冰我俩终于走到一起，她妈妈也同意了。赵冰妈妈是一个非常好的人，对我们要求很严，也很关心我们。赵冰的连长和连长母亲对我们的事也很支持，您给赵冰的信他们都看过了，都很感谢您。他们的想法和您的意见一致。

妈妈，赵冰是一个不错的女孩子，就是年龄小点，我比她大，正好可以照顾她，同时也帮她母亲挑起家庭担子。只要我们真心相爱，日子一定过得很幸福。现在我们正在买房子，等买好后把您接来住一段时间，让我和赵冰尽尽孝心。

茫茫人海，如此有缘，女兵姑娘恋上的竟是乔文娟的兵儿子张松！

有些缘分只是南柯一梦，瞬间消逝便成了萍踪过往。有些缘分却落地生根，扎进了你的生命中。

祝福他们！

一封被泪水打湿的信

我面前的这封信，信纸上有滴落的泪痕，被洇湿的字迹显得有点模糊。

妈妈：

您好！

提笔给您写信，首先祝您身体健康，工作顺利，全家永远平安幸福！

妈妈，通过电话认识您以来，在我心灵深处，您已经是天下最善良最伟大的母亲。妈妈，发自我内心的呼唤：妈妈，谢谢您！谢谢您！眼含着泪水，感谢的话无法用语言表达，是您又给了我和永立力量、希望和战胜病魔的信心。

妈，我和永立真算得上一对苦命夫妻。结婚一年多，我们没有过一天好日子。结婚时我身体就不好，咳嗽得厉害。那时候光知道是天冷，受凉。结婚十天，永立带我去检查，才知道肺上已经有毛病。在家人及永立的关爱下，我一直吃药到今年的 6 月份，一年半的时间才治好。不幸的是，在今年的 7 月份永立又被查出慢性粒细胞白血病。妈，当时我从家赶来部队，部队领导告诉我时，我悲声大哭，哭声他们几个连队都听到了。我们两个人的命运怎么就这么苦？上天为什么这样残酷安排让我们两个人都有病？别人的新婚是幸福快乐的，而我们的新婚却一直在病魔的阴影里，这怎么能不让我们心痛？

妈妈，自从永立生病以来，这些艰辛痛苦的日子真的是难熬，也不知道哭了多少次，流了多少泪。看着在病床上被折磨的自己心爱的人，我好心疼，好难受，多想让上天把病都安排在我身上，让我为他分担所有痛苦。多少次我们面对面深情地看着，彼此为对方想着，我为他安慰的话说了多少回："坚强点，坚强点，这个病不是不治之症，有许多得了这个病看好的，科技在发展，我们坚持想尽一切办法治疗，坚持就是胜利，让我们手拉手一起走过这最艰难最痛苦的日子。"妈妈您知道吗，他却为我着想，说过好多次，让我不要管他，让我走。他说他的病看不好，说不耽误我，让我趁年轻再找一个。每次我都非常坚决地告诉他："从知道你生病的第一天起，我就下定决心一定照顾你，从没有想过别的。为你，在心里我没有任何怨言，照顾你、安慰你是我做妻子最基本的责任。我不会离开你，我会一直陪着你、照顾你。"妈妈告诉您，其实我知道，我最真的感觉告诉我，在他心里现在最需要我，我们是夫妻，我们的心是相通的，我怎么会不知道呢！妈妈您说是吧？

妈，本来我们的希望都寄托在他四个姐姐、一个弟弟身上，结果更不幸的是都没有适合他的骨髓配型。结果出来给我们两个人及全家又是一个多么大的打击。努力了四个多月的希望，就这样又被无情地摧毁了。老天真是捉弄人，为什么连个希望也不给我们？永立他真是受不了，躺在床上流泪，饭吃不下，晚上睡不好觉，常常头痛。看着他痛苦，看着他日渐消瘦，我心疼着急，抹着眼泪还得安慰他："家里没有，咱到外面骨髓库去找。"

妈，国内的骨髓库您知道的，有几家，可里面的骨髓资料存得很少，在上海查了一下也没有配上，那几日是最难过的日子，他觉得越来越没有希望。当时我们也想到台湾去找，可 100 医院的医生说，台湾可不是你想去找就去找的地方，我们这个医院跟它没有联系。当时我们全家真的是好作难。妈，我大姐几次找您，终于找到您了。在永立刚生病时我们就知道您。我们在一些报纸上看到您，在中央人民广播电台上也听到您历尽千辛万苦帮兵儿子蒋友清找骨髓的事情。那时我们就很想找到您，多亏了大姐再去北京见到了您。

妈，您知道吗？当您在电话里告诉永立愿意帮助我们，并且愿意让永立做兵儿子的时候，那是在永立生病以来，我们最开心最高兴的时候，我们相对含着泪笑了。从您亲切热心的话语中，我们又看到希望，心里又有了信心。妈，您无私的爱和关怀，让我们感动。能和永立认您做妈妈，我们心里有多高兴。

妈，听大姐说，妹妹贝贝身体这几个月也不好，可您依然放下自己的亲生女儿，花精力花钱去照顾您的兵儿子蒋友清及您其他的兵儿子，现在您又分散精力来关心安慰永立，给永立打电话送来温暖的话语，我和永立及全家人感激不尽。您刚去武汉两天，这么忙，又寄来了钱和长达二十多页的信，还有您和您帮助的一些兵儿子的照片，这些对于永立来说是最大的安慰。您这样伟大的母爱，怎能不让我们感动！不是亲生母亲，可胜过亲生母亲。还有，妹妹身体有病，而且听您讲又快考试了，可妹妹还带病抽时间给这个病中的哥哥寄来了信，谢谢妹妹的关心！真诚地祝妹妹身体早日康复，这次考试取得好成绩。同时也感谢妹妹所在大学的同学们，谢谢他们的一份礼物、一份祝福，愿他们在大学的生活一帆风顺。

妈妈，愿您在百忙之中一定注意自己的身体。再次谢谢妈妈！同时我们也期盼早日见到您——妈妈。

小华在部队写

2001 年 12 月 21 日

捧读着被泪水打湿的信，一种彻骨的痛和幸福荡漾在灵魂深处。我为这位年轻的战士的不幸而痛，为他们遇上兵妈妈而喜，忽然感到整个世界在向他们奔跑着。

内心深处的震动

敬爱的乔阿姨，收阅您的来信，心中除了高兴以外，还多了许多的感动。真的，好久好久没有人如此关心过我了，为此我真诚的向您道一声：谢谢！您慈母般的话语，我将永远铭记在心。

人生、生活、价值、奉献，以前我一直是把它们分开想的，我一直认为人生、价值、奉献是与我联系不上的，只有生活是靠自己去创造的。听到您的见解，我明白了许多道理，我意识到作为一名军人的光荣和自豪。您说得很对，生活中就包含了价值、奉献。拿我们现在来说，这不正是价值的体现，是一种奉献吗！不知我这样认为对不对？

捧读着盛巨梁写给兵妈妈的信，我似乎听到了那浓浓的母爱如同清泉一样，在战士们的心底流淌，发出叮咚叮咚的声响，欢快地奔向远方。

抚摸着折叠着的信纸，一一展开，一颗颗燃烧的心，化作灵动的翅膀，幸福地飞翔着。

魏文豹——

妈妈，我告诉您一件让您高兴的事吧，我于今年第三季度光荣地加入了中国共产党，成了一名中共预备党员。这个消息您高兴不？我的好妈妈，我知道我做您的好儿子还有些不称职，但我会更加努力地改变自己。

裴常有——

阿姨，我告诉您一个好消息，我因今年工作成绩突出，被评为优秀士兵，还有奖品呢！这也算是对父母的报答吧。还是要感谢您，没有您对我的关心和鼓励，我就不可能取得这么好的成绩。不过我还是要努力的，争取在下一年取得更好的成绩。您说对吗？

张伟——

乔妈妈，看了您给我来的信后，让我重新去看这个连队，给了我新的动力。在团里听了您的讲话，我哭了，您是一个伟大的妈妈，认识您是我的荣幸。这次写信不是我有不开心的事，而是向您报喜！我考车考了个优秀，因为我以前是学小车的，没有开过大车，也没有摸过大车，当时心理压力很大，怕考不好。但是让我没有想到的是我考了一个优秀，现在已经在汽车连里集训，我很高兴，想把我心里的喜悦告诉您，和您一起分享。

志文——

乔阿姨，没想到我们刚从西峡工地回来，您就来看我们，真的，我心里好高兴。您知道吗？在我给您写第一封信的时候，我心里有多少委屈想对您倾诉。我是一个苦命的人，二十三年的人生路上不知道遇到了多少风浪。不瞒您说，当上学出事故失学，当做好事不被人理解，还有毁了我人生的第二次转折，我曾不止一次地想到过一了百了，可想到父母亲把我含辛茹苦养大成人，又一次次挺了过来。当您第一次给我们讲您的故事时，我才真正从打击的阴影中走了出来。乔阿姨，不，乔妈妈，我想当您的兵儿子，您不会拒绝吧？我们马上又要上工地了，等上了工地我一定给您写信报平安，同时也向您保证，我一定不会辜负您的期望，以实际行动向党组织交一份合格的入党申请书。

乔妈妈，如果今年我真的回家了，我会路过洛阳来看您的，如果留下那再好不过了。我今生有一个最大的愿望，我会把我一生中所得的钱除孝敬父母以外，全部用于“希望工程”。

王智礼——

我是一名第一年度的新战士，我来自北方的某个城市，那里很繁华，政治气氛也很浓厚，但每个人都在为自己活着，人和人的情感很淡，那时从电视广播和报纸上看到听到有关军民鱼水情深的报道，但没有什么感觉。通过读您的来信，看您赠的书，我才感到这种军民鱼水情，这感情就像热流在我心中奔腾着，温暖着我。在新春到来之际，使我断去了许多想家的念头，在许多不眠之夜心潮翻涌时，看您送我的书，使我心情平静，真心感谢您对我们的关心爱护。快过年了，不知道您方便来同我们一起迎接本世纪最后一个春节吗？同时我也想当面感谢您。

钱卫娜——

钱卫娜——这个名字您还记得吗？一个个子不高的小女兵，看到这儿您一定想起来了。是的，我是127师执勤站话务班的一名普通女兵。首先告诉您一个好消息，我留队了！虽然不是我的本意，但为了爸妈少操点心，也为了您对我的培养和期望，更因为我舍不下这身翠绿的军装，我最后还是留下了。虽然留队有许多实际问题无法解决，但既然留下了，我就要干出一番成绩来。无论当兵时间长短，我一定会严格要求自己，走好军营的每一步路。军营生活还有两年，我不会浪费掉一分一秒的。

乔姨，那天您来给我讲的两个学生在车上说的话，我感触最深的是不能乱花钱，钱要派到有用的事上。所以我有个想法，现在我已转为士官，每月领几百元钱，我攒下一部分，另外把一百元钱寄给您，请您帮我寄给“希望工程”，也算我作为军人为社会做一点点贡献。您看可以吗？但请乔姨千万保密。

……

仿佛在很久很久以前，你就是他们默默凝视中的那片红叶；仿佛在很久很久以前，你就是他们苦苦期待中的那只鸿雁。你飘来了，以最细微最温柔的声息轻轻地挂在他们的额前；你飞来了，以最动情最优美的姿势，静静地栖息在他们的心口。

打开兵妈妈的信，一瞬间，幸福如同潮水在他们心海奔涌。

于是，在一片弦乐中，心与心碰响了……

第四章　点亮心灵的灯火

已经两天了，他粒米不进，一直把自己蒙在被子里，谁说也不抬头。

他是驻洛某部三连战士小李，春节期间因想家私自离队会老乡，受到连队处分。

“孩子，乔妈妈看你来了！”

大年初四晚上，三连指导员给乔文娟打电话：“乔老师，您能不能到连队来一趟？有个战士绝食好几天了。”放下电话，乔文娟就急忙打的来到连队，来到小李的床前。

一声亲切的问候，小李像见到了久别的亲人，呼地起身：“是您啊，乔妈妈！”

“孩子，人生路上碰到一点挫折就塌了脊梁骨似的，哪还有男子汉大丈夫的气派？你别以为自己一无是处，我看你在连队黑板报上画的画，就够准专业水平。”乔文娟鼓励他，“你别破罐子破摔，从哪里跌倒就从哪里站起来，乔妈妈敢肯定，我儿是个一敲当当响的宝瓶，只要上好釉，光彩着哩！”

望着乔妈妈充满关爱和期待的眼神，小李缓缓举起右手，向乔妈妈敬了一个端正的军礼。

征得连里同意，乔文娟把小李带到家中过节。

见小李有画画天赋，她就让在大学学美术的女儿教他画画。

就这样，小李重新扬起了奋进的风帆，年底圆了一直萦绕在心间的梦想，光荣地加入了中国共产党。

乔文娟先后被十一个驻军营、连聘为“编外指导员”，到部队做报告两千余场，先后与上万名战士面对面谈心或电话交流，帮助两千余名战士卸掉思想包袱。

深夜的“悄悄话”

1999 年，乔文娟在家里建起了“战士心理咨询热线”。为便于和战士及时交流沟通，开阔视野，补充知识，她购买了手机、传呼机，订阅了《解放军报》《前卫报》，开设了“军人阅览室”，购买了《心理学》《与青年战士谈人生》等书籍，系统地钻研了心理学和生理学，为三百余名战士建立了思想状况和家庭状况档案。

有一个夜晚，乔文娟的BB机响了，她赶紧翻身起来，把电话打过去："喂，你好，你是舟桥部队的吧？你这会儿在站岗吧？夜深人静的时候，是想家的时候，找我一定有什么事吧？请讲。"

"乔妈妈您好！您怎么知道我是舟桥部队的啊？乔妈妈，我是一个新兵，我的女朋友联系不上了，我想跑回家去找找她。我来当兵时她与我山盟海誓，可我刚来当兵一个多月，她为啥就变心了呢？"

乔文娟说："你的电话号码已经告诉了我你的方位，这么晚了你找我，一定是在站岗，乖，你今年多大了？"

站岗的新兵说："乔妈妈，我今年十八岁。"

"哈哈哈，才十八岁啊，乖，你们都太小了，不懂得什么是爱。你看，你才入伍一个多月，你的女朋友就变心跟别人跑了，这样的女孩不知道珍惜你，所以这样的女孩你也别要。你刚入伍，要早日从一个地方青年转变为一名合格的军人，等你有出息了，你身后追你的女孩多得让你挑花眼。乖，千万不能偷跑回家，那个女孩不值得你为她犯错误……"

又一个隆冬的子夜时分，乔文娟家里的"热线电话"骤响，听筒里传来一位不愿透露单位和姓名的战士焦灼而不安的声音："乔妈妈，您能帮帮我吗？"

"我从电话号码，已经知道你是某地某部队的，而且还知道你现在正在站岗。你心里一定有难于启齿的隐私，才给远方的兵妈妈打电话的。说吧，孩子，深夜静悄悄，就咱母子俩！"

如此洞悉自己的情况，使这位战士一下子解除了思想包袱。

原来，他怀疑自己患有某种男性病，又羞于向领导和战友们启齿，便到私人诊所看病，结果花了七千多元钱，反倒觉得"病情"越来越重，为此憔悴不堪。

乔文娟得知其尚未结婚，从没与女性有过肌肤之亲后，凭自学的心理学、生理学知识，判定他是心理障碍而非生理疾病。她以一位"已婚母亲、心理医生"的身份，告诫他不要无病投医，跳进"江湖郎中"的陷阱，鼓励他多看健康书籍，参加体育锻炼。

这位战士半信半疑。乔文娟笑着说：“傻孩子，我是兵妈妈呀，哪有当妈诓儿的道理？”

那位战士照着她的话去做，果然“疾病”全消。

晓丰的眼睛亮了

2007 年 5 月 27 日下午 5 点 19 分，乔文娟接到一个陌生电话。

打开手机盖接听，是一位入伍不久的新兵打来的。

电话里这位战士告诉她，新兵连结束后，他被分到一个山沟里，现在他好恨好恨他父母，恨他父母把他送进部队，他吃不了训练之苦，实在不想在部队干了，想跑回家……

话没有说完，电话断了，乔文娟焦急地打过去，语音提示电话欠费停机。

部队偶遇个别思想极端的战士，轻者偷跑，重者轻生。怎么办？

她找到那位新兵所在团的张干事的电话，打过去，挂断。

她发信息：“张干事好，我是你乔妈妈，刚才是我打你的小灵通，我有急事找你，请你抽空务必给我回电话。”

十分钟后，张干事回电话了：“乔妈妈，对不起，我刚才正在给学员们讲课，不方便接电话，请您原谅。乔妈妈您有什么事请讲。”

她把情况大概对张干事讲了，请他帮她联系那位新兵的指导员。

晚上 7 点零 8 分，她的手机响了，是那位新兵指导员的电话：“乔妈妈，给您添麻烦了，听说我们连队的一个新兵下午给您打过电话。”

因要去山西运城参加救助抗洪英雄李江雷患白血病的儿子小云潇的捐款活动，她不能马上去中队。

“指导员，请你转告那个新战士，等我从山西回来，我就去看望他。”

指导员答应马上就去做那位新兵的思想工作，她悬着的心总算放了下来。

从山西运城办完事返回洛阳，她第一件事就是去山沟里的军营，去看让她牵挂的那个新兵。

她带了本书，又买了十五个山西大西瓜，驱车近百公里，匆匆来到了武警某中队。

见到那个给她打电话的新战士，新战士眼窝里闪着泪的波光："乔妈妈，这么热的天，您跑大老远来看望我，我的心里很过意不去。今后我一定要克服困难，好好干，不辜负乔妈妈对我的期望。"

新战士名叫晓丰，从脚底到头顶，从眼神到胸膛，青春里的迷彩色，已经初见军人的气息。

午饭后，大队长、中队长、指导员又把晓丰叫到会议室，让乔妈妈再和他在一起聊聊。

晓丰告诉她，那天给她打完电话后，经过这一段的锻炼，已经基本适应了，就是体能跟不上，单双杠总是不及格。

她在书的扉页上写了勉励他的话，并签上名，送给晓丰。又送给他两张照片，一张是她和全国见义勇为英雄徐洪刚的合影，一张是寄托着她的绿色军营梦的满是军装的衣柜照片。

接过书，打开扉页，晓丰的眼睛亮了——

破茧化蝶需要忍受风雨飘零，梅花总是经历苦寒，才展现它傲人的芬芳。人的成长，就如一粒种子一样，需要忍受挫折与磨炼，才能破土而出，长成它本来的样子。

走出去，世界就在你眼前

吃过午饭刚躺下，桌子剧烈地震动起来。

乔文娟拿起手机。

对方是个女孩，她告诉乔妈妈，有个兵是71282部队通信营的，住院五天了，一句话也不肯说。

"别急，孩子，那我去看看！"

乔文娟刚做完手术不久，她忍着创伤部位的疼痛，赶到解放军150医院内三科军人病房。

她在内三科军人病房，看到那个给她打电话的女孩，原来是中国拥军网的会员——"爱军女孩"。

“爱军女孩”告诉她，十三号病床上躺着的病号，就是那个五天不说话的小战士。

乔文娟坐在十三号病床上，坐在小战士的身边，看到他病床上的卡上记着：7月2日入院；姓名：张都；病情：中暑；主治医师：彭××。

她微笑着对这个小战士说：“张都你好，你好些了吗？”

小战士躺在病床上，呆呆地望着她。

“认识我吗？我叫乔文娟，是你们营的营外辅导员。”

小战士微笑着对她摇摇头。

她微笑着对张都说：“先表示我的歉意，这两年忙，没顾上去你们营，所以我们相互都不认识。没关系，那我们从现在开始认识好吗？”

张都微笑着对她点点头。

“你是哪年入伍的？家是哪里的？你在家是独子吗？可以告诉我吗？”

张都用右手向她比画着。

“哈，你的哑语手势不正规，我没看懂。”

张都微笑着，又伸出左手，用两只手向她比画着。

“你自己创造的哑语手势不好懂，我只看懂你是去年12月入伍的，上面有一个哥哥，下面有一个妹妹，其他就看不懂了。那你写在我的本子上吧。”

张都微笑着翻身趴在床上，在她的小本子上写：1987年6月24日出生，家在陕西省西安市蓝田乡。

乔文娟找到主治大夫彭医生询问张都的病情。彭医生说：“张都前几天中暑住进来了，住了三天出院回部队了，7月2日又中暑送来。送来时神志很清楚，就是不说话。经检查，身体没有发现有异常，可能是心理问题，自我封闭。”

从彭医生那里问完情况，她又来到军人病房，坐在张都的身边，把张都压盖在脸上的双臂拉开：“张都，你怎么了，不舒服吗？让我看看。”

张都望着她摇摇头。

“张都，你看，我给你买的牛奶加钙豆奶粉，每天早晨起来，让陪护的战友帮你冲一碗，你想吃什么了给我打电话，我给你送来好吗？这上面有我的联系电话。”

张都高兴地接过名片，仔细地看着名片上乔文娟的照片和名片背面的一句话：“如果你有解不开的心结，或有愿意对我说的话，请写信或打电话给我，我愿为你分忧解难；假如你立功受奖，也别忘了告诉我，让我分享你的快乐。”

张都的脸上洋溢着乐观开朗的笑容。

这时，张都的陪护，一位二期士官走进病房，张都连忙把乔文娟的名片递给他看。那位二期士官接过名片一看，惊喜地说：“是乔阿姨呀，早就知道您，但一直没有见过您。”那位二期士官的话音没落呢，张都一把把乔文娟的名片从陪护的手中抢过来，歪着头，边看着她，边笑着把名片藏进他的病号服上衣口袋里。

看着这位年轻的战士，乔文娟顿时感觉到兵妈妈的责任重大。个别新战士训练时怕苦怕累的思想不仅影响整个连队的训练进度，而且影响到整个部队的行动，如果真的打起仗来，我们的军队能战无不胜吗？

乔文娟对张都说：“你长得很像我的兵儿子丁阳，特别是你笑的模样更像丁阳。丁阳原来是叶挺独立团的战士，现在在江西海军部队。丁阳是 1999 年 12 月入伍的，2000 年也是 7 月份，在训练时中暑昏迷，住进内三科，那年他和你一样大，十七岁。我的兵儿子丁阳，是一个很要强、很有上进心的战士，在医院治疗半个月身体康复后，又回到了训练场上，在部队入了党，多次被评为优秀士兵。今年 4 月份，牡丹花开的时候，丁阳还到洛阳来看望我呢。我也希望你像丁阳一样坚强，早日成为一名合格的战士，一个真正的军人；更希望你早日康复，早日听到你说话的声音。如果你能开口说话，一定要给我电话哟。”

张都望着乔文娟，神情严肃地点点头。

“张都，我们一起合张影，让我的兵儿子丁阳看看，看看你像不像他，好吗？”

张都一听和乔文娟一起合影，高兴地坐起来，移到她身边，依偎着她，抿着嘴笑。

走不出去，眼前就是你的世界；走出去，世界就在你眼前。

五天不说话的新兵张都，第二天就出院回到了训练场。

五十六名新兵的呼唤声在山坳回荡

2003 年 12 月 31 日早晨 6 时 30 分，乔文娟走出武昌火车站，坐上出租车，直奔驻扎在江夏区的某旅 17 营新兵连。

她衣兜里揣着一封信，一封入伍才二十天的洛阳籍新兵张帅写给她的信。

信是 12 月 29 日下午收到的。

部队和我想象的不一样，我们每天早晨起来就要学叠被子，吃的也没有家里的好，而且班长管得很严。我想家了，我想我妈了，我不想当兵了……

看完信，乔文娟心跳加速。

31 日上午 9 点，她出现在这个共有五十六名新兵的新兵连。

“一二一、一二一……”训练场上响着整齐划一的口号声，一列列透着稚气的年轻人在操场上不断重复着整齐划一的队列动作。

新兵连的每一天，都是一次新的开始，新战士们在这里学习成长，从一名地方青年转变为一名合格军人。乔文娟坚信，他们终会变成父母眼中期盼的样子。

应营教导员的邀请，上午 10 点半，全体新兵集合，乔文娟登上讲台。

乔文娟讲了她的拥军故事，讲了她对军人的崇敬和理解，告诉刚穿上绿军装的孩子们，不是谁想当兵都能当上的，如果你们中有谁开了小差，跑回家，当了逃兵，你们的妈妈岂不是会很伤心！妈妈叫你们来当兵，送你们的路上千叮咛万嘱咐，一句嘱咐要说三遍，满眼含着泪水也要露出笑容。来当兵如果后悔，那也只后悔两年，如果不来当兵，那将会后悔一辈子。军营是个大熔炉，在这里，将铸造你钢铁般的意志；军营是所大学校，在这里，将会把你人生坐标进一步校正。无论你所做的是终身选择还是尽一个公民的义务，军旅生涯从任何意义上说都会给你带来一笔巨大的财富。孩子们，不要害怕眼前的困难，勇敢地跨过去！

战士们听完她的故事和她的殷殷嘱托，纷纷向她表决心，一定不辜负父老乡亲的期望，不辜负乔妈妈的期望，一定要早日适应部队，早日成为一名合格的军人。

望着一张张青春灿烂的脸庞，乔文娟笑了。

午饭后，在军营的小道上，乔文娟和新兵张帅亲切地交谈。

“看到乔妈妈，我就感觉特别亲切温馨，仿佛看到了自己的妈妈。”

乔文娟冲张帅高高地竖起大拇指：“乔妈妈相信你，一定会是个好兵！”

一阵寒风吹过，隐约有金黄色的小点一闪一闪。张帅弯下腰，竟然是一簇迎春花，正在泛着金黄色的光。

张帅看着它们在寒风中摇曳，仿佛听到了它们正在为自己的盛开而激昂地欢唱着……

明天就是元旦了，这也是2003年入伍的新战士在部队里第一次跨年。

晚上，乔文娟和新战士们一起联欢。

晚会上，战士们都争先恐后地展现着自己的才华，乔文娟和战士们合唱了一首《军中绿花》。她对全连五十六名新兵说：“五十六个民族，五十六个兵，愿你们这五十六朵军中绿花早日开放，好让那白云带回家，送给家乡的妈妈和你的那个她！”

晚会快结束的时候，一名来自贵州的新兵杨国勇站了起来：“乔妈妈，我给您唱一首歌。”

杨国勇在大家的掌声中走到俱乐部中间，唱了一首《世上只有妈妈好》。当唱到“没妈的孩子像根草”的时候，杨国勇哭了，坐在一旁的战士黄胜也哭了。

指导员龚华平告诉乔文娟，杨国勇和黄胜都是孤儿。

乔文娟急忙站起来，迎上去：“谁说你们是孤儿，我就是你们的妈妈！”

两个孩子扑在她的怀里，嘴里喊着妈妈流着泪。

乔文娟把他们搂抱在怀里，拿出纸巾擦完他俩的眼泪，再擦自己的泪，擦完自己的泪，再擦他俩的眼泪。全体战士们鼓着掌，擦着各自激动的泪水。

元旦的上午，全连五十六名新兵站在大院门口送她，战士们与她依依不舍地告别，车开了，战士们大声喊着："乔妈妈，不要忘记我们，有空来看我们！"

乔文娟喊着："你们永远是我的孩子，我永远是你们的妈妈！"

乔文娟和五十六个新兵的呼唤声在山坳中久久地回荡着……

当乔文娟第二次来到 17 营看望慰问他们时，孩子们已褪去稚气，身着迷彩在风雨中磨砺成长。

那个曾想当逃兵的张帅已翻过心中的那座"大山"，他把如火的青春燃烧在训练场上，2004 年年底技术比武拿了第一，演讲比赛也得了第一，被评为优秀士兵并留队当了班长，第三年被提为代理排长。

走进光荣的临汾旅

如果说一面战旗就是一部史诗，那么百面战旗就是鸿篇巨制。

2019 年 10 月 1 日，在国庆大阅兵中，有这样一支方队，吸引了无数人的目光。

它，首次亮相；它，满载荣誉；它，点燃无数人的雄心。它就是战旗方队。

东南西北中，五大战区，百面荣誉战旗集中受阅，昭示着人民军队的使命荣光。

10 时 57 分 47 秒，战旗方队气势如虹通过天安门的那一刻，正在观看阅兵直播的乔文娟激动地欢呼起来："临汾旅！临汾旅！光荣的临汾旅！"

这是一支底蕴深厚、战功卓著的荣誉部队，它诞生于抗日战争的烽火硝烟中，勇战上党、运城，力克临汾、太原，战秦岭、下川西，历经百团大战、临汾战役、抗美援朝第五次战役、夏季反击战等大小战役六百多次，歼敌八万余人，形成了"猛、狠、拼、犟"的攻坚精神和"铁心跟党、勇于攻坚、严守纪律、紧密团结"的优良传统，被中央军委授予"光荣的临汾旅"荣誉称号。

百面战旗中，有一面属于"光荣的临汾旅"。

乔文娟早就有一个心愿，到"光荣的临汾旅"去看看那些可敬又可爱的官兵。2016年秋果累累的十月，她的梦想成真。

她走进临汾旅炮兵团礼堂，面对入营不久的临汾旅新兵时，心底涌动着一股暖流，如同见到了自己的孩子一样亲切。

她带着微笑，迎着几百道灼热的目光，大声讲演起来：

“孩子们！从地方青年到光荣的临汾旅的战士，你们的七彩青春被染上了独特的迷彩色，在瞩目的荣光中开启了军旅之路。乔妈妈祝贺你们！”

礼堂里顿时爆发出一阵雷鸣般的掌声。

之后，一次次掌声响起，“乔妈妈、乔妈妈”的喊声此起彼伏。

掌声、呼唤声伴着泪水。掌声、呼唤声，因内心敬仰而响起；泪水，因心灵触动而滑落。

“亲爱的乔妈妈您好！那天听了您的演讲，我感觉我的心都被感化了。您是一位伟大的母亲，也是一位伟大的兵妈妈！”

乔文娟从南京返回洛阳，来自临汾旅的信便雪片般飞来。

我打开几封，云霞满纸，情贯兵书。

新战士张连龙——

乔妈妈，我是来自临汾旅炮兵团的一名新战士，那天下午听了您的拥军报告，十分激动。当听到您为了生病的军人捐献骨髓时，我哭了，被您的大爱无疆、无私奉献的精神深深地感动了。听到您两次参军都被人顶替而深表遗憾。但我想说的是，您不是军人，胜似军人。当听到您为孤儿战士买羊毛衫，却从来没有为自己的亲生女儿买过时，我哭了。您为住院的战士熬汤，然后冒雪送到医院，却忘却了自己的病痛。在军人家中有困难时，您把自己省吃俭用存下来的钱捐到他们家里，为他们解决困难。为了帮助想不开的战士，您连夜赶路去安慰他们，使他们的心结打开。您二十多年没有为自己买过一件新衣服，几十年如一日地穿着没有领花肩章的军装，把自己最美好的年华都用在了拥军这条路上。“爱美之心，人皆有之”，我想说的是，穿迷彩的您是最美丽最可爱的人！

新战士朱煜峰——

亲爱的乔妈妈，听了您的报告，我还是想问您一个很多人都问过的问题：是什么使您坚持了四十年之久？并且我还想加一个问题：您是否无数次碰到过您无法逾越或克服的困难，最终是如何解决的？毕竟您还站在这里为我们做报告，就是最好的圆满解决的证明。

我也是第一次知道有人可以如此关心并且爱护部队，还坚持了如此长的时间，长到我生命两倍还不止。当我听到您为了一个素不相识的新兵，驱车百里看望；当我听到您为一个素不相识的士官追回被骗的十二万元巨款，花去大量精力和钱财，我虽然坐在下面服从命令，只能端坐静听，但是我的内心受到了很大的震动。说实话，一开始我觉得这报告是个过场，是又一个来给我们洗脑而已的过场。听完之后，我的掌声是附近人中最热烈最真诚的，我觉得您配得上我这样的掌声！

新战士黄欢欢——

亲爱的兵妈妈，您好！您的演讲给了我很大的信心和鼓励，也让我想起了好多事，也让我想明白了很多很多事。

我来部队快有一个月了，心理上还是有点犹豫和想回家。因为我家条件不好，我非常想念我的母亲。我母亲今年六十一岁了，我父亲在我两岁的时候去世了，我母亲身体不好，我很想念她，在部队也不能随时给家里打电话。乔妈妈，您在演讲时让我们叫您乔妈妈，我用尽了全力。

乔妈妈，虽然我很想家，但我不会当逃兵的。乔妈妈您真的很伟大，一生都在为不认识的人服务，不求回报，乐于助人。您虽不是军人，但您比军人还神圣，您永远是我们的兵妈妈！乔妈妈，我会刻苦训练，报效国家，为家人争光，成为真正的解放军战士。

人生路上一盏灯

“一口饭，做军粮；一块布，做军装”，这是革命战争年代沂蒙山区流传的一句质朴话语。从硝烟弥漫的战争年代走来，缝鞋垫、推小车的故事渐渐远去，但“军爱民，民拥军”的故事正随着时代变换，绽放出新的华彩。

每逢新兵入伍之时和老兵退伍之际，乔文娟都要到军营去。去为新入伍的战士送去母亲般的温情，使他们减少思乡的不安；去为即将退伍的老兵送行，指点今后人生路上怎样面对困难。

2010 年 1 月 19 日，乔文娟冒着严寒应邀来到北京 61035 部队，给刚入伍的新兵讲课。迎接她的，是一棵棵像白杨树一样挺拔站立的士兵们，笑容或憨厚或青涩。

“乔妈妈好！欢迎乔妈妈！”在战士们的问候声中，她走进部队文化活动中心。

她报告的主题是：点亮战士理想心灯，体现人生价值观。

下午 4 点 20 分，她做完报告，全体官兵起立，向她致以神圣的军礼。

乔文娟站立在主席台上，泪花闪闪：“亲爱的孩子们，我爱你们，因为，你们是人民的子弟兵！”

报告结束后，她在政治处郭副主任和新兵连柳指导员的陪同下，到新兵五连与新战士们一起座谈。刚入伍的新兵中，有九位来自单亲家庭，一位家庭特困。听了柳指导员的介绍和他们各自的汇报，乔文娟对他们说：“有幸的是，你们穿上了军装，来到首都北京当兵。我深信，你们一定能战胜一切困难，成为一名出色的军人！”并嘱咐他们，“以后如果有愿意对我说的话，请告诉我，我愿意为你们分忧解难。”

2004 年 11 月，是驻洛某部渡海英雄连退伍战士向军营告别的日子。这是个伤感的日子，每年的这个时候，严肃活泼的军营里总少不了悲伤离愁，因为在这里一起生活数年的老兵们就要退伍回家。每一个军人都有一段难忘的军旅生涯，即使心中有再多的不舍、再多的依恋，都必须擦掉眼泪，开始新的征程，开始新的人生挑战。

11 月 27 日晚，乔文娟带着糖果、花生等礼品，打的来到军营，和渡海英雄连的三十二名退伍老兵促膝谈心。座谈中，乔妈妈与老兵畅谈人生，鼓励大家把部队的好传统、好作风带回家乡，干一行，爱一行，专一行，为家乡建设贡献力量。乔妈妈还为大家提供了深圳、洛阳等地用人单位招收退伍军人的信息，给老兵分发了自己创办的中国拥军网站和战士心理咨询辅导站的名片，留下了老兵的联系地址和电话，希望大家常回洛阳这个“家”看看。乔妈妈应老兵的要求，为大家题写赠言，兵妈妈与兵儿子在渡海英雄连军旗下留念。乔妈妈还到寝室，最后一次为老兵整理军容，希望大家永远记住“我是共和国的一个兵”，不论走到哪里，都要为部队争光，为军旗添彩。

渡海英雄连一班长杨鹏服役满五年，是乔妈妈最喜欢的战士之一。他深情地说：“我来自河北磁县，五年前，我还是不懂事的小毛孩子，是乔妈妈让我懂得了做人的道理。在军旅生活中取得了许多成绩，其中还荣立一次三等功。”

依依惜别之际，战士们把《军中绿花》送给乔妈妈。

寒风飘飘落叶
军队是一朵绿花
亲爱的战友你不要想家
不要想妈妈
声声我日夜呼唤
多少句心里话
不要离别时两眼泪花
军营是咱温暖的家
妈妈你不要牵挂
孩儿我已经长大
站岗值勤是保卫国家
风吹雨打都不怕
衷心地祝福妈妈

愿妈妈健康长寿

待到庆功时再回家

……

歌声伴着泪花，唱给兵妈妈，唱给难以忘怀的军营，也唱给自己未来的岁月。

乔文娟也满含热泪，满含不舍，满含希望。

2005年12月2日，驻洛某部的退伍战士就要离队了。为了赶在上午8点半，宣布退伍战士名单之前到军营，去送这些即将离开军营的兵儿子，夜里3点钟乔文娟就不敢再睡了。

8点半，部队以连为单位，宣布退伍战士的名单，气氛庄严而又沉重。当连长开始点到第一名战士的名字时，这名战士的眼圈红了，顿时泪如涌泉。乔文娟依依不舍地为兵儿子戴上“退伍光荣”的大红花。兵儿子大声地哭着说：“乔妈妈，我要走了，我不舍得离开部队……”兵儿子又哭着说：“乔妈妈，我也不舍得离开您……”乔文娟拍着兵儿子说：“以后想乔妈妈的时候，就到洛阳来，到乔妈妈家里来。”

举行完向军旗告别仪式后，退伍战士们在连部门口合影留念。团首长们也下到各个连队看望退伍战士并一起合影留念。乔文娟按照兵儿子们的要求，送了每人一张她与军旅歌手阎维文和杨洪基两位老师的合影照片留念。

团政委汪立宏和退伍战士们一一握手道别，走着握着，握着走着，走到队伍中间，他握着一名退伍战士的手，对乔文娟说：“乔老师，你来看一下，看看我们战士的手。”

乔文娟停下脚步，回身去看汪政委手中握着的那双战士的手，久久说不出话来，热泪顿时蒙住了眼睛。

她接过汪政委手中的那双战士的手，这是一双怎样的手啊！为了苦练杀敌本领，双手布满了深深的宽宽的裂痕！

二十岁的年纪，与他同龄的孩子，在家有时还会在妈妈面前撒撒娇，可他们，自从穿上这身军装，就把自己交给了部队，交给了祖国。因为他们知道，穿上这身军装，就意味着奉献，意味着牺牲……我们的战士太可爱、太可敬了！

为了这些可爱、可敬的战士，乔文娟始终如一地坚守着，捧出了一个兵妈妈、一个营外指导员全部的情和爱。

王鑫在拉萨某部队服役，老家在洛阳市宜阳县。当年，乔文娟前往拉萨某部队给新兵讲课，认识了这位小老乡。在王鑫心中，乔文娟就是可信赖、可依靠的妈妈。老家有困难，他求助乔文娟后，总能一次次得到解决；自己的婚姻大事也时刻被乔妈妈惦记着……在乔文娟的鼓励关爱下，王鑫在部队获得三等功、优秀士官等荣誉，并光荣提干。

范军在西藏亚东某边防部队服役，雪域高原气候条件恶劣，所处之地荒凉。在如此环境下坚守十年，范军有了退伍之心，但内心又很矛盾，便试着拨通了乔文娟的电话。“如果部队需要你，希望你能安心留在部队服役。好男儿志在四方，如果都怕苦怕累，谁来守卫祖国的边防？越是艰苦的地方越能锻炼人……”乔文娟温柔的语气中带着坚定，鼓舞的话如潺潺细流，感化着范军的心。最终，范军安心扎根军营，在西藏地区服役了整整十三年。在他心中，乔文娟不仅是困难时安慰、鼓舞他的妈妈，更是他人生道路上的一盏明灯。

春风吹动青春的脸庞

这里驻守着一支神秘之师，镁光灯下很难见到他们的身影，但是，历史将永远铭记他们。在这个英雄的队伍里，一茬茬官兵怀着对党的无限忠诚，默默守护着祖国的和平之盾。

一个夏日的午后，乔文娟应邀来到这里，为官兵们演讲《点亮军人的理想心灯》。

报告会后，乔文娟和几位女兵一起座谈。她们问她：“是什么力量使您能几十年如一日地坚持这份拥军情？”问她：“您经常这么做累不累呀？图的是什么？”问她：“一定很多人不理解吧？您是怎么处理的？”问她：“您几十年来都是穿一身没有军衔的军装，您穿不烦吗？”

乔文娟回答：“说不累是假话，有时累得吃不下饭，累得眼睛疼得睁不开，累得双腿疼得抬不起来。可是一想到战士们那一双双渴望的眼睛，和那一封封等我回音的信，和那一件件等着我去办的事情，再累，我的心也是甜的。我什么都不图，为了那份绿色的情结和心中美好的愿望，我愿将自己有限的生命，投入到无限的拥军爱兵行动中去。”“我也是普通女人，也有爱美之心，有时也好想给自己买两件时髦、漂亮的衣服，可一想还有许多地方需要钱，就只好打消这个念头。去广州、上海、苏州等大城市出差，我挑不出一套体面的衣服，还是穿上部队送给我的，也是我最喜爱的绿军装。”

和女兵们座谈完，她又到连队和战士们一起交流。

人总是不知道哪天会发生一生中最重要的那件事，不知道哪天遇到一生中最重要的那个人，不知道哪天会明白影响一生的那个道理。乔文娟来了，轻轻地来了，来到军营，来到战士们中间……春风吹动青春的脸庞，春雨滋润奋飞的梦想，她以自己的真情、以自己的智慧和力量，激励万千士兵阔步行进在打胜仗的征途上。

和战士们座谈交流结束，部队宣传干事送她到家，拿出一个信封，说里面装的是部队的一点心意。乔文娟去部队讲课、做报告，从来都是尽义务，不收费。她对宣传干事说：“感谢部队首长对我的关心，但是这钱我不能收，如果你硬要给我，那么今天晚上我会睡不着觉的，心里不会安宁的。”

第五章　一百八十七个特殊的兵儿子

这是 2018 年 12 月 9 日。

得知兵妈妈乔文娟要来看望，“扫雷英雄”杜富国一大早就穿上军装在病房等候。

他心里充满期盼，盼望着时间过得再快一些，这样就能早一些见到仰慕已久的兵妈妈。

“孩子，我来看你了！”

乔文娟走进病房，杜富国张开没有双手的双臂，双脚探索着向她走来。

乔文娟张开双臂迎上去。她眼含热泪，紧紧地拥抱着这个让她牵挂的兵儿子。

包括杜富国在内，她特殊的兵儿子已有一百八十七个之多。

一声声“乔妈妈”“妈妈”“妈”的叫声，饱含了多少爱和信任。

她家没有人当过兵，可她家门上悬挂着全国统一颁发的“光荣之家”牌匾。据悉，那是经过层层报批，全国唯一的一块特殊的牌匾。悬挂牌匾那天，锣声、鼓声、掌声贯穿了整栋楼。洛阳市退役军人事务局说，她家没有人当过兵，但她的兵儿子是最多的！

著名诗人王怀让曾写过一首诗：《乔文娟之歌》。

军营有多宽你的襟抱就有多宽，
战士有多远你的心思就有多远。
你的“心连心”连接起军心民心，
你的“拥军网”网住了鱼水情深。
你把心变成声音和战士孩子谈心，
你把爱变成文字和孩子战士通信。
多少战士以儿子的名义喊你妈妈，
喊声中有征途浪花也有哨所云霞——
啊，怀抱着这么多、这么多的汹涌澎湃，
所以我们说：母亲是大海！
啊，擎起了这么多、这么多的云霞烂漫，
所以我们说：母亲是高山！

含泪叫出的那声“妈”

1999 年，刘振江因病在解放军 150 医院住院。一天上午，他卧床休息，突然，乔文娟带着熬好的排骨汤走进了病房。刘振江以为有病友家属来探望，并未在意。乔文娟盛好一碗汤，走到他床前，热情地招呼他喝汤。

乔文娟离开后，刘振江悄悄掩上门，问住院时间长些的病友：“这是谁啊？”

“是乔妈妈，常来慰问照顾咱们。”

在随后的日子里，家人不在身边的刘振江和其他病友一起感受着乔妈妈的细心与贴心：夏天送来绿豆汤降温解暑，冬天送来排骨汤暖身补气，过生日了送来生日蛋糕，和风细雨般的话语中经常提到的是“一定要坚定战胜疾病的信心”……

二十三岁的小伙子渐渐康复，慢慢有了自己的心事，这当然瞒不过“营外指导员”乔文娟。

“孩子你倒是说说，那人是谁啊？别不好意思。”

“洗衣房的那个姑娘。”

在见到洗衣姑娘的那一刻，刘振江的心弦就像被一只柔软的手重重地拨动了一下，温暖、战栗的和声，伴着喜悦，带着乐感的轰鸣，在心房里突然炸响。

那些日子，小伙子幸福得无法形容。

可她愿意吗？

“这算啥啊，不好意思开口，妈去给你说！”

……

在乔文娟的帮助和见证下，刘振江和洗衣姑娘的心慢慢靠近。

在刘振江的婚礼上，细心的乔文娟拿出一枚戒指戴在新娘手上，帮囊中羞涩的兵儿子弥补了关键时刻的缺憾。刘振江眼眶含着热泪说：“今天，请让我真切地喊您一声妈！”

多年之后，面对妻子，刘振江依然清晰地记得自己含泪叫出的那声“妈”。

妈妈陪你一块儿去死

乔文娟的兵儿子有千千万万个，其中有一百八十七个是她特殊的兵儿子，特殊的兵儿子中有不少是患重病的战士。

患膈肌瘤的兵儿子王广二，被病魔折磨得骨瘦如柴，身上局部溃烂，散发出腥臭味。

乔文娟天天到医院为他擦洗溃烂部位，揉搓失去知觉的双腿。开始，王广二很不好意思，坚决不让。乔文娟说："孩子，别忘了，我是你妈妈呀！世上哪有妈妈还嫌儿子脏臭的道理！"

她轻轻揉搓着，王广二的眼泪在脸上不停地奔跑着……

某红军团的一名战士在化疗期间，有一次跟她说想吃水蒸蛋。乔文娟在家将鸡蛋磕开盛入饭盒蒸好后，塞进棉衣紧紧抱在胸口。

那天正赶上天降暴雪，路上看不到一辆车，她冒着刺骨的寒风，在冰天雪地里走了一个多小时。

当她气喘吁吁地走进病房，拿出暖在胸口的饭盒时，这名战士热泪盈眶。他大口吃着热乎乎的水蒸蛋，眼泪扑簌簌掉进饭盒里。

……

有多少类似这样的镜头，像一幅幅"慈母图"，永远镌刻在兵儿子们的心里。

曾患急性粒细胞白血病的姜腾，是为数不多让乔文娟"发火"的兵儿子中的一个。

姜腾是驻三门峡渑池某部的战士，江苏沭阳人。1998 年 12 月入伍，1999 年 4 月 20 日到洛阳解放军 150 医院检查，被确诊为"M6 型白血病"。

为了让姜腾早日康复，乔文娟三天两头前往医院照顾。

1999 年 8 月 30 日，是姜腾十九岁的生日，为了让他高兴地度过十九岁生日，乔文娟买了生日蛋糕、水果和十九朵康乃馨。当她把象征着十九岁年华的十九朵鲜花递到姜腾手里时，这位小战士含着泪说："阿姨，您太好了，我自己都忘了今天是我的生日。"

在 150 医院内三科住院的十六名战士，听说今天是姜腾的生日，都围坐在一起为他庆贺。乔文娟把点燃了十九根蜡烛的生日蛋糕慢慢推进病房，战士们为姜腾唱“祝你生日快乐”的歌，鲜花和烛光把姜腾苍白的脸庞映红了。

姜腾的病情稳定后，暂时回到连队休息。

1999 年 9 月 18 日，乔文娟收到姜腾从连队寄来的信。

姜腾在信中说：

阿姨，在 150 医院您对我真的太好了。每次当我看到您的时候都特别地高兴，您是我最亲的人。您对我的关心帮助就像对待自己孩子一样，使我感受到一种母爱。阿姨，我真想对您大喊一声“妈妈”，可是我没有勇气在您的面前表现出来，只有写信告诉您，说出我的心里话，心里真的很舒服。

接下来，姜腾的称呼变了：

妈妈，我知道您的工作一定很忙，应该多休息。我一听到您说眼睛疼、胃疼，我的心太难受，妈妈早点把病治好，好吗？

虽然我不是您的亲生儿子，但是您是我最亲的妈妈。我在洛阳一个亲人都没有，出门在外真的很难，遇上妈妈您这样的好人，我感到很幸福。

12 月初的一个星期天，天气很冷，刮着大风，一大早姜腾突然出现在乔文娟家。

乔文娟急忙问姜腾：“孩子，怎么了？出什么事了吗？”

姜腾说：“没有，妈妈我想您了，我想吃您包的饺子。”

乔文娟心疼地说：“今天的风这么大，伤风感冒了怎么办？你想吃什么打电话告诉我，我做好给你送去。”

乔文娟赶紧到菜市场买上鲜肉和鲜嫩的韭菜包饺子。

吃完饺子出门到了公交车站，将要上车的姜腾把一封信递给乔妈妈，叮嘱她回家再看。

回到家，乔文娟拆开信，头轰的一声像要炸了——

妈妈，我心里好难受，想和您说说心里话。以前我也不知道自己生的是什么病，医生一直都瞒着我。前不久，有一实习护士问我，你怎么会生这种病，我说什么病，后来她拿起我的病历看起来，我又从书里看到一些内容。当我知道自己生这种病时，妈妈，我真想一死了之，这种病真的不好治。妈妈，在洛阳遇上您这样的好人也许是我的福分吧！妈妈，当您那慈祥的双手摸在我的头上时多么温暖。妈妈，当您喂我吃饭的时候，我吃得是多么香啊！妈妈，当您每次过来看我的时候，我的心情会突然变得格外高兴。妈妈，我最难受的时候，最关心我的是妈妈您。妈妈，我每次看到您远去的背影时，都盼望妈妈您下次什么时间能再过来。妈妈您对我这么好，您的大恩大德我永远难忘，今生报答不了，只有来生再报吧！

"傻儿子呀，你不能抛下妈啊！"

信没看完，乔文娟立即给150医院打电话，并乘出租车赶往医院，冲进病房一把将姜腾搂在怀里，两人抱头痛哭。

可乔文娟安慰了半天，依然未能打消姜腾轻生的念头。

乔文娟心一沉："既然儿不珍惜才十九岁的命，妈也敢舍，妈陪你一块儿去死，不能让我儿黄泉路上还孤独！"

乔文娟的愤怒，让姜腾醒悟过来。

为了挽救姜腾的生命，乔文娟到处奔忙，最后为他争取到了十万元的特殊治疗费。

亲情如海浪一般奔涌。她为姜腾的不幸痛苦，也为他的幸运而开心。

2001年12月10日，姜腾在解放军150医院成功地做了骨髓自体移植手术。

姜腾骨髓自体移植术后完全康复，回到了部队。

电话响了，乔文娟拿起电话，一声"妈妈"，刚回到部队的姜腾泣不成声。

有一种爱无法释怀，有一种爱无法表达，有一种爱无法忘却，一声"妈妈"，是母子情最质朴的诠释。

穿梭在生命的河里，请铭记大自然赐予的惠风和畅，铭记兵妈妈赐予的无边大爱。

兵妈妈与扫雷英雄

麻栗坡，一个让人刻骨铭心的地方。“为什么战旗美如画，英雄的鲜血染红了它；为什么大地春常在，英雄的生命开鲜花……”每当歌声响起，我们总能回忆起 20 世纪那场守护祖国边境的战斗，多少热血青年、英雄儿女舍生忘死，用鲜血浇筑了和平与安宁。

为了清除雷场，留给人们安宁与安全，中国排雷精兵向这一带的边境雷场挺进。

深秋的老山，寒风萧瑟，轰隆隆的爆炸声不时传来。执行中越边境云南段第三次大面积扫雷任务的南部战区陆军云南扫雷大队官兵，奋战在崇山峻岭中的死亡地带。

“你退后，让我来！”

面对复杂雷场的一枚加重手榴弹，扫雷大队作业组长杜富国命令同组战友艾岩后退，独自上前排除手榴弹。此时突遇爆炸，“轰”的一声巨响，火光伴着黑烟而起。危急时刻，杜富国挡开战友，自己却失去双眼和双手……

从新闻中得知杜富国的英雄事迹后，乔文娟深受震撼。

2018 年 11 月 25 日，她在秦皇岛参加完兵儿子赵永琪的婚礼，来到大海边。一阵阵冷风拂过她的脸颊。海面上掀起一个个上下翻滚、大大小小的浪，层层叠叠，远远望去，好像一行正在展翅飞翔的白鹭。她眼望着辽阔的大海，心胸豁然：杜富国没有了眼睛，我不是有一双清澈明亮的眼睛吗？我虽然过了花甲之年，但我的眼睛不花，我可以把我的一只眼球捐给杜富国。

当她站在大海边，下决心要为扫雷英雄杜富国捐献一只眼球时，她的热泪止不住涌出了眼眶。

她告诉我，因为她从小到大，都是一个爱美的女孩，一个爱美的女人，如果为扫雷英雄杜富国捐一只眼球，她的眼睛也会废一只，那必定没有了现在的形象。她当时犹豫了，一双泪蒙蒙的大眼看着大海的波涛，望着大海的尽头，她仿佛看到扫雷英雄杜富国站在大海的那头，急切地等着她。她释然了。

她说："我是兵妈妈啊，父母给了我一双清澈透亮的眼睛，给了我一腔大海一样的胸怀。为了救兵孩子，血、骨髓、眼球，我愿意，我甘愿付出一切，甚至我的生命。"

在去云南之前，一位朋友告诉她，眼球不能捐，只能捐眼角膜。

2018 年 12 月 9 日，从河南洛阳辗转来到解放军第 926 医院后，她径直去找医生，提出自己的想法。

遗憾的是，医生说，杜富国的两个眼球摘除了，眼角膜用不上。眼球移植，现在世界上都没有攻克，没法移植。

听说杜富国的眼睛没有办法复明了，乔文娟的心里特别难过，她为科学难关未克而抱憾不已。

过了一会儿，她调整好自己的情绪，手捧着鲜花走进杜富国的病房。

"孩子，我来看你了！"

杜富国张开没有双手的双臂。

乔文娟上前一把把杜富国抱在自己的怀里。

时间仿佛在那一刻凝固了。

乔文娟安慰杜富国："将来医学进步了，你会通过其他方式看到光明的。"

杜富国说："乔妈妈您别担心，我的眼睛虽然看不到了，但我的内心一定会光明的，谢谢您！"

她拉着杜富国残缺的手臂，慈祥地问："疼不疼？吃饭怎么样？"

杜富国的母亲李合兰看到这一幕，眼里溢出了晶亮的泪珠。乔文娟转身拉着她的手说："你生了一个好儿子，他同样是我的兵儿子，以后我们一起照顾富国。"

乔文娟送上为杜富国精心准备的礼物。"这是我画的洛阳牡丹图，代表着洛阳人民对英雄的敬意和祝福。"乔文娟展开画作，一朵朵鲜艳的红牡丹如兵妈妈的心一般火红炽热。

她还委托一位书法家专门为杜富国写了一幅书法作品，"扫雷英雄"

四字遒劲有力。

见到杜富国的妻子王静，乔文娟直夸她漂亮。她拆开自己带来的纸箱子，里面装满了她精心挑选的糕点，有甜的，有咸的，有软的，有硬的。“我不知道富国爱吃什么，每样都准备了一些。”她将糕点交给王静，“富国爱吃什么，你告诉我，我回去后再寄来……”

临别之际，乔文娟给杜富国整理衣领，又一次紧紧拥抱他：“今后，你就是我的兵儿子，妈妈会常常来看你。”

杜富国用残缺的双臂半抱着乔文娟：“谢谢乔妈妈，边疆路远，您要多保重！”

温情时刻

乔文娟轻触鼠标，一个个兵儿子走到我面前。翻着一张张照片，她眼里盈出幸福的泪花。

照片：年轻的军校生，炯炯有神的眼睛里闪烁着坚毅的光，脸上挂着藏不住的喜悦。背景是子弟兵赠送给乔文娟的锦旗，上书：“子弟兵最信赖的人。”

2007 年正月初十上午，我收到兵儿子王国峰的手机信息，告诉我，他从解放军重庆通信学院放假回来了，问我哪天在家，要来家里看望我。

王国峰出生于河南一个普通的农民家庭里，父亲不幸患肺癌病故，王国峰的母亲把两个儿子先后送进了部队。

王国峰于 2003 年入伍，在某舟桥团特务连服役，入伍第二年考学落榜，给我来电话。我鼓励他不要灰心，继续努力，争取参加下一年考试。但第二年又落榜，我再次鼓励他，努力努力再努力，终于于 2006 年考入解放军重庆通信学院，我为兵儿子王国峰感到骄傲和自豪。

正月十四，国峰来了，他说他明天就要回重庆上学了，所以临走前来看看一直感怀的乔妈妈。

国峰这次来看望我，并带来他母亲的嘱托，以及他哥哥的资料、照片和学历证书复印件。原来是国峰的母亲托我为他大儿子当红娘。

我在拥军网上发出了这样的征婚信息——

王国峰的哥哥身高一米七八，长得很英俊，党员，1983 年 2 月 20 日出生，军校本科毕业，现任某部副连长，中尉军官。有爱军女孩，愿嫁军人甘当军嫂的女孩，请与我联系哟。

照片：兵儿子姜斌带着媳妇，中间是他们的乔妈妈，一家三口似的温馨场景，欢乐的笑容，合成一缕缕和暖的阳光。

一天下午 5 点多时，兵儿子姜斌带着媳妇，买了两个西瓜和鲜荔枝来了。

记得是两年前的 2 月份，我病了，在家躺三天了，发烧，烧得迷迷糊糊的，吃不下东西，连起来倒杯水的力气都没有。那几天，正巧丈夫建民出差不在家。

迷糊难受中，我接到兵儿子姜斌打来的电话。姜斌告诉我说他回洛阳探亲了，看我在家，要来家看望我。

姜斌在电话里听我说话的声音很微弱，就问我："乔妈妈，您怎么了？病了吗？我这就去看您。"

我气喘吁吁地说："千万不要来看望。"

姜斌问我："为什么？"

"因为乔妈妈现在坐不起来，披头散发的，形象不好，太难看了。你来了，乔妈妈也不能招待你。"

"乔妈妈，我是您的儿子啊，您的儿子们有病的时候，您可以去看望，现在您累病了，躺在家里没人知道，我们这些兵儿子们不该去看您吗？妈妈，就让我去看看您，给您倒杯水，给您喂次药吧，您在我们兵儿子心目中的形象永远是最美的，您是世界上最美的兵妈妈。"

没听完姜斌的话，我的眼泪早已流了满脸。

有两年没见到姜斌了，姜斌比在部队的时候白了，也胖了。姜斌在部队当兵的时候是骨干，现在在洛阳白天鹅大酒店工作，也是高层管理。所以我说，是金子，在哪里都可以发光。

姜斌的媳妇看上去很善良，长得很漂亮，瘦弱的小巧的身材，肚子有点隆起。

姜斌说："乔妈妈，到今年 11 月 8 日，您就要当奶奶了。"

呵呵，我女儿的预产期是 12 月 8 日，正好相差一个月。

听姜斌说我要当奶奶了，我好开心，这儿子多，所以这孙子孙女也就多了。

照片：2005 年大年初二，乔文娟和兵女儿宁淑婷用甜美的歌喉、炫目的舞蹈，为舟桥部队守桥的战士们送去了节日的欢声笑语。照片是连长带她们过浮桥的画面。官兵们用水陆两栖装甲车架成的浮桥上，乔文娟和兵女儿手拉着手，在斑驳的阳光里，明媚回眸的瞬间，留下最美的倩影。

兵女儿宁淑婷是河南汝州人，2003 年 3 月份作为文艺特招兵，到新疆 69052 部队当了一名歌唱演员。入伍后因不适应部队的生活和高原气候，给我打电话，向我倾诉，并认我为妈妈。我女儿的表叔表婶正好在新疆乌鲁木齐工作，我给他们打电话，托付他们帮我照顾一下我的兵女儿，使淑婷星期天、节假日也有个地方去，调剂一下生活，换换饭菜的口味。

2003 年 7 月，淑婷从新疆 69052 部队调回洛阳 96251 部队文工团。接到电话后，我就到 96251 部队文工团去看望淑婷，这也是第一次看到淑婷。淑婷长得真的是亭亭玉立，身高一米七一，漂亮、活泼。

2004 年 12 月淑婷退伍后，就经常随我去军营，到哨所去慰问战士，为他们演唱，和战士们联欢。

照片：农历五月初五，箬叶盈青、粽子飘香的日子。兵儿子王玉东一脸的小幸福，仿佛那些香气怡人的粽子，仍在齿间流动着香甜的滋味。

从初四一早开始，我的两个手机里的信息就爆满了。来自全国各地军营里的儿女们的、部队首长的、网上的兄弟姐妹们的、领导们的、同学们的、同事们的、家里亲朋好友们的，哪条信息都不舍得删，可不删后面的信息又进不来，看来这手机里的容量有待加大。

上午10点左右，兵儿子王玉东打来电话，说一会儿回家来。

玉东一进家门，我赶紧把锅里的热鲜肉粽子和煮熟的乌鸡鸡蛋拿出来，剥去粽叶和蛋壳，让玉东趁热吃。

玉东也给我带来了粽子，他说："妈妈，五一我父母来了，所以没有时间来看望您。今天是端午节，我也有空，来看看妈妈，近来您的身体一直不好，怎么让我们这些孩子们放心呢？"

玉东的话让我感动，我也好想健健康康的，为部队和社会多奉献自己的一份力量，可近来我的体质差，要做的事情又多，感到力不从心。很多朋友问我，什么时候才能退休在家不再奔忙？我说：到我生命停止的那一刻再休息吧！

我把朋友送来的大虾分成两份，一份给兵儿子玉东吃，留一份给女儿和外孙。

把鲈鱼红烧了，我烧的鱼真的很好吃呢。玉东是河南人，爱吃面，正好冰箱里有面条，洗了一把生菜，还有肉末。

看玉东用筷子去夹虾，知道他从小长在农村，又在部队七年，可以说没有吃过这样的虾。我就告诉玉东，吃虾都是用手剥着吃的，不需要用筷子。我一边教玉东剥虾，一边给玉东剥虾。

玉东说，他第一次知道虾是这样剥着吃的。

照片：兵儿子张世磊回家吃饭。一盘四条红烧小黄鱼、一个西红柿丁西芹丁炒虾仁、一个山药炒肉片、一个白灵菇炒肉片、一个西红柿炒鸡蛋。好口福啊！怪不得一脸的开心样。

他进门之前，我就把饭菜做好了。

世磊边吃边称赞我做的菜好吃，比他母亲做得好吃，第一次吃到这么好吃的小黄鱼。

世磊和我在一起谈了很多，谈他的爸爸、妈妈和妹妹，谈当新兵的日子和部队的生活以及所受的委屈。

世磊听我不停地在咳嗽，就到外面买了一盒吉林产的麻杏止咳片，一瓶贵阳生产的镇咳一号糖浆。

世磊临走前把药打开，把三粒麻杏止咳片放在我手里，给我倒了一小药杯镇咳一号糖浆，又给我倒了一杯白开水，命令式地对我说："乔妈妈吃药！"

哦，那会儿，我感到好幸福，被兵儿子疼爱、关心的感觉真好。我顺从地把药片放进嘴里，喝水，仰头把药咽进肚里，又从世磊手里接过药杯，把镇咳一号糖浆一口咽下。

世磊问我："乔妈妈，药苦不苦？"

我开心地说："不苦，一点也不苦，这药是兵儿子买的，乔妈妈一点也不感到苦，甜甜的。"

张世磊笑了，我也笑了。

照片：七年前身穿绿军装的丁阳，今天穿了一身的海军蓝，浑身上下散发着一股为了国家利益而无所畏惧的气息。眸子深处荡漾的笑容，使我的眼前浮现出一幅幅熟悉的画面："军港的夜呀静悄悄，海浪把战舰轻轻地摇，年轻的水兵头枕着波涛，睡梦中露出甜美的微笑……"

"妈妈，我是丁阳，我从《解放军画报》上看到妈妈的照片了，儿子为您感到骄傲和自豪。妈妈，我下周要到洛阳海校来出差，到洛阳后我再与您联系，我又可以看到妈妈了。"

接到远在江西海军部队的兵儿子丁阳的电话，我的声音有些颤抖："好、好！儿子，妈妈在家等你。"

丁阳是我的第八十个特殊的兵儿子，快有七年没见了。

认识丁阳是在 2000 年 8 月的一天。解放军 150 医院内三科急救室送来一位昏迷的战士，名叫丁阳。丁阳在比武时昏倒在训练场上，经医院检查，丁阳所有的内脏器官全部损伤，医生下了病危通知书，在150医院内三科急救室昏迷了七天七夜，教导队的大队长和教导员都签了字。

丁阳的生命力很顽强，他是一位坚强的战士，在医生的及时抢救治疗下，最后战胜了死神。丁阳脱离生命危险后，转到军人大病房，和我的兵儿子陈永龙、赵宁波、李社军、邱宝瑞住一个病房。那时，我每周最少两次要去解放军150医院看望住院的兵儿子们。在丁阳住院一个多月的日子里，我们结下了深厚的母子情。2000年的中秋节下午，丁阳和陈永龙、赵宁波、李锋、邱宝瑞等一起来到我家共度节日。你看这些照片，那天和兵儿子们在一起开心、快乐的情景，永远铭刻在我的心中。心痛的是，我的兵儿子陈永龙早已去了天堂。

丁阳于2001年从陆军部队调入江西海军部队。虽然我们母子相隔千里之远，但是隔不断母子情深。丁阳常常给我打电话、发信息问候。

2007年4月8日上午10点，我的手机响了，是丁阳的："妈妈，我到洛耐中学门口了。"

我高兴地说："儿子，快上来，记得吗？洛耐中学对面的楼，武汉路派出所北边的楼，四楼。"

"妈妈，我记得，这里我永远都不会忘记。"

我挂了电话就开门往楼下跑，听见楼下传来脚步声，我跑下三楼，就迎到飞奔上来的丁阳。

丁阳激动地喊着："妈妈！"

"丁阳！"我张开双臂，把兵儿子拥在怀里。

我把丁阳迎进家，正巧建民也从北京回来，丈夫自然分不清这是哪个孩子，只会嘿嘿地傻笑："快进来，快进来。"

丁阳给我带来了江西江湾的茶叶，还有2007年2月A期的《解放军画报》。

丁阳说："妈妈，这个家和七年前一样温馨，摆设和七年前一样，没有变，只是多了很多妈妈的荣誉证书和很多我没有见过的照片。”

我说：“这里永远是战士之家，妈妈在慢慢变老，但永远不会变的是妈妈对你们的牵挂和祝福。”

第六章　孤 儿 泪

一个中秋节的月圆之夜，皎洁的明月“照在家乡，照在边关，宁静的夜晚，你也思念，我也思念”……乔文娟在中国拥军网语聊室唱歌，兵儿子和朋友们的问候、祝福的电话声声不断。

21 点零 6 分，电话又一次响起。

她接起电话才知道是在厦门海军某部服役，名叫张申峰的战士。他说从中央人民广播电台的广播里得知她的故事和她家里的电话号码。

在电话中得知，张申峰是湖南常德人，1984 年 7 月出生，不到五岁时父母不幸去世，进了湖南常德市阳光孤儿院。张申峰在电话中说他从小没有享受过母爱，体会不到母爱的温暖，问能不能认她为妈妈。

乔文娟情不自禁地“哦”了一声，回答道：“我是战士们的妈妈，岂能不认这个儿子呢！”

乔文娟的兵儿子中，有很多是像张申峰这样的孤儿。对这些孤儿，乔文娟倾注了更多的关爱。

妈，我回来了

2007 年 7 月 4 日，是兵儿子蒋益的父亲去世一周年的日子。

蒋益是四川泸州人，2005 年 12 月入伍，在武警洛阳市支队服役。蒋益两岁时，父母就离异了，母亲一走了之，蒋益跟随父亲生活。2006 年 7 月 4 日，蒋益的父亲意外身亡。

蒋益于 2007 年 2 月 24 日和兵儿子王阳一起到乔文娟家，认她做了妈妈。

2007 年 7 月 4 日早晨 7 点半，乔文娟就与蒋益的队长楚永强联系。她把蒋益最近的思想状态告诉了楚队长。楚队长对蒋益也非常关心，对蒋益情绪不稳也很重视。

为了调整蒋益的状态，乔文娟代蒋益请假，想让蒋益在他父亲忌日这天到家里来，给这个小战士一份家的温暖。

蒋益所在中队驻守在小浪底大坝，离市区较远，正巧教导员到市里来办事，楚队长就让教导员把蒋益捎到洛阳来。

放下电话，乔文娟告诉丈夫张建民，今天是蒋益父亲的忌日，一会儿蒋益要来吃饭。她把丈夫昨天买的大鲫鱼从冰箱里拿出来，把米饭也早早地焖上了。

11 点钟，她的手机响了，是蒋益打来的。提前从单位赶回来的丈夫也把菜做好了。

把饭菜端上茶几时，门铃响了。打开门，蒋益笑呵呵地大叫："妈，我回来了！"

建民笑呵呵地说："来了就好，来了高兴，快坐下吃饭吧。"

一家人边吃边聊着天，不知不觉地度过了正午时光。

吃完饭，蒋益争着把碗筷收拾起来，洗得干干净净，分类摆放好。当过兵的孩子就是不一样，在军队的大熔炉中，他们学会了很多，干起家务活来有模有样的。蒋益擦干手和乔文娟商量："妈，我想出去转转，很久没有上街了，您放心，我会注意安全的。"

蒋益笑呵呵地道别，蹦蹦跳跳地往楼下跑，像小鸟一样飞去。

18 点零 5 分，蒋益给乔文娟发来信息："妈，我已经安全回到中队了，您放心。"

看到失去父亲的兵儿子的心灵清澈明亮了，她放心了。有部队、有她这个兵妈妈，蒋益九泉之下的父亲也该放心了。

妈妈，我去了一定好好干

孙士群是乔文娟 2004 年春节前认识的一名刚入伍的河北籍的孤儿。舟桥部队张政委邀请她去为新入伍的七百多名新兵做报告时，新兵营教导员把孙士群带到她身边，从那时起，在她的心里又多了一份牵挂。

2005 年春节前，孙士群在电话中对乔文娟说："乔妈妈，指导员让我写入党志愿书，我不想写……"听了他的一番话，乔文娟感到非常吃惊，没有想到小小年纪又是训练标兵的孙士群会有这样的思想。

乔文娟春节去部队看望战士们时特意看望了孙士群，找他谈话，让他爱党、信党，做一名忠于党的好战士……

孙士群 2005 年 12 月退伍后去了北京打工。在北京打工时，孙士群时常会给乔文娟打电话，给她讲打工的辛酸苦辣，有了开心的事儿，也会打来电话让她与他一起分享。

2006 年 9 月 29 日晚，孙士群打来电话："乔妈妈，我辞职了。我现在感到很迷茫，我也没有家，现在什么都没有了，来山西之前借了一千元钱，现在也花完了，也没有钱买火车票，我现在不知道该怎么办了，也不知道该去哪里了……"

乔文娟打断孙士群的话："来洛阳吧，谁说你没有家，洛阳的家不就是你的家吗？我不就是你的妈妈吗？把那里的事情处理好了就来洛阳，我们再想办法。"

电话那头孙士群呜咽地说："谢谢您乔妈妈，但是这样会给您添很多麻烦的。"

乔文娟问孙士群："从太原到洛阳的车票多少钱？"

孙士群说："一百零六元。"

乔文娟说："明天上午我给你寄去。"

"谢谢您乔妈妈，我给您丢脸了，沦落到了这个地步。"

乔文娟安慰孙士群："别这么说，谁不遇到个难处？你告诉我地址，我明天给你汇款，你来洛阳了再帮你找个事做吧。"

第二天上午，乔文娟去银行取出当月的退休金，给孙士群汇去了两百元钱。

10 月 8 日早晨，乔文娟家的门铃响了，是孙士群来了。

孙士群看到乔文娟，叫了一声乔妈妈后，顿时眼圈红了。乔文娟一把把孙士群揽在怀里，拍拍他的后背："好了，到家了……"

她给孙士群拿了一块月饼，倒了一杯热水。

她给大张连锁店的老总打电话，看他是否能安排孙士群一个岗位，可张总的电话一直处于无法接通的状态。又给"开天辟地"的马副总打电话，马副总说现在没有空缺的岗位。又找武汉路派出所的孟警官，看工农乡工业园区保安有没有空缺，马警官说人满了，现在没有缺位。

乔文娟突然想起郑州青少年素质培训中心的孙振勇教官认识的一名退伍兵，说郑州一家公司需要招三个退伍兵。她打通了孙教官的电话，孙教官说可以让孙士群去试试。

忙完这些已经是中午12点了。丈夫张建民端上来一大碗肉丝面，碗底卧着一个荷包蛋。孙士群拿着筷子，低头在抹眼泪。乔文娟问他怎么了，孙士群说："我很久都没有感受到这种家的温暖了。"

夜晚，乔文娟夫妇一个躺沙发，一个睡在女儿的小床，把自己的大床让给了兵儿子。她要让坐了一夜火车的兵儿子孙士群好好睡上一觉。

10月9日早饭后，乔文娟送孙士群到车站，给他买了去郑州的火车票。

孙士群抱着乔文娟："妈妈，我去了一定好好干！"

乔文娟嘱咐孙士群要珍惜这次机会，到了那里要尊敬领导，团结同志，保持军人的本色，把部队的优良传统和作风带到今后的工作中去。

下午4点多，孙振勇发来信息告诉乔文娟，说孙士群已经到了，让她放心。

兵儿子的婚礼

"妈妈，明天您和爸爸要作为我的父母参加婚礼。"

兵儿子席湘平三岁失去母亲，五岁又失去了父亲，是在舅舅家长大的。来到部队，乔文娟成了他的兵妈妈。兵儿子的婚礼怎能少了兵妈妈！

席湘平的婚礼定在2006年12月29日。日子定下来了，可新房却没有着落，乔文娟就把准备给女儿结婚的房子让席湘平先住。时间太仓促，席湘平只买了一套床罩。她又把为女儿准备的被子拿出来给一对新人用。

12月29日，天刚蒙蒙亮，她和丈夫张建民就往新房赶，做娶儿媳妇前的准备工作。她先把一包气球吹起来，她要让新媳妇进门时踩着气球走，盼望着给他们今后带来福气。

上午11时，阳光明媚起来，散发出柔和的温暖。新娘接回来了，乔文娟这个当"婆婆"的给了新媳妇一百六十八元压轿钱。

乔文娟有许多兵儿子都成家了，可把兵媳妇娶进自己家里还是第一次。她说："我自己亲生的孩子只有一个女儿，所以这种当婆婆的感觉太好了。"

踏着鲜红的地毯，一对新人登上爱的礼台。

对着“婆婆”乔文娟，新娘敬茶并改口，按照老家的风俗，三遍不能重复，第一遍叫妈，第二遍喊娘，第三遍是妈咪。然后对着“公公”张建民，第一遍叫爸，第二遍叫爹，第三遍叫爹地。婆婆公公答应的三声也不能一样，第一声答应：有；第二声答应：到；第三声答应：哎！笑声、掌声响成一片，来宾们一起分享着幸福快乐的时光。

司仪说：“今天一对新人在这里拜天地，不能忘了月下红娘的牵线搭桥，有请红娘上台！”

乔文娟大步走上去，司仪意外地说：“原来红娘也是兵妈妈呀，请红娘兵妈妈讲话！”

乔文娟是湘平的“妈妈”，也是湘平和小瑛的红娘。

“各位来宾、姑娘们、武警支队的小伙们，你们好！我是中国拥军网的站长，也是中国拥军网的军地红娘。我的网名：紫月亮。在座的小伙们，你们看今天的新娘漂亮吗？”

在座的武警战士们高呼：“漂亮！”

乔文娟：“哈哈，你们哪位小伙没有对象，请登录中国拥军网来找我，我为你们牵线搭桥，我会把像小瑛一样的好姑娘介绍给你们！在座的姑娘们，你们看今天的新郎英俊吗？”

“英俊！”站在一旁的一群服务员女孩用笑声回答她。

“我知道大多数女孩都有一个军营的梦，当这个梦不能实现时，就想找个兵哥哥嫁了当军嫂。哪个女孩愿当军嫂的，请登录中国拥军网来找我，我为你们牵线搭桥，我会把像湘平一样的军中好男儿介绍给你们！”

人们共同举杯，祝福一对新人，祝福更多的新人在爱的旅途上风雨相伴，相依走向灿烂的明天。

妈妈，我入党了

“妈妈，我是国勇！”

2007 年 8 月 10 日晚 6 时，乔文娟拿起电话，就听到杨国勇激动的声音。

“国勇好，妈妈听出来了，回连队了？吃饭了吗？”

“妈妈，我吃过饭了，妈妈吃了吗？妈妈，我们执行任务回来了，这次出去了五个月，打电话不方便，所以没有给妈妈电话。妈妈，我今天给妈妈打电话，是给妈妈报喜的。”

乔文娟连忙问：“快告诉妈妈，有什么喜事？”

“妈妈，我入党了！”杨国勇兴奋地告诉她。

隔着万水千山，乔文娟能感受到兵儿子高擎着信仰火炬，心里燃烧着铁心向党的炽热情怀。

“国勇又有进步了，妈妈祝贺你！”

杨国勇告诉她：“妈妈，您知道的，我们这批兵很多，还有很多老兵都没有入党呢，这次只有两个党员名额，我是其中一个。”

杨国勇就是在武汉某旅17营新兵连迎接2004年元旦的晚会上那个站起来要给乔文娟唱首歌的孤儿战士。

一曲《世上只有妈妈好》，唱哭了全连刚入伍的战士。

一曲《世上只有妈妈好》，乔文娟的兵儿子中又添了两个孤儿：杨国勇和黄胜。

相传在很久很久以前，有一个威猛无比的勇士名叫安泰，大地是他的母亲。每逢作战时，大地都会给安泰输入无穷无尽的力量。敌人终于发现了安泰制胜的秘诀。再逢交手，敌人便想办法把安泰举起来，让他远离地面，于是，安泰便手无缚鸡之力，只能束手就擒。凶残的敌人在空中将这位威震天下的英雄杀掉了。

离开母亲，便离开了力量源泉。

无论是烽火硝烟的战争岁月，还是一片祥和的和平年代，人民军队前进的步履中，总伴随着“安泰”母亲的无私支持，总能看见站在我们身后的母亲们那一张张慈祥的面容。在安泰母亲的队列里，最让我们敬仰的是那一尊又一尊英雄妈妈的雕像。这一个个用“乳汁”滋养人民军队的伟大女性，如安泰母亲的化身，把古老的神话演绎成动人的当代故事。她们用毕生的奉献，向社会诉说着人民与军队水乳交融的血肉关系。

乔文娟就是这样的兵妈妈。

2005 年春节前，乔文娟又一次来到武汉某旅 17 营，去看望她的兵儿子和新一年入伍的新兵。去之前，她在洛阳买了两件羊毛衫，带给她的兵儿子杨国勇和黄胜。

她为杨国勇加入党组织喝彩，也为自己有这样优秀的兵儿子感到骄傲。

相逢在爱心路上

一堂弘扬雷锋精神的主题德育课，在孟津县平乐镇张盘小学开讲啦。走上讲台的，是新时代雷锋精神的传播者、践行者——“中国十大杰出母亲”之一乔文娟。

张盘小学是一所偏远的山村小学，就是这个只有两百多名学生的山村小学，走出了一支远近闻名的女子足球队。

2018 年底，张盘小学收到了内蒙古自治区“一带一路”国际青少年足球冬令营的邀请。面对中国、俄罗斯、蒙古、塞尔维亚四国的三十六支代表队，连像样的队服都没有的队员们没有胆怯，经过九天的角逐，进球三十八个，以绝对优势勇夺 U12 女子组冠军。当主持人介绍张盘女足时，误说冠军是来自张盘地区的球队。事后领队宋海波找到主持人解释：“我们是河南省洛阳市孟津县平乐镇张盘小学，一所仅有两百多名学生的农村小学的球队。”主持人露出了难以置信的表情，瞪圆的眼睛里满是惊讶。

面对一张张纯真的脸庞，乔文娟用自己学雷锋的亲身经历对雷锋精神做了精彩解读。

一个个感人而壮美的故事，一句句发自肺腑的语言，使得孩子们的眼眶都湿润了。

眼眶湿润的，还有和师生、家长坐在一起的驻军某部的王伟鑫及他的战友们。

主题德育课结束，校长宋海波捧上一本红彤彤的聘书，聘请乔文娟为“名誉校长”。

“然后我有幸与乔妈妈合了影，自此与乔妈妈结识。”透过王伟鑫发给我的微信，我能感受到，阳光此刻是如此明媚。

王伟鑫有一段坎坷的经历。三岁时，父亲因车祸不幸离世，母亲改嫁，祖父母含辛茹苦地将他拉扯长大。小时候为了帮家里减轻负担，他下地种菜，帮祖父卖海货，在街道上捡废品。每当学校要求定制校服、购买书本时，他都会为了这个犯愁。但是在一次发放校服和学习资料时，老师告诉他，已经有好心人替他交过费用了。正是从那时开始，年少的他感激之余便在心里播下了爱的种子。

“经过聊天，乔妈妈了解到我的家庭情况后深感同情，看到我自身这个情况下还在坚持做公益，她表示欣慰和感动，因为我从三岁就没了爸妈，于是我就有了认兵妈妈当我妈妈的想法。”

乔文娟生日到了，王伟鑫手捧鲜花踏进家门。

来之前，王伟鑫在心里模拟了多少遍，但第一次开口竟没有喊出那个“妈”字，他深吸一口气，“妈”，“妈妈”终于脱口而出。

“失去二十一年的母爱，终于切身感受到了，终于拥抱到了母爱，二十一年来，我第一次喊出‘妈妈’这个称呼。”

阳光射进他的心房，幸福的感觉充满心田。

同志们、朋友们:

12 月的洛阳，因为一场突如其来的降雪变得异常寒冷。在洛阳的一个偏远山村小学足球场上，孩子们依然在兴奋地奔跑着，紧张地拼抢着。就是这么一支偏远山村的校园足球队，她们获得了青岛“海帆杯”全国青少年足球邀请赛金奖、“一带一路”国际足球邀请赛 U12 女子组冠军，五名队员入选全国校园足球夏令营总营，一名队员入选全国总营最佳阵容。

孟津县平乐镇张盘小学女子足球队的队员，是一群八至十三岁的孩子，她们年龄虽小，但她们一不怕苦，二不怕累，努力学习，刻苦训练。这些女孩们太了不起了，同时也太不容易了。她们的家庭不富裕，有的孩子还穿着开胶的足球鞋在训练。足球鞋是她们赢得胜利的保障。天冷了，她们在训练完，汗没有落下前，需要有件棉大衣穿上。

“只要人人都献出一点爱，这世界将变成美好的人间……”我倡议：希望有更多的爱心人士和企业家去关心她们、支持她们，帮助她们过一个暖冬，为中国足球的发展贡献一份力量。

这是乔文娟 2020 年 12 月 1 日发在微信朋友圈的一份爱心倡议。

兵儿子王伟鑫第一时间发来五百元捐助，并动员身边战友汇聚爱心力量。

乔文娟的兵女儿王雨敏转来六百元，说是要用入伍后第一个月的津贴做一件有意义的事，期望女足的小妹妹们踢好球、学好习。

十几天中，一个个爱心人士伸出温暖的手，三万一千八百元捐助很快送到张盘小学。

2021 年 6 月 1 日儿童节，乔文娟带着爱心小分队又一次来到孟津平乐张盘小学，带来了第二批捐款七千多元和书包文具。

阳光在偏远的乡村校园愉悦地跳舞、旋转，把温暖浓浓地传达到孩子们的心中……

对一个士官的采访

采访乔文娟时，我提出想见见她的几个兵儿子。

“行，我给你联系一下，你们加个微信吧。”

已经是晚上 8 点多了，快到部队就寝时间了。乔文娟当即拨通了洛阳武警支队三级士官藤东海的电话，藤东海急急的声音传来：“妈，您有事？”

一个周六的下午，我和藤东海见面了。

藤东海五岁时父亲过世了，妈妈狠心地撇下他和两个姐姐、一个弟弟走了，音讯全无。

一天，藤东海午睡醒来，屋内空荡荡的。他害怕，扯着嗓子喊：妈妈、妈妈，妈妈你去哪儿了？

声音都哭哑了，没有回音。后知后觉地，他才意识到，妈妈把他抛弃了。

也许小小的他尚不懂成长的意义，但已经懵懵懂懂地知道了“抛弃”这个词。一个没有被“抛弃”过的人，体会不到那种恐惧。

爷爷奶奶只能把全世界抗在瘦弱的肩上，咽下无助的苦水，硬着头皮拖着他和姐弟们用力往前走。

2010 年 12 月，爷爷奶奶将他送到了部队。在新兵连的报告会上，他聆听了乔文娟的报告。

“你们远离家乡，远离父母，儿在军营母挂心，自你们走入军营的那一刻，我就是你们的妈妈，我会把我所有的爱都献给你们！”

听到这里，藤东海眼眶中突然掉下什么东西，潮湿地滑过脸颊。

没有想到的是，报告会后，连领导把他这个从小没有父母关爱的孩子拉到乔文娟面前。

乔文娟说：“孩子，以后我就是你的妈妈！”

藤东海克制住内心的激动，举起颤抖的手向乔妈妈敬礼。就这样，他们成了一对母子。

乔文娟格外关注、关爱这个失去母爱的兵儿子。

藤东海脆弱的一颗心在磨砺中越来越坚强。他一步步成长，光荣入党并晋升士官。

到了谈婚论嫁的年龄，藤东海愁眉不展：“我这个条件，谁能看上咱？”

乔文娟拍拍藤东海的肩膀：“你乔妈妈是军地红娘，我儿还愁找不到媳妇？”

他渴望得到一份真挚的爱情，可现实是苍白的，乔妈妈给他介绍了几个，有的是女方不同意，有的是女方家里不同意。

藤东海想得开：“我个人、我家里情况不是特殊嘛。”

乔文娟不愿意了：“谁说我们东海家庭特殊？你以后就把这儿当成自己的家，也别说自己没有父母，我们就是你的父母，你以后就是我们家的孩子！”

藤东海对我说：“我没有父爱，也没有母爱，突然有一个家，有妈有爸了，就是可幸福的那种感觉。”

他语无伦次起来：“等于是这样，就是说我没有父母，她和我建民爸就是我的父母，他们给了我一个完整的家。我当时听了特别高兴，因为这样的话，我感觉我有一个家了，真正的一个家了。”

他幸福地介绍着：“从那之后，我就有家了，我妈把我介绍给了家里面的每个成员，每个主要亲戚。从那之后，他们就是我的家人，我没事就回家看看。回不去，基本上是一周打一次电话，给家里边报个平安。我一般都是星期天打，最迟星期一，部队有急事打不成，我妈星期三准打电话过来，担心我有啥事。”

2019 年，春天苏醒了，爱情悄悄地降临了。藤东海告诉我，当时他正在集训，乔妈妈电话来了，让他集训完回家一趟，跟一个只想嫁给军人的女孩见见面。

在乔妈妈家，也是他的家，他和小唐见面了。

他们见面的那一刻，注定了今生今世他与她之间再也不会是陌生人，再也不会擦肩而过。

提亲那天，乔文娟和丈夫张建民带着藤东海，提着系有大红绸的八样礼品隆重登门。

女孩的妈妈开始死活不同意这门婚事：图啥啊？

乔文娟苦口婆心地做工作。

邻居们认出是兵妈妈，纷纷劝说：你们和兵妈妈结亲，多光荣呀！

不久，女孩的父母带着几个亲戚来到乔文娟家。刚到门口，心便咚咚直跳。门外墙上悬挂着许多牌匾，每块牌匾都与部队有关。踏进屋内，客厅周围堆满了各种拥军荣誉证书、奖杯，“全国拥军模范”“中国十大杰出母亲”赫然映入眼帘。墙上挂满了锦旗、奖章和与兵儿子的合影。

置身这个大爱之家，置身这个拥军爱国兵站，他们感动了，他们放心了。

在这个世界上，有的男女能够仅仅凭借一面之缘便定下终身，有的男女能够通过日久生情结下良缘，有的男女能在好事多磨之下终成眷属。

除去未来的婚姻是否幸福这个考量，所有这些事例中的当事男女无疑都是幸运的。毕竟，他们完成了爱情的目标：与当时的知心爱人一同走向了红毯。

藤东海和小唐走向红毯是2020年7月28日。他们是乔文娟这个军地红娘介绍成功的第六十八对新人。

结婚前，乔文娟陪着藤东海和小唐回到连云港东海县，看望了藤东海的爷爷奶奶。看到孙子有了妈，现在又有了俊媳妇，爷爷奶奶喜泪纵横。

乔文娟把自己的卧室腾出来，布置一新，做了他们的婚房。小两口婚后在这里住了三天，回门回来又住了两天。

7月28日，大地舒舒服服地从沉睡中醒来了。乔文娟站在贴着大红喜字的楼门前，突然觉得天特别蓝，那慵懒飘浮的云彩似乎活泼起来了，在风的追逐下，逐渐聚拢又分开。展开双臂，微风拂过脸庞，呼吸着带有青草味的空气，顿觉一股清凉流遍全身。放眼前方，一切都笼罩在柔和的晨光中，一种深深的喜悦占满心房。

迎亲的上午，娘家的亲朋都想来看看兵妈妈的家，看看这特殊的婚房，但怕屋小容不下太多人，最后选了十六个代表。迎亲的、送亲的，屋内站满了人，热闹得差点把屋顶掀翻。

掌声响起，然后是所有人都熟悉的《结婚进行曲》，藤东海挽着新娘的手，也挽着他一生的幸福，踏着铺满幸福的花瓣走向婚典的舞台。

乔文娟和丈夫，和女方父母坐在一起，甜蜜地微笑着。

兵儿子和新娘向她深情走来。

兵儿子：妈——

乔文娟：哎——

兵儿子递上热茶：妈，您喝茶！

新娘：妈——

乔文娟：哎——

主持人：喜婆婆，您的儿媳妇叫得亲不亲？

乔文娟：亲！

主持人：亲就给儿媳发奖金。

乔文娟送上“千里挑一”的红包。

新娘递上热茶：妈，您喝茶！

《烛光里的妈妈》的旋律在洛阳牡丹大酒店回荡，歌词像水一样在兵儿子、在来宾们的心里流淌——

妈妈我想对您说
话到嘴边又咽下
妈妈我想对您笑
眼里却点点泪花
……

“小尾巴”党浩翔

在读小学和中学时，哪位同学的课桌或者凳子坏了，乔文娟就会把家里的锯子、钉子、锤子带到学校，同学们称她是班里的小木匠。每天她都是第一个到学校，在同学们上课之前，把教室的卫生打扫得干干净净。每天下午放学后，她也是最后一个离开教室，把同学们的凳子都放在课桌上，以便第二天早晨打扫卫生方便。

在上山下乡当知青期间，每天下工后，她不顾一天的劳累，帮生产队里的军烈属、五保户挑水，帮五保户大娘纺线织布。这一坚持就是五年。

她从 1976 年 12 月至 1992 年 12 月 20 日，连续十六年来帮助、照顾三位孤寡老人，直到老人们去世。

她从 1994 年至今，共资助过六名失学儿童，使他们重返校园；资助过五名大学生；先后救助过九名不幸身患白血病的儿童，他们大部分都是退伍军人的孩子。

2004 年，一个患有先天性青光眼的孤儿——党浩翔，走进她的生活。

在讲述了她和孤儿兵儿子们的故事后，请允许我在这里顺便讲一讲她的“小尾巴”党浩翔。

小浩翔不满一岁时先后两次被遗弃，后被送到了洛阳市儿童福利院。

2004 年 6 月 1 日，在洛阳市妇联组织的“爱心妈妈呵护”活动中，乔文娟助养小浩翔。她把六岁的双目失明的小浩翔领回了家，成了他的临时“爱心妈妈”。

看着可爱懂事的小浩翔，她希望孩子能看到丰富多彩的世界，于是四处奔波，最后辗转找到郑州第五人民医院卓美眼科的王新主任。

经王新主任检查发现，小浩翔一只眼的视力只有光感，另一只眼的视力也只有0.04，眼压高达40多毫米汞柱。

面对挑战，王新主任果断实施手术并配合药物治疗，终于让小浩翔的左眼视力恢复到了0.25，达到了脱盲标准。

从此小浩翔知道了什么是色彩，什么是花、鸟……可惜浩翔右眼的视网膜已经萎缩，手术无效。所以浩翔到了上学的年龄，只能上特教学校。

小浩翔每次跟乔文娟一起走军营，是他最高兴的日子。

乔文娟指着2007年7月12日小浩翔跟她走军营时拍的一组照片，满眼含笑地告诉我——

那天一大早，我就把他叫起来，因为今天我要去很远很远的山沟沟里，去看望那位让我牵挂一个多月的武警新兵，浩翔早就嚷嚷着要跟我一起去。

在车里，浩翔高兴地一路唱着一曲曲豫剧选段，唱完《朝阳沟》，再唱《花木兰》，唱累了才停下来吃我给他买的小食品。我们一起看望了那位武警新兵，中午浩翔和兵哥哥们在一起吃饭。饭后，大队长、连长、指导员就带我和浩翔去看战士们种的菜园子，浩翔很惊奇西红柿苗为什么要绑在竹竿扎的架子上……

菜园子里的西红柿和黄瓜上午炊事班的战士们刚采摘完，做了中午的盘中菜，所以西红柿苗和黄瓜秧上只有零星被遗漏的西红柿和黄瓜。看，浩翔又发现了一个西红柿。

浩翔惊奇，这黄瓜也爬在架子上，还会开小黄花。

浩翔又惊奇地发现黄瓜架上有黄瓜，指导员让他自己摘下来，浩翔把黄瓜摘下来高兴得傻笑。看着浩翔可爱的模样，大家都开心地笑着，愿这个被父母遗弃的孩子，多一些快乐，多一些爱。

看着浩翔聪明、可爱的模样，我不由得想，如果他的生身父母看到被他们遗弃在火车站的儿子现在已经长大了，并且能看见这个五彩缤纷的世界，心里会后悔吗？

我问过浩翔："如果你的亲妈、亲爸来接你回家，你走吗？"

浩翔竟然说："他们早死了，我哪儿也不去，我已经有家了，我有爸爸、妈妈和姐姐，我哪里也不去！"

我心里也很矛盾，有时也很希望小浩翔能知道他的生身父母是谁，现在在哪里。可也担心有一天他的生身父母真的找来，把他接走了，我会不舍得的。

2004 年炎热的夏天，我背着六岁的浩翔，陪他在医院做眼睛复明手术，吃了很多苦，受了很多累，操了很多心。

想归想，浩翔能成为一个有用的人，就完成了我的心愿。至于他的生身父母来不来找他，就一切随缘吧。

带着浩翔从很远的山沟沟警营里回来，到家已经是下午 4 点多了。我又带浩翔去上海市场吃"麦当劳"。每次浩翔从洛阳特教中心学校回来，我都要带他去吃"麦当劳"，给他买个二十元钱的套餐。二十元钱是我好几天的生活费，如果妈妈不来吃饭的话。但为了这个不幸的孩子，我舍得。加上昨晚给浩翔买吃的和今天去警营给战士们买的西瓜一百九十元，一共花了二百六十六元。

看着浩翔开心的模样，我的心里也很高兴。浩翔问我："妈妈，您怎么不吃啊？"我说："妈妈不喜欢吃这洋东西。"

2010 年 11 月 26 日上午 9 点 43 分，手机在震动，有电话来了，是一位女士的声音："你好，你是乔文娟老师吗？是党浩翔的妈妈吧？我是党浩翔的老师，我姓高。"

"高老师您好，我是乔文娟，我是浩翔的妈妈。"

一听是洛阳市特殊教育学校老师打来的电话，我的心一下紧了起来，不知道浩翔在学校发生了什么事。

高老师告诉我："党浩翔参加洛阳市组织的演讲比赛，得了洛阳市中学组第一名。"

浩翔这孩子虽然眼睛有残疾，但是非常聪明，记忆力特别好。六岁那年，我把他从孤儿院带回家时，个子在我的衣服下面往上数第二个扣子那里，现在长得和我一样高了。愿浩翔在今后的日子里更加努力刻苦地学习，有一个美好的未来。

第七章　为了那十万分之一的希望

“妈妈，我的心里真的好难受，好痛苦。现实真的太无情了，我无法面对，失去了生存的勇气……”

兵儿子蒋友清被确诊白血病后，给兵妈妈乔文娟捎去了一封“诀别信”。打开信，进入乔文娟眼睛里的每一个字都如同电闪雷击。

乔文娟立即赶到150医院，直奔蒋友清病房。

蒋友清抱着乔文娟放声痛哭：“妈妈，我该怎么办？我才二十三岁呀！”

“孩子，你得这种病是不幸的，万幸的是你生活在军营，部队首长和战友们都在关心你。而且现在的医疗水平也在不断地提高，你一定要有信心配合医生好好治疗，千万不要做傻事啊！”

亲情，与生俱来，源于血缘，但又不囿于血缘。乔文娟紧紧地搂着生病的兵儿子，她知道自己再也放不开了。

寻遍全国也要把那个“一”找到

蒋友清的情绪逐渐稳定了下来，但乔文娟心里却急得像团火。

全国平均每年新添四万名白血病患者，其中少年儿童占了百分之五十。对这些患者来说，俗称骨髓移植的造血干细胞移植几乎是他们生存的唯一希望。

乔文娟找到医生：“把我的骨髓抽给蒋友清吧！”

医生告诉她，捐献骨髓非得是直系亲属，在非血缘关系的骨髓供需者之间，配对相符率只有十万分之一。

“十万分之一，去哪找这十万分之一啊？不管怎样都要试试。”

2001年6月13日，蒋友清被转到济南军区总医院治疗，乔文娟买了当天的火车票一同前往。

当她准备启程时，她女儿突然发高烧。一边是不幸患白血病的战士，一边是唯一的宝贝女儿。女儿知道，这时候兵儿子在妈妈心中的分量更重。

女儿流着眼泪说：“妈妈，您快走吧，救哥哥要紧。家里有爸爸照顾我，您快走吧，不要误了火车。”

她含着眼泪离开了医院，离开了女儿，到济南去了，到北京去了。

她这一走，就是四个月！

她在济南市中心医院做了骨髓配型检查。结果出来了，她的骨髓与蒋友清不相配。虽然对这样的结果有一定的心理准备，但捧着检验单，她还是难过得在医院的走廊里失声痛哭。

她捐献了造血干细胞。

我看到了中国红十字会总会、中国干细胞库宣传活动组委会为她颁发的第 00000021 号荣誉证书。证书上写着："乔文娟同志：祝贺您成为捐献造血干细胞志愿者，您的爱心将会使您的同胞获得生的希望和保障。"

兵妈妈救兵儿子的事迹不胫而走，济南新闻媒体报道后，在济南引发了一场争救"亲人"的拥军热潮。

济南市市长谢玉堂代表市委市政府向蒋友清所在部队捐赠二十万元，用以救助蒋友清。

蒋友清是 1996 年 12 月从重庆市荣昌县入伍的。重庆市政府拿出四十万元派人赶赴小蒋所在的部队，并告诉乔文娟，作为小蒋家乡的人，他们也要加入营救小蒋的行列。

在济南，先后有近四百名志愿者到市中心医院办理捐献骨髓的登记手续。遗憾的是，都没有与蒋友清匹配的骨髓配型。

乔文娟来到蒋友清的故乡重庆。

可蒋友清的亲属一一抽血检验，骨髓库中资料详查，都不是那个"一"。

"就是寻遍全国，我也要把那个'一'找到！"

乔文娟辞去河南柴油机厂蓝天工贸总公司经销部经理的职务并申请"病退"，在北京租下医院附近不到六平方米的油毡搭的简易房，一边照顾转到北京解放军 307 医院住院的蒋友清，一边开始了"十万分之一"的艰难寻找。

做客《午间一小时》

兵妈妈救兵儿子的急切需求，引发了北京多家媒体的关注和关心。《北京青年报》第一时间做了报道。中央人民广播电台、北京电视台等多家节目组伸出橄榄枝。

2001年9月25日，乔文娟和蒋友清做客中央人民广播电台《午间一小时》。

与他们一同走进直播间的，还有医疗志愿者刘秀艳以及一位十几年坚持献血并参与公益事业的北京市民琚海。

主持节目的是朱煦；责编是姜春艳。

敞开你的心扉，倾听感人故事，献出你的真情，滋润干涸心田，让同一蓝天下的每一个人共享春风。

节目这样温馨地开场了。

主持人：8月28日对我们来说或许是一个无关紧要的日子，但是就是在这一天，在深圳市第二人民医院成功地完成了国内首例非血缘造血干细胞移植手术，也就是一位白血病患者接受了骨髓移植，在不久的将来，他将会像正常人一样生活。而现在坐在我们录音间里，就坐在我身边的一位年轻的战士，他经受了几年白血病的折磨，他的名字叫蒋友清，遗憾的是，直到现在他还没有找到适合他的骨髓。现在我想请小蒋介绍一下自己：你是从哪个部队来的？

蒋友清：我是驻洛阳96542部队的一名战士，入伍五年了。

主持人：什么时候发现自己患上这个病的？

蒋友清：1999年3月份我就感觉到自己身体有点不适了，以前在工地上干活，从一楼爬上十八楼一口气上去，那时候感觉每爬两层我就蹲下来喘气，感觉不行。1999年5月份我考军校，考军校的时候部队让我们在当地体检，当时就发现我的脾脏很大，而且白细胞比正常人要高二十五倍，他们就把我送回河南洛阳150医院进行检查，后来被确诊为慢性粒细胞白血病。

主持人：小蒋是位战士，今天我们见第一面的时候，他的第一个动作就是立正向我敬礼，我非常感动。我想这就是一位战士，战士的英武在他身上能够看到，但是由于病魔的折磨，他显得很消瘦，脸色很白，但是我看他现在坐在我身边仍然是一个非常好的军人姿态，很端正，我觉得这就是军人的精神。小蒋，你能告诉我为什么你现在是在北京吗?

蒋友清：主要是因为我的病情得到部队首长和战友的关心和帮助，得到兵妈妈乔妈妈对我的关爱和无私的慰藉……我不会说。

主持人：没关系，听众朋友，你听到小蒋讲到他的乔妈妈关心他的时候，他的语言就显得不那么流利了，我想这也是因为激动，因为紧张，还是我来帮他说。坐在小蒋身边的就是他的乔妈妈。她是全国的拥军模范，是爱兵如子的兵妈妈。小蒋，您是怎么遇到乔妈妈的呢?

蒋友清：我们部队以前在西安搞工程，生病之后我就在洛阳解放军 150 医院住院，乔妈妈经常到医院来看望一些生病的战士，我住院当时化疗很难受，躺在床上不想动，乔妈妈看望这些战士的时候看到我这么难受就问我，就这样我认识了乔妈妈。乔妈妈知道我的病情以后非常关心我，经常给我带东西来，什么排骨汤，什么红枣莲子羹，经常这样，她一个星期至少过来两三次。

主持人：乔妈妈，其实小蒋不是您的第一个兵儿子，在这之前有很多兵儿子您都在关心，从各个方面进行关心。

乔文娟：是。

主持人：我想知道解放军 150 医院距离洛阳市区有多远?

乔文娟：离我们家有十多里，中间要倒一次车。

主持人：坐公共汽车?

乔文娟：对。

主持人：您都是抽什么时间去看他们呢?

乔文娟：节假日，还有下班以后。他们病重的时候我一大早就去买排骨，中午下班我再炖上，晚上下班的时候我再热一下送到医院去，在那儿陪护他们，到早上坐头班车赶回来上班。

主持人：听您讲起这些事情的时候，就像您家里事一样这么寻常，下了班人家都忙着回家做饭，收拾自己的屋子，照顾自己的家里，可是您下了班就急急忙忙往医院赶，去看您这些生病的孩子。您家里两位都是普通工人，孩子现在还在上大学，实际上您自己的家庭状况和能力是非常有限的，但是您一直没有放弃自己的爱心行动，每个星期都要去看望生病的兵儿子，尽管您可能端去的只是一锅普普通通的排骨汤，但是凝聚的是您，包括非常支持您的朋友、亲人的一颗心。能给我讲两件您身边的事吗？

乔文娟：我来北京不到一个礼拜，在上海工作的一位张经理，她家是北京的，她听说我要陪我的兵儿子在北京看病找骨髓，她坐飞机到北京，还没回家就说先上我这儿看看，要去看看友清看看我。到307医院已经是晚上10点多钟了，友清下来见了见张阿姨，这位张经理一定要去我住的小屋看一看。我在307医院旁边租了一间小屋，有五六平方，是房东大爷自己用砖头和木板在院里盖的小屋，很低很小。她到我那小屋一看，当时眼圈就红了，她就把包打开，把里面的钱全给我，她说你在照顾好你的兵儿子的同时也要照顾好自己，不要累倒，你不是属于蒋友清一个人的，你是属于所有战士的，你是战士的妈妈，所以你要保护好身体，不能倒下。她把包里的钱全掏给我了，我查了一下，四千二百元，真的，我很感动。这钱全部用于救助我的兵儿子。

主持人：是的，就在听我们编辑小姜在跟我讲述我们这个选题的内容的时候，在准备的时候，我也真是替您担心，一个普通的女工，一个普通的家庭，她要奉献爱心，她不能赤手空拳啊！她要吃饭，她的兵儿子要吃饭，她要陪着他到北京去，她要住，她要花费，这些可能不仅仅是只有爱心能够解决的。现在我明白了，其实还有更多人和你一起在向这个社会，向兵儿子，向需要爱心的人提供很多很多的帮助。我就在想，不知道这样说是否准确？我觉得您更像一个爱心的传递手，您本身是在不断地奉献爱心，而很多人再通过您传递着爱。

乔文娟：对，他们在支持我。

主持人：传递温暖。

乔文娟：对。他们说不管这条路多艰难，你一定要勇敢地走下去，我们做你的坚强后盾。昨天一位西安的朋友，他是在电视上知道我的，他今天给我寄了一千块钱。今天中午在福建，好像是泉州的，一位公安局的，我从来没有见过她的面，她也是从电视上、报纸上知道这件事情的，她昨天打电话问地址，让我办一个账号，我没有办，我不忍心收他们钱。她昨天一定要问我地址，我把地址告诉她了，今天中午她打电话告诉我说汇来了两千块钱，请注意查收。我真的很感动，特别是 8 月 24 号，《北京青年报》登了我这个兵妈妈帮儿子找骨髓之后，北京很多善良的人都给我打来电话，当天下午就有一位同志给我送棉被，说秋天的北京晚上挺凉的，我来肯定没有带棉被，所以给我送来了被子和褥子；还有好多人要给我提供房子，因为那间小屋一个月得四百五十块钱，有三个人都打电话说到我们家住，还有一个女同志说我是单身，我一个人住，你到我家来住，我有自行车，你骑自行车过去，离 307 也不太远；还有更多人要捐献骨髓，为子弟兵，为他捐骨髓，可是到现在……

主持人：所以您很焦急。

乔文娟：是啊。

主持人：面对白血病，爱心使一位一位患者鼓起了勇气，我现在在这里，比如看到蒋友清，我就觉得他是充满了信心充满了希望的，在顽强地与病魔做斗争。但最终要取得胜利仍然要靠医学的力量，需要有匹配的骨髓和造血干细胞，所以我们才觉得更需要像刘秀艳、琚海这样的志愿者与乔妈妈一起努力，蒋友清才会更有一种生的希望。

……

节目播出后在听众中引起强烈反响，一个又一个素不相识的人加入骨髓捐献的行列。

北京电视台《真情互动》栏目组奖励了乔文娟一万五千元，她把这笔钱捐给北京红十字会一万元，五千元留给了患白血病的战士。

乔妈妈不能等待

乔文娟在期待更多的朋友加入骨髓捐献行列的同时，仍在不停地寻找与蒋友清相匹配的骨髓。

“那些天我以泪洗面，整晚整晚睡不着觉，最后才决定向台湾的骨髓库写出求救信。”乔文娟说。

台湾慈济基金会负责人李政道博士读了这位不是母亲胜似母亲的信后，马上决定向乔文娟索要有关小蒋骨髓的资料。

慈济骨髓干细胞中心是台湾佛教慈济慈善事业基金会的一个机构，是目前亚洲最大的骨髓中心，也是全球最大的华人骨髓库。从 1993 年成立以来，已经有将近二十八万人在慈济骨髓库留下了自己的骨髓样本，到目前为止，已经为世界二十多个国家和地区的白血病患者提供了移植骨髓。

2001 年国庆节，乔文娟把兵儿子蒋友清的血样寄往“台湾花莲慈济骨髓库”。

2001 年的国庆节和中秋节正巧是在同一天。

中秋逢国庆是正常历法现象，但是中秋节和国庆节在同一天还是很少见的。十九年前的 1982 年，中秋、国庆“喜相逢”，接下来就是十九年后的 2020 年了。

看起来像是十九年一遇呢！其实不然，下下次的相遇是在 2031 年，再往后就是 2077 年了。

双喜临门的国庆、中秋，乔文娟将兵儿子蒋友清叫到自己的出租小屋。

吃完晚饭，母子走出小屋。如玉如盘的朗朗明月高悬中天，如倾泻的清流注满大地。乔文娟凝神望着东南方向，她多么希望这一轮明月能照亮兵儿子的前路。

我把女儿耽误了

陪蒋友清过完国庆节和中秋节，2001年10月3日，乔文娟才从北京回到离别近四个月的家，回到病在床上的女儿身边。

此时，她的女儿已经不能行走了。她和丈夫把女儿送到洛阳解放军150医院。因女儿发烧后不能行走，所以住进了骨科。

骨科的黄主任检查后埋怨她：“怎么不早点把孩子送来？”

乔文娟无语，只有无声地流泪：为了挽救兵儿子蒋友清的生命，我把女儿耽误了……

跨越海峡的“生命种子”

妈：

您好！

时间过得真快，转眼您离开北京快一个月了，家里一切都好吧？妹妹的病现在好些了吗？望您在照顾她的同时，也要保重自己的身体，别累着了。要知道您可是我们的依赖和支柱，您要是再把身体累垮了，我们怎么办呀？

在北京住院这两个多月，您一直陪伴在我身边，给我做可口的饭菜，为我联系骨髓四处奔走。妈，您可知道这段时间是我生病以来最开心、最幸福的日子了。是您在我意志消沉的时候给我讲人生的意义，鼓励我坚强；在我烦恼的时候给我讲故事、讲笑话，让我开心起来；在我因化疗难受的时候，您把香喷喷的饭菜送到我嘴边。妈，我在这里祈祷，让妹妹的病快点好起来，那样您就可以来北京陪我了。

妈，我真的很想念您，我很怀念您在我身边的日子，怀念小屋。小屋虽然很简陋，但是很温馨。每当我待在病房觉得闷的时候，就到小屋走走、坐坐，那种感觉就像是回到家一样。

妈，这几天白细胞又降低了，食欲也不佳，总是觉得恶心，我真的好担心，怕我支撑不了多久了，因为我毕竟已经生病两年多了。虽然我一直都对自己充满了信心，但是这种病并不是单靠信心和毅力就能战胜的。的确我很幸运，能做到今天这一步已经很不容易，我应该知足了。但是难道这已经走到了终点吗？这不是我想象中的结局。我真的很不甘心，既然我是幸运的，为什么不能让我幸运下去？

……

这是蒋友清2001年10月31日写给乔文娟的信。

蒋友清能够幸运下去吗？

乔文娟在为兵儿子祈祷。

乔文娟在焦急地等待着骨肉同胞的福音。

台湾慈济骨髓干细胞中心没有辜负兵妈妈的拳拳苦心。中秋、国庆的那轮明月，点亮了兵儿子的生命。

找到了！找到了！乔文娟终于在台湾为蒋友清找到了那个“十万分之一”。

2002年2月10日，慈济骨髓干细胞中心向北京的联络点“北京生命之火”医疗咨询中心发函，称在台湾找到了小蒋的骨髓配型，等小蒋的骨髓移植开始，他们将准时将骨髓送出。

当得知自己有救了，蒋友清再次泪奔：“妈妈，为了我，您吃尽了苦头……”

如一对深情的母子，两人的泪流在一起……

被这个激动人心的消息牵动的不仅有苦盼已久的兵妈妈母子，还有更多素不相识，散落在座座美丽城市中的充满爱心的人们。当为蒋友清找到了那个“十万分之一”的消息从网站爆出后，曾为蒋友清寻找骨髓配型的数以千计的网友迅速点击“聊天室”，竞相与乔文娟分享这来之不易的快乐。

骨髓由两位台湾女士送达北京的那天，乔文娟早早地就手持鲜花，在医院手术室外的长廊一头守候。

当两位台湾女士手捧骨髓盒从走廊另一头走来时，乔文娟在几十米外行了人间大礼，她长跪不起，叩头“谢恩”，热泪满面，口中喃喃：

“我的儿有救了，我的儿有救了……”

2002 年 6 月 7 日凌晨，蒋友清成功地进行了骨髓移植手术。

血液科病房的笑声

金色的霞光，犹如一只神奇的巨手，徐徐拉开了柔软的雾帷，整个大地豁然开朗了。蒋友清所在的血液科病房，笑声也多了起来。

何鹏是兰州武警总队的一名干部，也是乔文娟的兵儿子。乔文娟在北京照顾蒋友清时，何鹏和蒋友清都住在同一所医院的血液科，她又和何鹏的家人租居在北京的同一个四合院，她做了什么好吃的，总要给何鹏送去一份。

在为蒋友清找到骨髓后不久，乔文娟也为何鹏在台湾找到了他的“十万分之一”。

2002 年 10 月 16 日晚 8 点 20 分，台湾慈济库派人将捐献者的骨髓送到大陆。

何鹏是很幸运的，他不但得到武警部队各级首长和战友们的关心，而且成功地进行了骨髓移植手术，已于 2003 年 1 月 23 日出院了。

第八章　蚀骨之痛

“芳草歇柔艳，白露催寒衣”，又一年的“十月一”到了。住在天国的兵儿子，你们那里冷吗？

初冬的落日伴着枯树寒风，从窗外一尺远的地方整齐地经过。一年中最忧伤的一群叶子悬挂在十月的高枝，仿佛欲落未落的泪滴。

乔文娟把一沓沓冥币的线绳解开，再一张张用手指捻开。她听说用手指捻过后的冥币，在天堂才可以使用。

她把纸钱冥币放在一个大袋子里，一一写上离去的兵儿子的名字。

借着朦胧的夜色，她来到十字路口，点燃五彩纸和纸钱冥币。火苗跳跃，照亮天堂的路。微风伴送，彩纸化成五色的衣服冉冉升上天空……

乔文娟曾悉心照料过二十二名身患绝症的兵儿子，每次看到他们被病痛折磨，她都心疼流泪。兵儿子的离去，让她承受了蚀骨的疼痛。

天堂里的兵儿子们，你们可听到乔妈妈悲切的心语，可收到乔妈妈虔诚的祈祷？

你们生前有的住在北京解放军307医院，有的住在北京解放军301医院，有的住在苏州解放军100医院，有的住在解放军二炮534医院，更多的是住在洛阳解放军150医院。为了能挽救你们的生命、延续你们的生命，乔妈妈为你们寻医问药、熬汤送饭，无数个夜晚守候在病床边，尽一份像母亲一样的责任。可病魔最终还是将你们与乔妈妈远隔在海角天涯。那一幕幕生离死别的情景历历在目，每每想起你们，她的心就会发疼，泪水就会涌出眼眶。

乔妈妈翻看着你们的照片，含着泪水，向我讲述了她对你们的思念、对你们的追忆、对你们的祈祷——

高峰，你的妈妈还在翘首盼你归来

2005年5月1日的早晨，7点10分，家里的电话铃声把我从睡梦中惊醒，我拿起电话，听到电话那头是个河南妇女的声音，我问她是哪位，她告诉我说：“我是司高峰的妈妈。”

司高峰的妈妈？听对方这么说，我急忙问道：“您是司高峰的妈妈呀，我还是第一次听到您的声音啊。”司高峰的妈妈又说：

“今天是过节了，孩子在部队还好吧？”

司高峰的妈妈说到这儿时，我听见电话那头传来哽咽声。

听司高峰的妈妈这么说，我好惊讶！司高峰早已在 2000 年 12 月 15 日晚上 9 点 40 分，在洛阳解放军 150 医院内三科，因病情加重，抢救无效病逝了。

2000 年 12 月 20 日火化那天，司高峰的父亲、姐姐(抱养的)、舅舅、姨都从老家来了，司高峰的妈妈没有来。他们说，司高峰的母亲身体不好，又疼爱这个孩子，怕她接受不了这个事实，所以没敢告诉她。从她的话语中可听出，司高峰的妈妈仍然不知道她的宝贝儿子司高峰已经病逝四年四个月二十天了，可怜的母亲！

我急忙问：“您现在在哪里？”电话没有了声音，我急忙翻身坐起来，去查看来电显示。按显示的手机号码拨过去，电话语音提示关机了。过了十分钟我又打过去，仍然关机，一天中我打了无数次电话，此后几天我总是抽空拨打这个号，可这个号始终关机。

司高峰的妈妈一定是思儿心切，自从儿子在 1999 年 12 月 20 日穿上军装离开家后，就再也没有见过；自从司高峰 2000 年 9 月 6 日住进洛阳解放军 150 医院后，这位妈妈就再也没有听见过儿子的声音。在司高峰住院的日子里，每当问起儿子怎么不来信了，怎么不来电话，家里人总是对她说，部队在训练，不能随便写信，不能随便打电话。没有想到，司高峰的家人一直瞒她瞒了四年多。

听着乔文娟的讲述，我仿佛看到了如此心酸的一幕：高峰的母亲站在门前，背微微驼着，向远处眺望着，眼中满是希冀，夕阳的余晖洒在她身上，她像一个迟暮老人。

泪水溢满了乔文娟的眼眶，她想忍住，可泪还是滴滴答答地流下了。

她当时就对不幸的高峰儿子发誓：乔妈妈一定要找到你的家人，让你的父亲、舅舅他们一定要告诉你的妈妈，你已经去了天堂，你在天堂有好几个战友，他们和你在一起做伴呢。让她不要再等你的电话，不要再盼你的书信，不要再翘首盼望你的归来，因为在这种等待中她会更痛苦的啊……

之后乔文娟找到了高峰的父亲，可这位父亲硬是不同意将儿子的不幸告诉高峰的妈妈，他怕她有病的身体承受不住。好多年了，乔文娟家里的固定电话基本没用了，但她每月依然缴着座机费。她对我说：“电话是为司高峰的妈妈留的，万一她啥时候打来问起她的儿子，我还得替她的家人隐瞒呀。”

过了一会儿，乔文娟继续她的讲述——

司高峰是驻河南71566部队的战士，河南濮阳县人。1981年10月28日出生，1999年12月20日入伍来到他从小向往的军营。2000年9月6日，司高峰在参加野外训练演习时晕倒在训练场上，当天被送到解放军150医院，经诊断，不幸得了白血病，住进了内三科。在他住院的三个月零十天里，我常常去看望他，给他送去鸡汤、排骨汤，并安慰鼓励他。12月15日晚上9点40分，司高峰不幸被白血病夺走了他十九岁年轻的生命。

2000年12月20日上午，在洛阳殡仪馆，望着司高峰身着一身他还没有穿够的绿军装，静静地躺在玻璃棺里，我好伤心。在他住院的三个月零十天里，他表现得是那么坚强，忍受着被病魔折磨的疼痛，一声不响，病得那么严重，可他感觉是自己生病给连队添了麻烦，是自己生病给家里亲人添了麻烦，是自己生病给周围关心他的人添了麻烦。刚住院时他对我说：“乔妈妈，我得的是什么病？我的病会不会好？我还能不能参加演习？听说军委张副主席要来检阅，到时候我能参加吗？”他没能实现自己的愿望，到死都不知道自己得的是什么病。1999年12月20日，司高峰来到洛阳，实现了他的军营梦；一年后的12月15日，他却永远地离开了军营，离开了这个世界。

哀乐响起时，我又失去了一位兵儿子

2005年9月16日早晨7点30分，我刚从中国拥军网论坛退出，关掉电脑，准备躺下休息一会儿，上午9点要去参加一个开业典礼会。刚躺下，我的手机铃声响了，接通电话，是个男子的声音：“是乔妈妈吗？”

“是的，请问您是哪位？怎么称呼您？”

“我是栾川部队的，我姓甘，是技术科的科长。”

“哦，您好甘科长，请问有什么事情需要我做吗？”

“我们部队的张庆元病故了，他住院的时候，您对他非常关心，所以今天特意通知您。”

“啊？怎么会呢？我前天去医院，在住院部门口看到他父母，他还是好好的，怎么会突然走了呢？”我吃惊地问。

“就是您来的那天夜里，他去洗手间，突然跌倒，就再也没有起来。”

“怎么会？怎么会呢？他的家里人呢？我要去送他，我要去送他。”我的双眼顿时被泪雾蒙住，我急切地、语无伦次地说着。

“乔妈妈您今天上午有空吗？给您打电话，就是告诉您张庆元的事情，他的父母和家里人都在这里。”

“我去，没有空也要去。”

“好的，乔妈妈您在家等着，我们这就去车接您。”

我挂了电话，急忙洗漱，穿衣……

上午 8 点 27 分，来到洛阳殡仪馆三号吊唁厅门口，看到张庆元的母亲和张庆元的亲戚们都在凉亭里。张庆元的母亲看到我，向我走来，我迎着张庆元的母亲走去。

一位母亲和一位“妈妈”拥抱在一起，四行悲痛的泪水，哭着同一个儿子……

张庆元的女朋友向我走来，我放开张庆元的母亲，又把这位二十四岁的黑龙江姑娘搂抱在我的怀里。这位姑娘在 2004 年 9 月 28 日得知张庆元患了急性淋巴白血病后，辞去了工作，从黑龙江来到洛阳解放军 150 医院，陪伴、照顾张庆元。她在我的怀里哭着说：“乔妈妈，我没有本事救他，我现在什么都没有了。乔妈妈，庆元走那天下午一直在念叨着您，说想见见您，说说话，可又不让我给您打电话，他说乔妈妈您太忙太累了，不让打搅您。”她的泪水把我左肩的衣服洇湿了一片。

听她哭诉着，我的心好痛好痛，我搂着她说：“孩子，那你为什么不悄悄给我打电话呢，我再忙再累，只要接到电话，只要我在洛阳，我就会及时到医院去的。孩子，乔妈妈也没有本事去救他，他的病太顽固了，医生也没有办法救他。孩子，坚强些，你以后还有乔妈妈，有你的同学们，有你的亲人……”

葬礼的哀乐又一次响起时，我的心里又多了一次悲痛，望着身穿崭新的绿色军装，肩上一副崭新的中尉军衔，头上一顶新的军帽上那枚崭新的帽徽闪烁着光芒，望着静静地躺在玻璃棺里的张庆元，我悲痛欲绝，回想起与张庆元在150医院相识的日子。

2004年10月份的一天下午，我到解放军150中心医院去看望住院的战士们，从内四科转到内五科，看到六十床来了一位新病号，身穿病号服。

患白血病住在这里的张惠丰告诉我：“乔阿姨，他是新来的，也姓张，也是白血病。”又对着新来的病号说：“小张，她就是全国爱国拥军模范，兵妈妈，乔妈妈，乔阿姨。”

新来的病号对我说：“您就是乔妈妈啊，早就听说您了。”

在谈话中我得知，新来的病号叫张庆元，1979年八月初八出生，河北宁晋县人，2002年在武汉理工大学毕业后应征入伍，成为光荣的第二炮兵方阵中的一员。正当风华正茂之时，却不幸被检查出患有白血病。

2005年1月，张庆元在他所在部队首长的关心下，和他的两位哥哥到北京解放军307医院去做骨髓配型，可惜两位哥哥的骨髓都与他不相配。

张庆元天性善良，孝敬父母，待人宽容谦虚，在将近一年的患病时间里，他一直以乐观的态度、顽强的毅力和病魔斗争。临终前那天还对他母亲说：“不要给部队提任何要求。”多好的军人！

这位不幸的军人，最终在2005年9月14日晚上9点20分，永远地离开了他热爱的部队。

我扶着里面躺着张庆元的玻璃棺，望着静静熟睡了的张庆元，心如刀绞，任凭两行泪水如泉水般涌着。我对张庆元诉说着：“庆元，对不起，14 号上午乔妈妈到 150 医院去给自己看病，看完病又去外三科和内四科看望住院的官兵，一直到下午 2 点钟。因为乔妈妈要来医院看病做检查，所以从早晨起来就没有吃东西，那会儿感到好饿好累，身体实在吃不消了，魏太行就陪着我，把我送到 150 医院门口 50 路公交车站。可在这之前，乔妈妈在门口遇到你父亲和母亲，他们说你的情况挺好的，所以乔妈妈就没有到后山内五科去，没有想到你竟然突然离开了这个世界。庆元，乔妈妈没有本事来救你的命，庆元，乔妈妈今天来送你了，乔妈妈也代表中国拥军网的全体朋友来送你。庆元你看，你们旅孟副旅长也来送你，你的战友们也来了，同学们也从西安赶来了……”

在悲痛之中，两位战士把我从张庆元的灵柩上拉扶起来，把我扶到告别厅外面的凉亭的石凳上。

一个年轻的中尉军官，被可恶的白血病夺去了生命。

妈妈，我要为您唱首歌

梨花又白了，兵儿子李社军离开我快二十年了。

社军，你在天堂好吗？妈妈想念你，在几个离我而去的兵儿子中间，你是最懂事的一个。

2000 年 4 月 1 日是个星期六，农历二月二十七，是社军二十六岁的生日。那天上午，雨下得很大很大，我和他建民爸爸买了生日蛋糕和水果、鲜花，打车到 150 医院，在内三科军人病房为他过生日。他们部队的领导闻讯后，也买了水果和鲜花赶来给他过生日。

我把给他买的一件红色的羊毛衫帮他穿在身上，又把纸做的皇冠戴在他的头上，帮他点燃二十六根蜡烛。当烛光照在他的脸上时，他好开心，开心地流着眼泪。他激动地对我说：“妈妈，我要为您唱首歌。”于是他在大家的掌声中，为我唱了一首《烛光里的妈妈》。那天我也好开心，心中默默地为他们祈祷着，愿他们都能康复，重返部队。

2000年6月，医院要给他做自体干细胞移植手术。在采干细胞前，他对我说："妈妈，我采细胞的时候，妈妈能陪着我吗？有妈妈在我的身边，我就不会怕了。"

在市中心血站采集干细胞时，徐禹林主任和内三科的两位护士陪着他，我和他亲生父亲，还有他的艳玲也都陪着他。为了感谢血站的工作人员，我买了一箱露露，中午又买了盒饭答谢为了给他采干细胞不能回家吃饭的血站的工作人员。

做自体干细胞移植手术需要约两万元的贵重药品，这是自费的。他的家在农村，没有什么经济来源，他又生病这么久，我把该寄给女儿的两个月的生活费一千元给了他。当我把一千元钱塞到他的手中时，当他知道这是妹妹两个月的生活费时，他的热泪止不住地往下流。我说："社军，要有信心配合医生，手术一定能够成功。愿你早日康复，重返部队，为部队再立新功！"

那个月底，我女儿从武汉科技学院打电话给我："妈妈，这个月您怎么没有给我寄生活费？我今天没有钱吃饭了。"我听了这话心里好内疚，我赶紧对女儿说："贝贝，对不起，妈妈把你的生活费给你社军哥哥了，他要做骨髓移植，需要很多的钱。你先问同学借一点钱吃饭，妈妈明天想办法给你寄去。"

社军得知情况后对我说："妈妈，您可是只有一个亲生女儿啊！"我说："你们在我的心里都像亲生的一样，现在只能先顾你。"

做移植的时候天很热，他在层流室里和病魔抗争着，移植后的排异差点几次把他送进鬼门关，口腔溃疡、肛周脓肿把他折磨得奄奄一息。看着痛苦的兵儿子，我的心好痛，我乘车去了白马寺，去为他烧香，求菩萨保佑他。也许是菩萨的保佑，也许是上天被我感动，他活了过来，战胜了排异，最后他走出了层流室。

2001年春节，他和艳玲回老家过的年，初五他就和艳玲回洛阳家里来，给他的建民爸爸买了两瓶河北的酒和一条烟，还带了他自己家种的花生。他和艳玲在家住了一天就去150医院住院了。

没多久，他的病又复发了，第二次骨髓自体移植又一次失败，司高峰和陈永龙的离去对他又是两次打击。2001年4月1日，我再次给他买蛋糕、水果到病房给他过生日的时候，他说："妈妈，我的生日总不能在医院度过呀，我还年轻，我不能在这里等死。"听他这么说，我的心里很难过，可也不敢对他说，因为我听徐主任说，他已经没有治疗的希望了，他的体内注入的药已经超过了指定的药量。

2001 年 7 月 16 日晚上，和他同病室的黄凯连长也因患白血病医治无效病逝，这对他又是一次打击。那时我正好从济南军区总医院看望蒋友清回洛阳，帮着处理完黄连长的后事后，为了稳定他的情绪，又抱着一线希望，我找和建民在一起工作的欧阳叔叔，让他开车带他去红山乡找一个中医，听说这个乡村的中医能治白血病。他欧阳叔叔开着蓝鹰公司纯净水厂的长安面包车，翻山越岭，因路不熟，找了两个多小时才找到那个自称会治白血病的乡村中医家，进他家看了他所谓的诊室后，我们失望地走出了那个农家小院。

2002 年 3 月 20 日，听徐主任说他已经病危，我从武汉回到洛阳，赶到 150 医院。血液科已经从内三科搬到内五科了，看着在死亡线上挣扎的兵儿子，我的心里好难过。他看我来了，脸上露出笑容，用微弱的声音对我说："妈妈，你可回来了，妹妹怎么样了？妈妈，我想你，我以为我见不到妈妈了呢。"听他这么说，我的心里很歉疚，没有办法，顾了蒋友清顾不上他，顾不上我带病在武汉上学的女儿。看着他的模样，我的心里更加难过，我俯下身吻了一下他的额头，轻轻地对他说："对不起，请原谅妈妈……"

2002 年 3 月 24 日上午，昏迷中的社军突然醒来，他伸着右手，脸扭向我，口里喊着："妈，妈妈，妈妈——"我急忙俯下身子，双手握紧李社军的右手："社军，别怕，妈妈在！妈妈在！妈妈一直在你的身边。"这时，李社军又伸出左手，脸扭向左边，呼唤养了他二十多年的母亲："娘，娘——"当他的母亲握住了他的左手后，李社军的泪珠滚出了眼角，慢慢地闭上了双眼，永远地离开了这个世界，离开了他热爱的部队，离开了生他养他的亲娘，离开了疼爱他的乔妈妈。

兵儿子李社军，他临终第一个呼唤的不是生他养他的母亲，而是我这位与他没有任何血缘的妈妈。那一刻，让我更知道兵妈妈的责任重大。

我和艳玲，还有山春花护士和小孙护士帮他擦洗身子，我强忍着眼泪给他擦洗，不敢让眼泪滴落在他的身上，因为听人说，眼泪如果滴在身上，就不好转世了。给他擦洗完后，又帮他把崭新的军装穿在身上，又帮他把棉军帽戴在头上，把他的领花扶正，又帮他化妆。看着他不再痛苦的脸庞，我在心中默默为他祈祷。

每年的清明节，我会为他撒一捧梨花，烧一沓冥币，点燃一炷香，寄托我的哀思……

天堂里，有鲜花，还有阳光

2003年3月23日，兵儿子傅皎不幸被查出患了何杰金氏淋巴瘤。2004年6月，解放军150医院血液科徐禹林主任为他做了骨髓自体移植手术，手术很成功。

傅皎的病情不久又复发癌细胞转移，患上了乳腺癌（望男同胞不要忽视，男人也会患乳腺癌），2006年12月，做了乳腺增生切除。傅皎是个非常聪明懂事的孩子，也是一个懂得感恩的孩子。傅皎不幸患病这将近六年来，几次与死神擦肩而过，但表现得非常坚强。在他生病期间，有幸得到上至师长杨剑、下至连队战友们的关心，更有幸遇到好医生、血液病专家徐禹林主任，才使他的生命得以延续。

2009年4月8日下午，我接到兵儿子傅皎的电话后，决定放下一切事情，第二天上午去解放军150医院血液科看望慰问不幸的傅皎。我知道自己没有能力去挽救这些不幸患病的战士的生命，但我能用自己的一颗真心去温暖这些不幸患病战士的心，使他们树立起战胜病魔的信心；用自己的一片真情去协助医生，延续他们的生命。

晚上，又是一个不眠的长夜。著名的“人民的诗人”王怀让老师的不幸逝世，和那一个个被病魔夺去生命的兵儿子生前的音容笑貌和被病痛折磨时扭曲变形的脸，以及临终前渴望生命的眼神，在我的脑海里翻起，在我的眼前呈现，那种痛在我的心里撞击，泪水从我的心底涌出……

不觉间，天已放亮。看电脑右下角的时间已经是8点了，我合上那一个个被病魔夺去生命的兵儿子相册。

我拨通了兵儿子傅皎的手机：“傅皎，我是乔妈妈，乔妈妈一会儿去医院看望你，你想吃什么，现在能吃什么，告诉乔妈妈，乔妈妈去给你买。”

傅皎说：“乔妈妈，您什么也不用买，能来看望我我就已经很开心了，不要花钱了。”

“傅皎，你现在能吃什么，告诉乔妈妈，这样买东西也不会浪费。”对待战士，像对待自己的孩子一样，所以说起话来直来直去的。

“那好吧，就给我买点梨吧。”傅皎和我说话也很随便，我们虽没有血缘关系，但情同母子。

挂了电话，关了屋门，下楼，出了院门往南走，到耐火厂旁边的大张超市。我给傅皎买了十斤梨，又买了西瓜和芒果。北方不长芒果，超市卖的芒果都是南方运来的，价格比较贵，一般家庭是不去买着吃的，给身患重症的兵儿子，我是舍得的，所以女儿经常说我不像她的亲妈。

去解放军150医院，中间要转车。我的双臂前几年给患病的战士们送排骨汤、鸡汤，拉伤了韧带，现在两只胳膊不能受力，所以买了水果出来，只好打的过去了。

“傅皎，乔妈妈来看你了，这位是咱150医院为军服务办公室的付主任。”我边说着，边把袋子里的梨、西瓜、芒果一一拿出来，放在病床边的床头柜上。

傅皎看到我们来，高兴地说：“乔妈妈您来了，付主任好，谢谢乔妈妈给我买了这么多的水果。”看得出傅皎很开心，精神也好了很多。

我把刻的傅皎与奥运火炬合影的数码照片碟拿出来，让傅皎的战友赵鹤磊把照片复制到傅皎新买的手提电脑里。照片复制完后，赵鹤磊把照片一张张点开、放大，傅皎高兴地给付玲玲主任讲当时拍照的情形，付玲玲主任也给傅皎讲她们和奥运火炬一起拍照的情形。

我和付主任在病房坐了一个多小时，傅皎一直不停地说话，谈笑风生，那时感觉不到傅皎是一位危重病人。我们快离开病房时，看到傅皎的额头在冒汗，一会儿见一位护士进来给傅皎打肌肉针。我问护士给傅皎打的什么针，护士没有开口呢，傅皎就抢先告诉我："乔妈妈，我打的是杜冷丁。"

我又问："几个小时打一次？"

这次是傅皎的战友赵鹤磊说："最多两个小时打一次，有时疼了就打。"听赵鹤磊这么说，我的心里很难过，从注射杜冷丁的间隔时间，就能判断傅皎的情况很不好。

傅皎笑着说："乔妈妈，你们今天来，我特别高兴，所以少打了两针杜冷丁。"

听傅皎这么说，我既高兴又心痛。如果我女儿的身体康健，如果小外孙已经长大，不需要我照顾，我就会像照顾陈永龙、蒋友清、李社军、付军长他们一样，守在傅皎的身边，给他战胜病魔的信心和力量。但是，我目前不能，我已经订了 11 号去北京的火车票，女儿右脚腕扭伤将近一个月了，也不见好，医生让她卧床休息，小外孙才四个多月，需要照顾。

好在傅皎的父母守在他身边，我只能鼓励傅皎要坚强、勇敢，再与病魔抗争，再一次击败病魔，尽量少打杜冷丁。我知道打杜冷丁会上瘾，有时，不是病痛需要杜冷丁止痛，而是瘾发难受，身体需要杜冷丁。

为了让傅皎安静地休息，我和付玲玲主任向傅皎告辞，傅皎那不舍的目光，定塑在我的眼底。

挺住，傅皎！

傅皎，你的乔妈妈泪水滴湿了衣襟，讲不下去了……

有种痛叫不敢思念。太多的回忆，恰恰是她不敢去思念，不敢去触碰的东西，因为害怕心痛，因为害怕泪水模糊了双眼。

傅皎，2009 年 4 月 20 日上午 8 点多，乔妈妈为了你，从北京赶回洛阳，刚进家门，就接到陪护你的战友赵鹤磊的电话，说你昨晚 9 点 30 分走了。乔妈妈不敢相信，有那么多那么多的叔叔、阿姨和朋友们都在为你祈祷，而且你是那么坚强，几次把死神斗败，这次怎么失去信心了呢？

乔妈妈放下行李，疾步下楼，到大院门口拦了辆出租车就往解放军 150 医院赶。到了医院大门口，付玲玲主任赶过来，搀扶着她，被泪水模糊了的双眼看不清路面。

你们指导员付红运和连队的一名战士到内科楼门前来接乔妈妈。付玲玲主任搀扶着她，走到医院后山大铁门门口时，就听到催人落泪的哀乐声中，掺杂着悲痛的哀号声，乔妈妈知道，那是你母亲用悲切的哭声在呼唤你回来，回来，醒来，醒来……

付玲玲主任搀扶着乔妈妈，快走到太平间门口时，你的母亲、父亲、大姑、二姑、大伯冲着太平间里喊：“傅皎，你乔妈妈来了，乔妈妈来看你了！”

乔妈妈走进太平间，看到你躺在陈永龙、司高峰、李社军、左韶民、王广二、黄凯、阎巍、郑昌忠、王五平、潘吉云、张庆元、张惠丰、葛勇标、梁守山、李清、付军长、李峰他们曾经躺过的冰冷的简易的石板床上。

乔妈妈掀起盖在你身上的白色绣花被，看到你身穿一套崭新的绿军装，乔妈妈怕泪水滴到你的身上，她一手用纸巾擦一串串的泪珠，一手去抚摸冰冷的你，可是你的胳膊却是软软的。

你母亲掀开盖在你脸上的面纱，乔妈妈看到你的脸色很苍白，没有一丝血色，但是你像熟睡了一样，很安详，因为你不再痛苦，你母亲说，前两天，你每天要打二十八针杜冷丁也止不住疼。

乔妈妈用手抚摸着你那冰冷的脸庞，呼喊着你的名字，可是你熟睡了，叫也叫不醒……

乔妈妈于 4 月 11 日晚上去北京后，心里牵挂着你，放心不下你，每当太阳升起时，乔妈妈站在窗前，望着前面晨曦中的鸟巢，为你祈祷，愿菩萨保佑你，给你手机发条信息，鼓励你再次勇斗病魔，与死神抗争。4 月 14 日上午 8 点 46 分 51 秒，你给乔妈妈回复信息：“谢谢乔妈妈，我现在快不行了，有点扛不住了！”

4 月 19 日太阳升起时，乔妈妈再给你发信息，可一天也没见你回信息。晚上 7 点多时，乔妈妈给陪护你的战友赵鹤磊打电话，赵鹤磊告诉她：“乔妈妈，傅皎的情况不好，昏睡了一天了。”

乔妈妈问赵鹤磊：“傅皎的神志清楚吗？”

赵鹤磊说：“傅皎的神志很清楚，就是疼得厉害，打杜冷丁也不管用了。傅皎的姑姑、姨她们都从老家来了。”

没想到，乔妈妈在北京西客站候车时，你却闭上了双眼……分离，就像一场永远躲不了的宿命。

4 月 21 日上午，你的灵魂随着一股股浓烟飘向高空，飘向天堂。乔妈妈双手合十，为你祈祷。乔妈妈多么希望，天堂里有鲜花，还有阳光……

怀念只有五天党龄的钢铁战士陈永龙

陈永龙是“铁军”红军团的战士，广东惠来县人，1997 年 12 月入伍。1998 年 8 月参加了长江抗洪抢险。抗洪抢险归来后，有幸参加了 1999 年“世纪大阅兵”。2000 年 1 月 20 日，当人们都在忙于迎接新千年的到来时，这位战士不幸患了白血病，住进了 150 医院内三科。

2000 年 1 月 7 日，我女儿因患病从武汉回到洛阳，我把女儿安排住进了解放军 150 医院五官科，因为这样我能同时照顾住在 150 医院的兵儿子们。

1 月 20 日下午，我正在五官科病房照顾女儿，380 团修理连战士姜腾跑来对我说：“妈，内三科又来了一位我们 380 团的战士，也是白血病。”我听完后急忙问姜腾：“在哪里？快带我去！”我扔下女儿，和姜腾一起往内三科跑去。走进内三科军人病房，看到二十号病床上躺着一位刚来的战士。我走到这位战士的病床边，拿起他的床头卡片，知道这位战士名叫陈永龙。陈永龙双目紧闭，因发烧而满脸通红，嘴唇翻卷着白皮。我走上前俯下身，在陈永龙耳边轻轻呼唤他："永龙，喝点水好吗？"陈永龙听见我的呼唤声后慢慢地睁开双眼，微微地点了点头。

我手端杯子，坐在陈永龙的床边，用小勺一点一点地将凉开水喂给陈永龙喝。陈永龙喝完凉开水后神志清醒多了，我又去为陈永龙买来雪梨，削去皮，切成小块喂给陈永龙吃。陈永龙双眼含着热泪说："阿姨谢谢您！您是不是在这里工作？"我用纸巾擦去陈永龙眼角的泪水，笑着对陈永龙说："你安心治病，如需要我帮助就告诉我，你现在好一点了吗？"陈永龙说："阿姨，我感觉好多了，就是头很痛。阿姨，我得的是什么病呀？"我说："你是在发烧，打了针、吃了药就会好的。你闭上眼睛，阿姨帮你按摩按摩，睡一觉就会好的。"我在陈永龙的额头和太阳穴上轻轻按摩着，等陈永龙渐渐睡着了才离开他去照顾我的女儿。

从此后，我每天不分白天和晚上，都要到陈永龙的身边去照顾他。在交谈中，得知陈永龙参加过抗洪，参加过大阅兵，不由得对陈永龙更加疼爱。知道陈永龙是广东人，爱吃瘦肉粥和甜食，就经常给他熬瘦肉粥和银耳、莲子、枸杞、红枣八宝粥。女儿在150医院住了一个多月，我在陈永龙身边也照顾了一个多月。

两个月后，当陈永龙得知自己的病情后，心情万分沮丧。我安慰开导他说："你得了这种病是不幸的，万幸的是你生活在军营，有那么多的首长和战友们关心你，而且内三科的徐主任是专治白血病的专家，对患病的战士特别好。现在医疗条件和水平在不断地提高，你要有信心配合医生好好治疗。你是一名'铁军'的战士，要有铁的精神，要用抗洪精神和参加阅兵时的精神来与病魔做斗争。"陈永龙听了我的开导后说："乔阿姨谢谢您这些日子里对我的关心和照顾！我会听您的话，做一名钢铁战士，配合医生好好治疗，争取早日康复。"

每个星期天，我都要到解放军150医院去看望照顾陈永龙和我的几位患病的儿子，还有其他战士，这已成为我生活中不可缺少的一部分。

2000年4月1日，星期六，是驻偃师72373部队战士李社军二十六岁的生日，他不幸患的也是白血病。上午，我买了生日蛋糕和水果、鲜花，到150医院内三科军人病房为李社军过生日。下午我要回去了，住院的战士和我的兵儿子们拥着我，依依不舍。陈永龙拉着我的手说："乔阿姨，我也要到大门口去送你。"

我说："永龙你不能送我，你的体质差，不能出病房。"

陈永龙又说："乔阿姨，我有话要对你说。"

我说："永龙，我早就知道你有话要对我说，这段日子我每次来看望你们，你都会搬个小凳子坐在我的身边看着我，想要对我说什么，你有什么话就说吧。"

陈永龙说："乔阿姨，我有一个请求，不知您是否能答应？我也想认您做妈妈。"

我说："原来是这个事呀，其实你们每位战士在我的心中都像自己的孩子一样，我能有你这样的儿子也是我的荣幸，我也好高兴，我又多了一位儿子。"

陈永龙听我答应了他的请求，他高兴地挽着我的胳膊说："那我现在就叫您，妈、妈妈！"

看着陈永龙那高兴的模样，我又心痛又高兴。

永龙是一个有着崇高理想和信念的好战士。他虽然身患绝症，但他以超人的意志顽强地与病魔抗争，始终没有动摇对党的向往和追求。

2000年11月1日上午，医院发出了病危通知，我接到医院打来的电话后，急忙打车来到永龙的病床前。这时候的永龙被病魔折磨得骨瘦如柴，肿得像大粗棒似的左小腿已经开始往外流脓了，肛周脓肿又加上后尾骨外面的皮肉开始溃烂，整个腹部鼓胀疼痛。永龙见我来了，用微弱的声音对我说："妈妈，我浑身好痛，妈妈你抱抱我。"说着伸出两只像细棍一样的双臂。

我赶紧俯下身子，永龙双臂环抱着我的脖子。我抱着永龙说：

“孩子呀，痛得厉害你就哭两声、喊两声吧，这样也许能减少一些痛苦。”

他说：“不，妈妈，我不能哭，我是铁军的战士，我要像保尔那样，做一名钢铁战士。”

他脸色苍白如纸，一双大眼炯炯有神地闪着不屈的青春之光。

永龙没有哭，可我却抱着永龙泪流不止。

永龙的病情一天天恶化，死神向他一步步逼近，即使在这个时候，永龙也没有放弃自己的追求。11 月 3 日的夜晚，永龙问我说：“妈，指导员他们什么时候有空来呀？”

我问他有什么事，永龙说：“我等指导员来了，问问指导员我的入党申请批了没有。”

听了永龙的话，我的心里既难过又高兴。我们的战士太伟大了！病成这个样子，最大愿望还是入党，在他心目中，没有什么比入党更重要的！我真的为他感到骄傲，也为我们的党有这样忠诚的战士感到自豪。

在陈永龙最后的几天日子里，我一直守候在陈永龙的身边。深夜，陪护他的小战士熟睡了，我就为陈永龙端屎接尿，尽一份母亲的责任。

在陈永龙生病住院的十一个月零五天里，受到了上至军首长、下至连队战友们的关心和鼓励。2000 年 12 月，党组织批准陈永龙加入中国共产党。

入党宣誓仪式在 150 医院内三科急救室进行，永龙已在病危之中，靠氧气维持呼吸。当护士捧起鲜红的党旗时，永龙示意让护士拔掉氧气管。英雄战士对党的无限忠诚再次震撼了我的心。在主治医生的允许下，氧气管拔掉了，永龙举起干枯的右手，拼尽全力握成拳头：

“我志愿加入中国共产党，拥护党的纲领，遵守党的章程，履行党员义务，执行党的决定，严守党的纪律，保守党的秘密，对党忠诚，积极工作，为共产主义奋斗终身，随时准备为党和人民牺牲一切，永不叛党！”

永龙一字一句地许下庄严的承诺，声音微弱但清晰、坚定。

那动人的一刻，永远定格在我的心头。

2000年12月25日凌晨3点5分，永龙的心脏停止了跳动，结束了二十一岁年轻的生命。这位只有五天党龄的钢铁战士，这位有着崇高理想信念、对我们伟大的中国共产党不懈追求的“铁军”战士，静静地闭上了双眼。望着他被白血病病魔折磨的身体，回想起当初那个英俊潇洒的战士，我的心如同刀绞一样痛。

我擦去眼泪，和护士一起帮永龙擦净遗体，又给陈永龙换上崭新的军装。我把永龙衣领上的两颗领花扶正，又把帽子端端正正地戴在陈永龙的头上。

永龙的父母听到不幸的消息后双双病倒了，不能来洛阳料理后事。我想我也是永龙的妈妈，我要担负起这个重任，让永龙早点安息，早点把他送回他的家乡。我和部队的领导一起把他的遗体送到火葬场去火化，为陈永龙操办后事，忍着心中巨大的悲痛跑来跑去，两天两夜没有合眼。

2000年12月29日下午，我和永龙的副连长护送陈永龙的骨灰，一起坐上开往广州的列车。经过日夜兼程，12月31日下午4点多钟，总算到了永龙的家乡——广东惠来县。

我把陈永龙的骨灰盒交给了陈永龙的父亲……

永龙走了，可他那顽强与病魔抗争的精神和对中国共产党不懈追求的精神，值得我学习，他的精神永存！永龙永远活在我的心中！

永龙，乔妈妈沉浸在对你深情的追忆中。急救室里，面向党旗，你举起干枯的右手的那一幕，时常浮现在我的眼前。

1997年12月，你从改革开放后富裕起来的粤东走进济南军区某红军团六连。入伍第一课——参观团史馆，你看到自己所在的团队是跟随毛泽东主席参加过秋收起义和井冈山斗争的英雄部队。“三湾改编”在这里起源，我军第一个党支部在这里建立。共和国五位元帅、七位大将等三百多位将帅曾在这里工作和战斗过，先后涌现出“强渡乌江模范连”“刘老庄连”“渡海英雄连”“飞夺泸定桥二十二勇士”和“马特洛索夫式的英雄”王玉山、“见义勇为的英雄战士”徐洪刚等一大批英模集体和个人。光荣的传统浸润着追求上进的年轻心灵，你决心“做合格的红军传人，当为党旗、军旗增辉的优秀士兵”。

当兵没几天，随全团官兵听“见义勇为的英雄战士”、本团导弹连副指导员徐洪刚做报告。入伍前，你一直有个疑问解不开：“身中十四刀，为什么还敢浴血斗歹徒？”今天，徐洪刚一句“即使牺牲也不怕，因为我是共产党员”纯朴的话语，使你找到了答案。

1998年8月17日，你所在团接到紧急命令，奔赴长江洪湖地段执行抗洪抢险任务。时间紧，救生器材准备不足，连队党支部决定把救生衣优先发给普通战士。你水性好，要把救生衣让给不会水的班长。班长说：“我是共产党员，危险关头冲锋在前，不怕牺牲，这是最起码的要求。”最后救生衣还是穿在了你身上。

一天，大堤发生特大险情，连里成立“党员突击队”，组成人墙堵水。你含泪请缨却未获批准，理由是“危险关头应由共产党员上”。看到党员们连续三个多小时站在水中用身体阻挡狂涛巨浪，你心中受到强烈震撼。

怀着对党的挚爱之情，你身患重病之前先后写了三份入党申请书。你写道：“懂事后，我知道了‘没有共产党，就没有新中国’；入伍前，我从家乡巨变中感悟到没有党的改革开放好政策，就没有国富民强的今天；在部队，我从亲身经历中看到了党员队伍是平日吃苦在前，关键时冲锋在前的先进群体。只有中国共产党才能领导我们的国家永远屹立于世界民族之林，我爱她胜过自己的生命。争取早日成为中国共产党的一员，是我的真诚信仰和追求……”

“未进党的门，先做党的人。”你将这句话写进日记，并日复一日地实践着你的誓言。新兵训练中，你的军事课目成绩项项优良，在全连新兵中第一个受到嘉奖。

你作为连里唯一的“新兵尖子”，被选入团里的队列示范班，随后成为连里的“新兵教官”。

长江抗洪抢险斗争中，你在救生衣上写下了“当兵为人民，永远献忠诚”的誓词，多次在黑夜抢险中“混”入党员突击队的行列，同党员一起搏击风浪，被誉为“党员突击队的编外队员”。

你以过硬的素质，作为本连两名战士之一，被上级挑选参加国庆五十周年首都大阅兵。在阅兵部队齐步、跑步、军姿、转法等四项课目训练中，全方队官兵，你的名字下面第一个盖满标志着全部达到优秀标准的四颗红星。9 月下旬，阅兵训练进入关键时刻，你常头发晕，腿发软，浑身冒虚汗，这已是白血病的先兆。你硬是凭着钢铁般的意志顽强坚持，直到 10 月 1 日以英武飒爽的标准军姿走过天安门广场，受到师阅兵指挥部的通令嘉奖。

2000 年 1 月，正进行军事训练的你突然头晕倒地，昏迷不醒，急送医院抢救治疗，被确诊为白血病。住院后，你清楚地知道此病治愈率低，自己的生命可能不会太长，可你入党的信念不但丝毫未减，反而更加强烈。你锲而不舍地用实际行动向党靠近。在住院期间，你把一本《钢铁是怎样炼成的》从新书翻阅得破烂不堪，以保尔的精神激励自己与病魔做斗争。骨穿刺检查，疼痛剧烈，不少病人疼得哭喊，可你总是咬牙一声不吭。医务人员称你是“病房里的钢铁战士”。

重病住院期间，你常拖着蹒跚步履为重病号打饭、购物、洗衣，直至喂饭、洗脸，洗脚。别人知道你是全院出名的“重病号”，不让你干，你却笑着说：“我为人民服务的日子不多了，只想抓紧时间再多做点好事。”听得人们直想掉泪。

住院半年后，你血中的癌细胞得到一定控制，能够行走了，就再三恳求医生让自己出院回连。医生只好准你半月“疗程间隙假”。回到连队，你不是帮炊事班做饭，就是打扫猪圈，还为战士做队列示范，直至再次被送回医院抢救。

住院半年，病情稍稍得到控制，你便伏在病床上，用颤抖不停的手，一笔一画地写了第四份入党申请书。有人问你：“为啥还在明知生命不长的时候，迫切要求入党？”你回答：“我并非追求党员的名誉，而是追求人世间的崇高和美好。我在明知生命快结束的时候仍要求入党，就是要表明对党至死不渝的热爱，要完成自己人生的夙愿和追求。”

你的病情严重恶化，医院两次发出病危通知书。军地亲友纷纷来到病床前进行“告别性看望”。村支书、村委会主任带着四名村民代表，从数千里外来到中原，看望入伍前就以“好学生、好后生、好青年”闻名乡里的你。村支书问你：“家里还有什么放心不下的困难？”你摇摇头说：“没有。”在床前哭成了泪人的母亲问你：“孩子，你还有什么话要对娘说吗？”你艰难地说：“儿再也不能孝敬二老，请你们多保重。儿当兵两年多，没给爹娘丢脸，因此没什么遗憾。”

可当从集团军到营连领导来到病床前看望，问你还有什么未了的心愿时，刚从昏迷中醒来的你，却拼出最后的力气，断断续续地说道：“我还有一个最大的心愿，就是想生前成为党的人……”并用颤抖的手，再次捧交了病危前写下的第五份入党申请书。

铁心向党，至死不渝！

团党委被一个优秀士兵生命尽头的执着追求感动了，召开“特殊常委会”，专题讨论你的入党问题，形成共识：虽然陈永龙已住院一年，没参加工作，且现在义务兵入党指标少，但综观他的一贯表现和对党至死不渝的情怀，思想素质已达到了一名党员的要求，决定批准他加入党组织。

2000 年 12 月 20 日下午，特殊的入党宣誓仪式在 150 医院急救室举行。

这是一个令人动容的入党宣誓仪式。

早已无力站起来的你很激动，要求拔掉氧气管，使出全身的力气，握紧平时输液扎针时已很难握起来的拳头，跟着领誓人念完了八十个字的誓词。你那骨瘦如柴的手指反复试了十多次，也未能在入党批准书上签上“陈永龙”这熟悉的三个字。你只好用右手中指郑重地按下指印，为自己人生的一段不懈追求画上了圆满的句号。仪式结束后，你兴奋而吃力地说：“这几天也许是我的生命论小时计算的时刻，但却是我一生最激动的日子。因为我的夙愿终于实现了。”你还向组织要求，把自己这个月的士兵津贴费全部交党费；自己去世后，请把自己的党员组织介绍信转到家乡去，让一个赤诚的党的儿子的灵魂永远留在生他养他的那片土地上……

入党后的第三天——2000 年 12 月 23 日，你从昏迷中醒来，预感到自己快不行了，就让陪护的连队战友穆志刚代笔，向连队党支部口述了最后的思想汇报——

> 这几天，我一直沉浸在幸福之中，因为我已是一名共产党员。有人对我说：命都保不住了，入党还有什么用？我说：“一个人的精神追求，很难用物质上的有用没用来衡量其价值。入了党就要干党的事。”这几天，有几个病友来急救室看我，见他们受不了疾病的折磨，情绪有波动，我就跟他们讲保尔的故事，使他们的脸上重新有了笑容。一个生命垂危的新党员能为党做一点微不足道的小事，我心里特别高兴。但也很愧疚，因为，这也许是我这名新党员为党做的第一件，也是最后一件事，从此再无机会为党做事了。人们常说身体是革命的本钱。我也想好好地活下去，因为活着才能有机会继续为部队建设做贡献，才能什么事都冲在前、抢在前、干在前，为人民多做些事情，可眼下……

说到这里，话语戛然而止，你再次昏迷过去，再也没有醒来。2000年12月25日凌晨3时，入党才五天的你，带着实现了人生最大心愿的快乐，微笑着安详地走完了人生的最后旅程。

法国哲学家萨特曾说：“世界上有两样东西是亘古不变的，一是高悬在我们头顶上的日月星辰，二是深藏在每个人心底的高贵信仰。”信仰是具有勇气的，是无比刚强的，也是有温度的，它使普通的个人具有了奋斗的力量，它使平凡的人生具有了英雄的光芒。

致敬英雄！致敬信仰！

第九章　网络拥军

2004 年 8 月 3 日，《解放军报》一版刊发了一篇题为《“兵妈妈”乔文娟创办全国首家中国拥军网》的报道——

> 2004 年 7 月 31 日晚，全国拥军模范、退休职工乔文娟开通全国首家个人拥军网站——“中国拥军网”，为广大官兵、军属和复转军人义务提供各种服务。
>
> 从当年的“兵姐姐”到现在的“兵妈妈”，从开设战士心理咨询热线到创办全国拥军网，乔文娟爱国拥军既有“红嫂本色”，又有“时代特色”，在重知识、重信息的今天，在拥军的着眼点、手段、方式、方法上不断创新。
>
> “八一”当天，记者点击中国拥军网，看到网页精美，内容丰富，设有“国防教育”“心理咨询”“就业指南”“军地红娘”“兵妈妈在线”等二十一个专栏。在全国各地网友的支持下，乔妈妈不断充实、完善网站内容，使之成为弘扬爱国拥军传统的有效载体。

镇江的“震撼”

“来了，来了，兵妈妈来了！”

见一位身穿军装的中年女士走出镇江火车站，几位中年人立即迎上前自我介绍：“我们受全国网友的委托，来接你来了。”

身穿军装的中年女士就是兵妈妈乔文娟，她此行是为驻镇某部患白血病的战士韩永立找骨髓而来。前来迎接她的“龙笑天”“毛毛大姐”“庄主”等都是镇江的网友。

那是 2002 年 1 月 6 日，“毛毛大姐”像往常一样进入当时流行的一间网络聊天室“老三届房间”，刚进去就感觉气氛不对。一个网名叫“紫月亮”的网友正向大家介绍自己，她说自己是自愿搞拥军的，战士们都叫她兵妈妈。“紫月亮”就是乔文娟。她告诉大家，镇江有一位韩姓战士得了白血病，她要找骨髓救这名兵儿子。她已从北京到武汉、从武汉到苏州，马上要从苏州到镇江。听到这些话，大家都纷纷询问谁是镇江的网友。知道“毛毛大姐”是镇江的，很多网友请她在镇江接待紫月亮（乔文娟）。

苏州的网友表态，他们将护送兵妈妈前往镇江；无锡的网友也表示他们在无锡上车，陪同兵妈妈来镇江。“毛毛大姐”被网友们的真诚感动了，她打电话联络了五个聊天室的镇江网友，他们临时成立了“镇江老三届协会”。几位成员分别来自医院、铁路、建委等单位，并推荐网友“龙哥”当会长，大家共同商量好接待方案。

“毛毛大姐”绘声绘色地回忆了第二天的情景——

第二天清晨，我们几人不约而同准时等在车站外，我想想也有意思，在家上网上得好好的，怎么会来接一个陌生的兵妈妈呢？我的同伴们都真诚地守候在接站口。我发现接站的地方还有一些人，他们拿着照相机，闪光灯，鲜花，分明就是记者嘛。有一个女记者问我们等什么人，我们说等朋友。

过了一会儿火车进站了，我们和兵妈妈也没见过面，但是当时在网上她告诉我，她梳一个长辫子，穿一身军装。旅客出站了，我们都踮着脚在寻找。突然，我远远地看到一位女士身穿军装出来了，我赶快跑上去。谁知道，先守候在那的一帮人也迅速围上来了，闪光灯闪个不停，兵妈妈一看就知道他们是记者。我想她一定要先接待他们，我们也就自觉地闪到一边。谁知道兵妈妈却到处在找我，她问毛毛大姐在哪儿，我说我就是，她眼睛一亮，顿时和我拥抱在一起，哈哈！我心想原来这个“紫月亮”兵妈妈也是一个网迷呀！对网友如此亲热，镇江的记者愣住了。后来我们把网上发生的情况告诉了记者，大家一起哈哈笑起来，并采访起我们来了。

突然，车站广场开来了一辆军用吉普车，车刚停下来，上面跳下几个军人，向我们走来。问清楚兵妈妈是谁后，几人一起向她敬了一个军礼，说是首长让他们来接兵妈妈的。此时护送兵妈妈来的无锡、苏州网友任务完成了，他们回去了。临行时再三叮咛我们要好好照顾兵妈妈，这是全国各地网友的心愿。

兵妈妈乔文娟提出来要我一同前往小韩所在的部队。到了军营，只见战士们从大门口夹道欢迎，军营里处处是欢迎兵妈妈的横幅，红旗招展。我们下车后只听一个战士大喊一声“敬礼”，啪的一声，所有战士都向我们敬礼，吓我一跳。我是没有经历过这样的场面的。

到了军营，首长们都在等候兵妈妈的到来，因为他们事先接到了通知，就这个战士的问题召开了座谈。结束后，部队让兵妈妈住下来。因为我受网友的重托一定要把兵妈妈带到我家上网，当天晚上网络上有一个大型的晚会要请她做报告，部队只好同意，他们用吉普车把兵妈妈送到了我家。

晚上在网络聊天室“老三届房间”，一场大型的文娱晚会开始了。兵妈妈先做了报告，然后大家一起唱歌表达对兵妈妈的支持。兵妈妈从来没有在网上用伴奏唱过歌，我教她用伴奏在网上唱了一首歌，她开心极了，我想她一定也不会忘记我的。

那天晚上晚会太成功了，镇江的记者也来到我家。聊天室内人如织，花如潮，歌如海。没想到我们在网上还能做一件有意义的事，记者也感觉这太神了。

第二天，兵妈妈要回洛阳，镇江的网友又把她送到火车站。

兵妈妈来镇江为兵儿子寻找骨髓配对，当时的《镇江日报》和《京江晚报》都及时发了报道。

动人心魄的真情对白

乔文娟被网络的力量震撼了，由此萌发了创办拥军网站的念头。

办网站，对于年过半百的乔文娟来说谈何容易！她忘不了自己刚学上网时的情景，那种窘迫和迷茫，就像刘姥姥进了大观园一样，两手不知道往哪里放，显示屏上的各种窗口看花了眼不说，键盘上的标志记住了这边、忘记了那边。她拿个小本本把一些知识记下来，一点点地摸索。学美术设计的女儿利用假期手把手地教，一遍遍地演示。网友们纷纷伸出援助之手，有的教她设计，有的教她排版，有的教她构图。

2004年7月31日晚，中国网络上的第一个专业性的拥军网站——中国拥军网，在乔文娟那十多平方米的小屋里开通了。

当晚，四百多人参加了网上的拥军晚会，唱歌、乐器演奏、表演、朗诵等节目异彩纷呈。网站开通不到一周，点击率就达十万多次。

中国拥军网这样介绍自己——

创办这个中国拥军网站的目的，就是营造一个拥军的良好平台，让更多的人关心我们的国防建设，视军人为亲人，把军队当长城，也是为更多的部队官兵服务。利用网络这个平台，为广大的官兵做好心理咨询；利用网络这个平台，为部队大龄干部、士官，特别是边防、雪域高原上的大龄干部、士官，牵红线，搭鹊桥，做军地的红娘；利用网络这个平台，为更多的退伍战士做些力所能及的事情；利用网络这个平台，唤起人间最温暖、最动人的情感，用爱心去点燃生命之火，救助不幸患病的战士、退转军人以及亲属，为他们排忧解难。同时，为和平年代下的军人、武警官兵、预备役官兵和退役军人提供一个精神休憩乐园，为现役和退役军人提供一片表现自我的土壤，为崇敬军人的朋友提供一个了解军人、走近军人的平台，以达到理解军人、支持军人的最终目的。

2005年11月28日上午，驻守在西藏高原的士官许丕义家的三胞龙凤胎每个相隔五分钟前后出生。但由于早产，婴儿脑颅出血，三个宝宝生命危在旦夕。为了挽救宝宝的生命，在不到四十天的时间里，许丕义一家不仅花光了所有积蓄，还欠了两万多元的债务，生活陷入困境。

得知这一消息的当晚，乔文娟召集中国拥军网管委会全体人员紧急会议，商定先把网站爱心基金中仅有的两千多元钱拿出来，随后在中国拥军网上发出求援的帖子，呼吁大家帮助许丕义一家渡过难关。

许多爱心人士看到中国拥军网的信息和媒体报道后，纷纷伸出了援助之手，网站先后收到爱心捐款一万多元，使三个小宝宝的生命得到了挽救。

乔文娟又通过媒体记者与医院协调，免去了三个小宝宝拖欠医院的三千多元治疗费。

军人出身的河南省军安实业服务中心有限公司董事长勾学武，看到中国拥军网上的报道后，带着六千元现金专程从郑州赶到许丕义家慰问。

受许丕义和妻子的委托，中国拥军网论坛发出给三个小宝宝征乳名的帖子。最后许丕义和妻子在大家起的二十多个乳名里，选定了中国拥军网论坛“拥军花絮”版主如玉大姐起的乳名：月月、亮亮、宝宝。

许丕义激动地说：“我返回部队之后，在今后的工作中一定要安心服役，为巩固国防、保卫边疆做出我更大的贡献！”

转眼到了月月、亮亮、宝宝百天的日子，三个小宝宝的父亲许丕义也早已归队，回到了西藏雪域高原部队。

2006 年 3 月 6 日上午，乔文娟和中国拥军网总版主洛城飘雪及中国拥军网摄影记者张牛儿的妻子，第三次来到河南偃师市顾县镇苗湾村，看望过百天的月月、亮亮、宝宝。

三个龙凤胎的到来，许家一下热闹起来了。首先要分工，许丕义和妻子、母亲每人专管一个孩子，因为三个孩子生下来就住进了特护室，一住就是一个多月，所以孩子的妈妈喜桃回奶了，没有办法，只能用奶粉来喂养。

许丕义偏爱女孩，所以他抢先提出负责看管老大月月。老二亮亮肤色最白、最机灵，得到妈妈喜桃的欢心。只剩下最小、皮肤也最黑的老三宝宝了，孩子的奶奶赶快疼爱地把宝宝抱在怀里。

三个孩子的奶瓶也是专人专用的。为了能区别开、好辨认，三个奶瓶的奶嘴分三种颜色：浅粉、淡黄、淡蓝。

乔文娟说：“我们三人给三个小宝宝用奶瓶喂奶吃，别说，还真不好喂呢！奶瓶底抬高了会呛着孩子，把奶瓶放平一点喂，孩子就吸不到奶瓶里的奶水。给女儿用奶瓶喂奶吃的经验早忘了，我们就小心翼翼地给三个小宝宝用奶瓶喂奶。”

三个小宝宝吃饱了，甜甜地睡了。

月月、亮亮、宝宝一岁的时候，乔文娟她们带着生日蛋糕再次来到许丕义家。色彩绚丽的蜡烛映红了孩子们的脸庞，映红了一家人的希望……

乔文娟告诉我，11 点半，她们告别离开，三个孩子看她们上了车，拉着大人的手往车跟前跑，哭着闹着也要上车。她把三个孩子一个个抱上来，三个孩子都不哭了，不要妈妈、奶奶、姥姥了，任喜桃怎么说都不肯下车，要和她们走。她让司机把车往前开一点，让三个孩子感受感受，最后三个孩子被妈妈、奶奶、姥姥硬抱下了车。

车开了，她们从车窗向后望去，三个孩子在大人怀里挣扎着，头往后面扭着，看着远去的车哇哇地哭喊着……

在网络这个虚拟的世界里，乔文娟掀起了拥军浪潮，上演着一幕幕动人心魄的真情对白。

——2004 年 11 月是洛阳驻军战士退伍离队的日子，乔文娟在网上利用“阳光工程”板块，为退伍兵在洛阳联系了三百二十个就业岗位。

在武警某部服役的八名洛阳籍战士，在退伍前给乔文娟发帖，请求帮助联系用工单位。乔文娟通过中国拥军网发布信息后，使他们找到了称心的工作。

——“乔姐姐好，我不知道该怎么感谢你才好，禹进远已经和我联系了！”

武汉的“山里人”方伟来电话，高兴地告诉乔文娟，没想到这么短的时间里，中国拥军网就帮他找到了分别快三十年的老战友禹进远。

——“和黄牡丹合张影吧。”

洛阳牡丹花会，国家牡丹园内，七十余位军嫂相携共赏国色天香。

这七十余位军嫂的另一半或是现役军人，或是退伍军人。一些驻扎部队的军人一年才能回家一次。有的军嫂每天单位和家两点一线，都没空赏牡丹。乔文娟通过中国拥军网等网站将这些军嫂聚在一起。

雨后的牡丹挂着露珠，与它合影的军嫂朱丽笑言：“老公不能陪我看牡丹，所以只能多拍些照片给他看。”

——“强大的祖国，可爱的人民解放军，因为你们的保障和付出，人民才能安居乐业。在这个全国沸腾的日子里，小女子借跑步八点零一公里，为我们强大的祖国助威！为可歌可泣的人民解放军喝彩！”

2017 年 8 月 1 日，中国拥军网“八一约跑”，九十名跑友线上同跑八点零一公里，纪念中国人民解放军建军九十周年。

——“我们的人民子弟兵，他们为了国家的安宁，在烈日下一身泥、一身汗地刻苦训练，我们是不是都能献出一点爱心，买西瓜，6 月 22 日去慰问 66069 部队的官兵呢？”

2018 年 6 月 13 日下午 5 点 40 分，乔文娟在微信朋友圈发出倡议。

倡议发出后，得到了全国各地一百零二名有爱心、有拥军情怀的朋友们的响应参与，在短短的四天里，收到爱心拥军款一万五千零五十元。乔文娟委托洛阳市乔文娟拥军优属服务中心去陕西大荔瓜地挑选了一万多斤又大又甜的西瓜。6 月 22 日，她们将西瓜送到了 66069 部队驻训地，并送去一台文艺节目。

得知庇山还有 66069 部队的驻训官兵，那里的条件更艰苦，乔文娟又在微信朋友圈发出号召，又收到了爱心拥军款一万一千零五十一元。7 月 13 日，满载着对子弟兵深情厚谊的一万多斤西瓜，被送到了庇山训练场。

她们的爱心拥军行动也遭到少数人的不理解，那些人说，现在部队不缺钱，战士待遇也提高了。乔文娟告诉他们：“是的，部队首长非常关心战士，每天中午会给战士们提供瓜果。但是，我们人民群众自发捐钱为子弟兵买西瓜，这西瓜是暖兵心的西瓜，是鼓励官兵们坚定保家卫国信念的西瓜。部队现在什么都不缺，官兵需要的是人民群众对他们的关爱、理解和支持。我们捐钱为部队官兵买西瓜，体现的是我们人民群众热爱子弟兵，体现的是军民鱼水情深。”

她对那些人说：“不要只看到部队待遇提高就说三道四，哪里有危险，哪里就有迷彩的身影出现；哪里有灾难，哪里就有子弟兵在。他们的父母生病时，不能在床前尽孝，孩子病了，不能在身边陪伴，难道他们不应该提高待遇吗？军人的待遇提高了，人民就不需要拥军了吗？我们走自己的拥军路，我们相信，会有越来越多的有爱心、有拥军情怀的人和企业家走进拥军的队伍中来，营造一个全民热爱人民子弟兵的美好社会。”

—— 肆虐的雪花纷纷扬扬地飘落下来，凛冽的寒风一阵一阵地吹过。但寒冷挡不住中国拥军网志愿者一颗颗炽热的心，乔文娟发起组织的“致敬老兵、关爱老兵”活动汇聚成一股强大的暖流。

让抗战老兵像英雄一样活着！这不是誓言，却比誓言更令人动容。2020 年 1 月 11 日下午，关爱老兵活动、关爱老兵先进个人及集体颁奖典礼在洛阳新友谊宾馆隆重举行。伴随着《爱的奉献》的温暖旋律，乔文娟和参会领导将爱心企业、爱心人士的捐赠送到参战老兵代表手中，将精心制作的荣誉证书敬献于每一个关爱老兵的先进个人和集体。

“我们爱我们的子弟兵，爱抗美援朝的子弟兵，爱祖国的钢铁长城！”在 2020 年 10 月 25 日举行的纪念中国人民志愿军抗美援朝出国作战七十周年暨庆祝中国拥军网心连心艺术团成立十六周年大会上，乔文娟首先致辞，她提议中国拥军网心连心艺术团成员全体起立，向抗美援朝的子弟兵致敬。

中国拥军网心连心艺术团全体成员庄严地举起右手，向参加纪念活动的抗美援朝老英雄代表致以崇高的军礼。

胸戴大红花的抗美援朝老英雄代表眼噙泪花，举手还礼。

热烈的掌声像浪涛般经久不息，掌声送给老英雄，也送给兵妈妈和中国拥军网。

我不知道能过什么桥

在中国拥军网站的“军地红娘”栏目，版主乔文娟开宗明义：

> 部队官兵有的叫我“卓玛妈妈”，有的叫我“达娃妈妈”，有的叫我“月亮妈妈”，有的叫我“兵妈妈”，有的叫我“乔妈妈”，很多很多战士都叫我“妈妈”。我自豪，因为我是兵妈妈！
>
> 我也是军地红娘，这些年，经我牵红线、搭鹊桥走上红毯，步入婚姻殿堂的军队军官、士官有七十对了。

在“军地红娘”栏目里，她公告了“征婚须知”——

> 在“中国拥军网军地红娘”注册征婚的朋友，填写征婚资料必须属实，要填写真实的姓名、地址、电话以便联系。因为我们

是严肃认真的，要对双方相互负责任的，其资料是保密的，只有管理员可以查看到，这点请征婚的朋友们放心。

1. 地方女士，在“军地红娘”里注册后，还要把身份证的复印件、学历证书复印件、工作证复印件、近期免冠二寸照片两张、全身照片一张（不要寄艺术照片）、籍贯、民族、政治面貌、身高、体重、家庭成员和状况、联系方式以及择偶的愿望（对方条件），以书面形式从邮局寄给我。

2. 军队男士，在“军地红娘”里注册后，还要把军官证、士官证的复印件以及学历证书复印件、近期免冠二寸照片两张、全身照片一张（不要寄艺术照片）、籍贯、民族、政治面貌、军衔职务、身高、体重、家庭成员和状况、联系方式以及择偶的愿望（对方条件），以书面形式从邮局寄给我。

3. 离异者要把离婚证书和相关证明附上。

4. 我们的承诺：无偿服务，免收费用。

在“军地红娘”栏目和“美篇”App里，她这样推介她的兵儿子——

看朋飞的个子高吧，一米八一呢。朋飞是1989年出生，甘肃人，汉族，非常聪明、懂事，在某部担任副指导员。看看哪个有福的女孩能嫁给朋飞，当我的儿媳妇。

那必须是热爱军队，有颗善良的爱心，有奉献精神的女孩才配当军嫂。

都说军队是祖国的钢铁长城，那么军嫂就是军队的钢铁长城！

乔文娟的微信有一个“军地红娘群”，里面是征婚的地方女孩和部队征婚的军人。同时还有一个“为子女征婚爸爸妈妈群”，里面都是为自己女儿和儿子征婚的父母，以及热心为朋友子女征婚的朋友。

川藏线某兵站四级士官李晓军，在网上向乔文娟诉说了自己因驻地偏远、艰苦，恋爱先后六次“吹灯”的苦恼后，乔文娟一方面开导他，一方面在网站的“军地红娘”网页上介绍他的先进事迹。三个月后，李晓军找到了意中人。

又一对青年男女见面了，地点就在她家。男的是某部二期士官小段，女的是洛阳西工区的小乔。

小段是山西人，入伍第八年了，个人问题一直没有解决。4 月 14 日，乔文娟接到小段打来的征婚电话，想在洛阳找个女孩安家。乔文娟核实了小段的相关资料后，就把这件事挂在了心上。

5 月 12 日上午，她去参加一个朋友女儿的生日宴时，一位姓乔的朋友正好托她给他女儿找个当兵的对象，于是她就介绍了小段。

上午 10 点零 5 分，小段来到她家。小伙子比寄给她的照片上更帅气、精神、白净。

“报告乔妈妈，我姓段，叫段××。”

“啊？姓段啊？那个女孩和我一个姓，姓乔。”

“怎么了乔妈妈？我在电话里听您说过的。”

“你们两个的姓好像不太合啊，你姓段她姓乔，我怎么当了一次糊涂红娘呢？这不是‘断桥’吗？”

“乔妈妈，您还挺迷信的。”小段哈哈大笑。

正说着呢，那个老乔就带着女儿小乔来了。小段、小乔一见如故地聊了起来……

乔文娟指着一张张精美的结婚照，高兴地告诉我：

> 这是我介绍的第六十三对，兵儿子是一位优秀的士官，女孩子是一位优秀的医生，看他们走上红毯多么开心。
>
> 这张照片是在 2007 年 5 月那天，我和小儿子党浩翔去部队接小韩相亲时拍的。2009 年 4 月 30 日上午，我在北京接到小韩的电话，他告诉我，他和慧娟 5 月 4 日要在唐宫路一家大酒店举行婚礼了。听了这个喜讯，我真的好开心。小韩和慧娟是我在 2007 年 5 月帮他们牵的红线，两年后，这对有情人终成连理。

俗话说，说成三对就可以过金桥了。乔文娟呵呵一笑：“我不知道能过什么桥。”

翻着乔文娟的微信朋友圈，几幅画面甜甜地跳入眼帘。

一幅是2020年12月1日吃饺子的温馨场景。目光下移，是几行文字：“赵总和他公司的小宋今天下午来看我。这会儿，我们边吃饺子，边当红娘，把三个优秀的女孩与部队优秀的军官牵红线搭鹊桥，看看谁能成为第七十对。”

一幅是2020年11月30日，乔文娟发的兵儿子李勇在她家帅气的留影。文字说明：“一到家，收到兵儿子李勇发来的好消息，他告诉我，他留队了，转了三级士官。我真为他高兴，一下忘了一天的疲劳，炒个菜庆祝一下。李勇是1995年5月出生的，该找媳妇了。看哪个姑娘有慧眼，当我的兵儿媳妇。”

这幅是挂在夜空的一轮金灿灿的圆月。时间：2020年11月25日。乔文娟这样注释：“夜半三更了，为了兵儿子的终身大事……我是军地红娘，刚才与一位热心的义务红娘联手，给我的两位兵儿子选优秀的女孩。”

我继续浏览着，当目光触及一对新人幸福的笑脸，我的心也跟着化了。兵妈妈写道：“2020年10月5日，午餐到3点才结束，送别了临汾旅的几位兵儿子。下午5点40分，经过牵红线搭鹊桥，已经拿了结婚证的第六十九对——振忠和倩倩，给我送来一双战靴，感谢我为他们跑腿。盼望他们快把酒席摆起来！看看谁是第七十对，兵儿子邹庆伟，加油！”

当晚10点14分，乔文娟在此微信下方补充：“当军嫂意味着吃苦，当军嫂要甘受寂寞。都说军队是祖国的钢铁长城，我说军嫂是军队的钢铁长城！”

末尾又来了一句：“想当军嫂的姑娘们想好了，当军嫂没有花前月下，当军嫂就要支持丈夫驻守国防。”

当那一天真的来临

5月的傍晚，华灯初上，古都洛阳洋溢着初夏的生机。在洛阳市科技馆大厅内，乔文娟正在指导中国拥军网心连心艺术团的成员们排练舞蹈节目，为到军营慰问演出做着周密准备。大家听着她的要求，看着她的手势，认真排练。人们注意到，她时不时轻揉一下右腹部。“老毛病了，车祸落下的，忍一忍就过去了。”乔文娟说着，笑眼弯弯地看着大家，继续商量着一招一式的把控。

2004 年 10 月，中国拥军网成立了中国拥军网心连心艺术团。十七年来，艺术团举办“军歌嘹亮”“我们的队伍向太阳”“让爱永驻人间”“爱在这里延续”等各种类型的网络晚会上千场，并多次组成演出小分队，走进大山，走进军营，走进哨所。

2018 年 10 月 28 日下午，我有幸跟随中国拥军网心连心艺术团走进飞虎旅宜阳营区，观看了主题为《祖国万岁》的文艺演出——

主持刘文：中国拥军网心连心艺术团是由兵妈妈乔文娟于 2004 年 10 月 30 日组建，心连心艺术团分为两个部分：一部分在现实生活中，活跃在军营里；一部分活跃在网络上。

主持乔文娟：今年，我们从 6 月 4 日开始走军营，去慰问部队官兵，到 8 月底，结束了三个月的巡回演出。

刘文：今天，我们又来到你们飞虎劲旅宜阳营区。

乔文娟：穿越历史时空，你们这支流淌着红军部队鲜血、承载着东北抗联荣光的英雄部队，将那种压不垮、打不倒的红色基因融入官兵血脉，正在强军兴军的新征程中昂首阔步，创造新的辉煌！让我们用歌声来表达对子弟兵的热爱，用我们的舞姿来展示对钢铁长城的支持！

这是一个晴朗的早晨
鸽哨声伴着起床号音
但是这世界并不安宁
和平年代也有激荡的风云
准备好了吗
士兵兄弟们
……

虎虎生风、军味十足的开场舞《当那一天来临》，一上来就将现场

“燃爆了”。

祁继红和李洛英走上舞台，饱含感恩的旋律与深情的歌声《祖国万岁》，在共和国六十九岁生日到来之际，唱出了人们心底的祝福：祖国，您好！祖国，万岁！

接着是男声独唱《儿行千里》。演唱者王国强是一名退伍军人。1983 年底，他当兵入伍，从洛阳一路歌声，十六天唱到了西藏雪域高原海拔 4730 米的乃堆拉哨所。乃堆拉，藏语译为“风雪最大的地方”，王国强也被官兵们称为“雪域哨卡的百灵鸟”。王国强的深情高歌，牵动了兵儿女们对妈妈的思念。一次时光的闪回，一次情感的张扬，对于军人来说，更是对希冀与嘱托、奉献与价值的再次重温，是对使命和信念的再次升华。

哪有什么岁月静好，只不过是有人替你负重前行！感恩那些守护和平的将士们，让我们生活在这和平的年代！刘文和魏建秀的男女声对唱《当兵光荣》《怀念战友》等歌曲，表达了中国拥军网心连心艺术团对人民子弟兵的感恩与热爱。

2004 年 10 月，乔文娟成立了中国拥军网心连心艺术团，从此，她们与人民子弟兵心连心，与复退转军人心连心，与军烈属心连心。

她们上小岛，去哨卡，和部队官兵同台歌舞。当战士们把长在哨所旁，带着露珠的牵牛花和月季花献给她们时，她们的心像鲜花一样怒放。

2005 年 2 月，为了救助退伍军人马林不幸身患白血病的四岁女儿马雨佳，她们在网上举办了《让爱永驻人间》文艺晚会。

为救助驻扎在雪域高原的三期士官许丕义的因早产出生的三胞龙凤胎，为了帮助不幸患重病的战士李峰、付皎、韩永立、魏太行、刘云、陈阳、张惠丰，还有解放军外国语学院亚欧语系 11 队 4 班学员李云芳、退伍军人白志刚，以及军嫂张萍等一些军烈属，中国拥军网心连心艺术团的志愿者们都奉献了自己的爱心。

中国拥军网心连心艺术团的队伍在逐渐扩大，又一批能歌善舞、能弹会奏、能墨善文、富有爱心的兄弟姐妹们，会集在中国拥军网这面旗帜下，如潘虹、张少文、刘芳、许小丽、赵映红、赵庆利、王红琴、何洛沙、卫志永、张之乔、徐丽霞、张志军、王朋、范大伟等。

她们每到一处，就会撒下爱的种子，也总会点亮几颗星星，她们把爱心传递，她们把无私奉献的精神颂扬。在中国拥军网这个特殊的爱心团队中，很多朋友把拥军优属作为己任，用实际行动弘扬了和谐社会的大爱美德。

中国拥军网心连心艺术团的拥军志愿者，每个人都有很多感人的故事。我曾看到乔文娟的一条朋友圈：

> 今晚排练休息时，我批评赵映红："排练当演出一样，要注意表情。"赵映红说："姐，等明天演出我会注意的。我这几天心情不好。"我问她怎么了，赵映红说："我妈妈不在了，今天是头七。"我一听，心好痛！我把赵映红紧紧地搂抱在怀里，我没有想到赵映红为了不影响演出效果，在她母亲去世的第三天就来科技馆参加排练，这是怎样的一种情怀？大家得知后，一一来拥抱赵映红，我们集体伫立，为她的母亲默哀。

好戏连台，精彩纷呈，歌曲、舞蹈、朗诵、魔术等好节目一个比一个精彩，现场的观众掌声一波比一波热烈。在现场观众的欢呼声中，心连心艺术团的退伍军人演员带着川剧的变脸走下舞台，与部队官兵们互动，把演出推向了高潮。

张少文、刘芳、潘虹、左喜玲等表演的舞蹈《凤求凰》，把观众带到了千年以前。

舞蹈《凤求凰》热烈奔放而又深挚缠绵地演绎了司马相如与卓文君的爱情故事。

表演结束，乔文娟饱含深情的声音响起来："当年司马相如只能抚琴向卓文君求爱，如今有军地红娘兵妈妈为部队干部和士官牵红线搭鹊桥，已经走上红地毯的有六十九对了。如果你想在我们洛阳安家，想娶洛阳的姑娘当媳妇，就给我打电话发信息。我的手机号是：186379……"

经久不息的掌声，送给军地红娘兵妈妈。

我注意到，有很多官兵快速按下数字键，记下了兵妈妈的手机号。

演出在军民全体合唱《强军战歌》中落下帷幕。

听吧新征程号角吹响
强军目标召唤在前方
国要强我们就要担当
战旗上写满铁血荣光
……

在雄壮的歌曲声中，在中国拥军网心连心艺术团演职人员精彩的舞蹈中，在场所有观众都充满了浓浓的爱国之情，相信，当那一天真正来临，我们的军队一定能够召之即来、来之能战、战之能胜，我们的祖国一定能够繁荣昌盛，永远屹立于世界之林。

两万网友加入“紫月亮”拥军行列

“妈妈，您能不能抱抱我？”

中秋节，乔文娟和拥军网站骨干成员去看望守桥的官兵们，当她走进战士们中间时，一位战士对她说。

“好啊！”当她拥抱完这个战士后，其他的战士们也纷纷说：“妈妈，您也抱抱我。”

于是，一个连队一百多个兵，乔文娟把这些可爱的战士们一个个轮流拥抱在怀里。那一刻，很多战士都流下了激动的眼泪，她的眼睛也被泪花模糊了。这是战士们对兵妈妈和中国拥军网的爱戴啊！

一个叫“月下归舟”的网友这样留言：“我相信网络拥军这一个个如诗如画的故事，正在一个路口等待着我们。于是，我们怀着必胜信心和持久耐心更为大步地向这里走来，用我们的激情，用我们的行动去迎接美丽，直至如愿以偿地和所有的拥军队伍中的人一样，自己也成为故事中的人物。”

“江南雨淅淅”给乔文娟发来信息：“妈，您可好？江南女儿告诉您一个好消息，女儿也有自己的宝宝了，虽然还有几个月宝宝才会出生，但现在女儿感觉好幸福！”“江南雨淅淅”因为崇拜军人，向往那抹绿色，来到中国拥军网，成为一名中国拥军网的会员，后来认乔文娟做了她的妈妈。

韩云四岁时患上小儿麻痹症，因家庭经济拮据，未能及时治疗，造成终身残疾。高考时由于生理缺陷，高校不予录取。父母告诉她：“跌倒算不了失败，跌倒后不站起来才是失败。哪怕你爬起来的次数比跌倒的次数多一次，也叫成功。”2000 年，韩云进入上海市残疾人体训中心训练，开始了运动生涯。2002 年 9 月，她在釜山第八届远南运动会上一举夺得女子轮椅一千五百米、八百米、四百米竞速金银铜三枚奖牌，轰动釜山，一展中国残疾人自强不息的风采。出于对军人的爱慕，韩云成为一名军嫂，并被上海市嘉定区评为 2003—2006 年度“好军嫂”。出于对拥军事业的挚爱，韩云加盟中国拥军网，成为中国拥军网论坛“军嫂之家”的版主。

乔文娟的手机响了，看来电显示，是“鸽子飞飞”来的电话，鸽子飞飞说，她在洛阳安乐，问乔妈妈在不在家。

鸽子飞飞是乔文娟在中国拥军网认识的一位女孩。中国拥军网有三只鸽子：大鸽子叫白鸽，白鸽是真实姓名；鸽子飞飞的年龄排第二，真名叫刘白鸽；最小的鸽子叫张俊鸽。这三只鸽子都是她的网络女儿。

二姐乔文娟，是我在网络上认识的，也是我走下网络见的第一个网友。之所以叫二姐，是因为后来在网络结拜了十姐妹的缘故。第一次和二姐见面，是在家乡。远远望去，瘦小单薄的身材，和蔼可亲的面容，一身绿色的装扮，在人群中既显眼又庄重。

二姐喜欢绿色，也喜欢紫色，网名叫紫月亮。使我震惊和敬佩的是，二姐竟然是一位爱兵如子的兵妈妈。她那平凡的躯体里，跳动着一颗博爱的心，曾一再要求为救患白血病的兵儿子献骨髓。她那瘦弱的身躯将爱心和温暖给了战士无私的关怀和爱。她是全国闻名的兵妈妈，家中到处都是战士的影子，四周挂满了部队的锦旗，她的家是战士共同的家。

一个叫“梅子”的网友就这样与乔文娟成了拥军好姐妹。

姐姐告诉我：“那个叫乔文娟的兵妈妈长得很漂亮，但是她却没有一件女人的衣服，整天穿着没有领花肩章的军装，她是一个出名的拥军模范，是位全国闻名的兵妈妈。”

我刚入论坛几个月，虽然对老师们的文采都已经相当熟悉，但是听到一个漂亮的女人却没有女人的衣服，我惊诧了。看看我的衣柜，虽然我长得不漂亮，但是衣服却多得每天不知道穿什么好。所以我就问姐姐：“她的女人衣服都哪里去了？”“她所有的钱都用在战士身上了！却没有钱为自己添衣服，一直是穿着军装，可是她却是位很受人爱戴让人感动的人！”姐姐言语中有说不出的对乔老师的赞美和尊敬。没有女装但是不能掩盖乔妈妈的风度，只穿军装更能显示她高雅的气质。奥运火炬传递到古都洛阳，当担任最后一棒火炬手的乔文娟高举火炬跑入洛阳市体育馆时，等候多时的观众全体起立，掌声、欢呼声震耳欲聋。身着军装的乔妈妈热情洋溢地说：“让我们在奥运精神的鼓舞下，创造更加和谐美好的千年帝都、牡丹花城，创造更好更和谐的美好世界！”我感动了！谁敢说没有女装的兵妈妈不潇洒！乔妈妈有自己的理想和生活方式，她没有刻意追求华丽的外表，但她的内心世界却是光鲜无比，她把自己的一生都投入到为军服务当中去，不求回报，只求贡献。正因为她一心为军，所以人们才把乔妈妈这种人“抬举得很高很高”。

“八一”了，借此机会，向天下所有最可爱的人致敬！向没有女装只有军装的漂亮女人乔妈妈致以崇高的敬意！

这是“我是一个兵”的女网友，一个加入拥军行列的乔文娟的粉丝，在“八一”之际写下的文章，题目是：《没有女装的女人》。

各位来宾、各位朋友、新郎新娘的亲戚好友，大家晚上好！

我是中国拥军网站站长紫月亮，也是中国拥军网的军地红娘。

2007年7月2日晚，一场特殊的新婚大典在中国拥军网语聊室举行。

新郎是魔音，新娘是风筝。

魔音是中国拥军网语聊室的一名优秀管理员，风筝是中国拥军网站语聊室成立后的第一批管理员，曾担任过中国拥军网站语聊室的副室主。他们是在中国拥军网中相遇、相识、相知、相爱，走到一起的。

网络的兴起，让地球变成了一个村落，也把志同道合者的心紧紧连接在了一起。为了更好地与情系国防的网友交流，乔文娟不惜花钱买来高像素的摄像头和音质好的麦克风。成为铁杆网迷的乔文娟，在网上为军营内外搭起无数连心桥。她不断发帖子号召网友为战士们奉献爱心，与网友们探讨新时期爱国拥军话题。人们在一次次的感动中被感染，拥军爱兵的正能量以几何速度在扩散、壮大。如今，从南海之滨的海口到世界屋脊的拉萨，先后有两万余位网友加入“紫月亮”的拥军行列。

第十章　月亮和兵

乔文娟的图文创作分享应用App“美篇”，每一期都这样开场：

西藏，我的故乡，卓玛的家。

我是卓玛，也叫达娃，朋友们也叫我月亮仙子。

乔文娟告诉我，达娃在藏语里是月亮的意思，卓玛在藏语里是度母、菩萨、仙女、仙子的意思，达娃卓玛——月亮仙子。我愿像月亮那样，在黑暗时给人以光明；我愿像仙子一样，把爱撒向人间。

月亮啊月亮，我是一个兵
月亮啊月亮，我的名字好不好听
哦月亮月亮，月亮月亮月亮
你纯净如水，你是谁的眼睛
你看着我的时候，我是多么的高兴
月亮啊月亮，我说你也是个兵
每夜站在世界的屋顶
月亮啊月亮，咱俩遥遥相望
为了和平的使命，和平的使命
为了和平的使命，和平的使命

乔文娟第一次听到这首《月亮和兵》，是在2002年的“八一”前夕，在网上一个军人房间庆祝“八一”。她作为嘉宾参加了这次庆“八一”的文艺晚会。那天晚上，网友雪域为她唱了一首歌，就是这首《月亮和兵》。雪域是部队副团级转业军人，他说：“紫月亮大姐，这首《月亮和兵》就像是为您写的歌，把这首歌献给您。”乔文娟也感觉，这首歌词好像就是为她写的。

在国防时空里，有这样一个“月亮仙子”，把军民情谊深深地凝结在了一起。

军嫂的信

早晨起床，乔文娟打开信箱，军嫂张松霞的“求助信”赫然入目：

敬爱的乔妈妈：

您好！我是一名现役军人的妻子，爱人扎根深山一干就是十几年，为祖国奉献青春无怨无悔，《解放军报》上也登载了爱人的事迹，我颇感光荣和自豪。可是今年6月初，当我还沉浸在电视剧《石破天惊》回味中时，一个和社会文明很不协调的事竟发生在军属的家里。6月初，我在家里盖房，遭到邻居王家的无端阻挠。王家威胁我家，辱骂匠人，竟提出了三条不平等条约。“八一”建军节要到了，出现了这样不协调的事情还请乔妈妈鼎力相助。

又是一个军人的家庭利益受到侵害了！

看完信，乔文娟心里很不是滋味。带着张松霞的求助信，她到处奔走。

不久，军嫂张松霞又来信了——

敬爱的乔妈妈：

您好！我家的事已基本解决，并已正式动工，现主体已盖一半。在我最无助的时候，是您给我了安慰和支持，我和我爱人由衷地感谢您，谢谢您了，尊敬的乔妈妈！

绝望中的企盼

一个时期以来，某部士官小焦被幸福包围着。

他恋爱了！

突然有一天，他发现他的“她”失联了。

他预感到什么，发疯似的寻找着。

她做生意急着用钱，小焦把几年攒的钱都拿了出来，能借的战友都借遍了，整整十二万！

钱是在路边给的，就他和她。

毫无疑问，小焦被对方以谈恋爱为名给骗了！

2005年末，小焦到驻地派出所报案。

小焦拿不出证据，派出所不予立案。

小焦报告给营里，尤副营长带他又去了派出所，派出所仍以证据不足为由不予立案。

尤副营长带着小焦直奔乔文娟家，一进门，双腿啪地立正：“您是兵妈妈，我们走投无路了，只能来找您求助！”

乔文娟听小焦讲了情况，急忙打开电脑，帮小焦写了报案材料，就带着他们去了派出所。

所长告诉她这钱追不回来，这事你别管。

她说：“谁让我是兵妈妈呢，我必须管！”

走出派出所，她怒气填胸，对小焦和尤副营长说：“军人合法权益谁来维护？这事我管定了！”

她穿着没有领花肩章的绿军装，拿着市人大代表证，走进区公安分局，走进市公安局。

她说她只得高调了，进门第一句话：“我是兵妈妈、市人大代表乔文娟！”

但事情迟迟没有进展。

她又开始了一趟趟的奔走。

她又找了好几个律师，律师都说这钱不好要。

最后，她带着小焦和尤副营长找到洛阳市政法委，政法委书记出差了，接待她的办公室主任留下了她带来的材料。

她紧紧地握着办公室主任的手：“我也是走投无路了，拜托！”

2006年6月的一天，部队打电话说小焦被骗的钱追回来了，让她去部队一趟。

她心中像放落一副千斤担子般的轻快，下楼的脚步也轻盈起来。

走出院门，部队接她的车也到了。

走进团部会议室，一面红彤彤的锦旗迎面扑来。锦旗右边写着：赠兵妈妈乔文娟；中间是八个金色的大字：子弟兵最信赖的人；落款：中国人民解放军 72749 部队。

团副政委陈燕高高地举着锦旗。

小焦手捧着被追回来的十二万元现金，盯着乔文娟傻笑呢。

陌生的求助电话

来到解放军 534 医院，上了三楼，找到外二科四十床，乔文娟轻轻地走进去。

病房里有两张床，一张床空着，一张床上躺着一位头戴白色头罩的病号。病床的里面站着一位身穿军装、肩挂二期士官军衔的兵。

“请问，王洪亮是住在这里吗？”

士官回答：“是。”

她走到王洪亮的病床前，看王洪亮半睁着眼睛，她俯下身子问王洪亮：“王洪亮你好！我是乔文娟。”

王洪亮听到她的声音，睁开眼睛望着她，呜里哇啦说不出话来，眼眶里溢满泪水。

病房的门开了，一位身穿黑上衣的男子进来了，她还没看清他的脸呢，就见那个男子双膝跪下，双手着地给她磕头，边磕边说：“乔妈妈，兵妈妈，我是王洪亮的父亲，谢谢你来看我儿子，求你帮帮我们一家吧。”

她赶紧把王洪亮的父亲拉起来。

这时，一位身穿白色病号服的年轻男子进来了：“乔妈妈您好！昨天是我给您打的电话，没想到我昨天给您打电话，您今天就来了。”

原来，这位身穿白色病号服的年轻男子也是二炮部队的，也在这里住院。

听了护士长和王洪亮的战友介绍，她得知，王洪亮家是河南焦作武陟县大封镇后孔村的，1998 年 12 月入伍，在部队荣立两次二等功。2007 年 9 月 21 日晚，王洪亮脑部出血，连夜送到医院做了脑颅手术，手术后一直处于半昏迷状态，有时清楚，多半时间糊涂，说不出话。

王洪亮父亲哭着说，他儿子王洪亮生病住院后，他自己患了脑血栓，住院花了很多钱，现在欠了好几万外债，求她帮助。

在中国拥军网上呼吁救助王洪亮之前，乔文娟要到王洪亮的部队落实情况。如果情况属实，再回来召开中国拥军网管委会会议，商定救助方案。

王洪亮所在的部队驻扎在山沟里。

乔文娟丈夫的朋友王治清为了她能去帮助战士，放下生意，开来私家车，拉上她和王洪亮的父亲去了部队。

一进部队的大门，“听党指挥、服务人民、英勇善战”大幅标语赫然映入眼帘，红色长廊的宣传灯箱里，王洪亮飒爽的橄榄绿英姿耀眼绽放。

王洪亮所在营的教导员热情地把他们迎进办公室。

乔文娟拿出她的名片递给教导员，讲了她来的目的和原因。

教导员听完后，急忙去找营长，并说下午就向上面和医院汇报。

当天下午，给乔文娟电话的那个王洪亮的战友就给她打来电话。他在电话里激动地告诉她：“乔妈妈，营里干部说了，部队会想办法解决王洪亮家的困难的，534 医院下午也开会研究王洪亮的治疗方案了，乔妈妈……”

有兵的地方就有她

一天下午，她来洛阳东方医院办事，刚出门诊楼后门，看到两位穿迷彩服的战士，一位战士皱着眉头右手扶着腰，一位战士手里拿着一个化验用的尿杯，看模样是“铁军”部队的战士来看病的。

她路过他们身边时，那位手里拿着尿杯的战士目视着她。她问他：“你们是哪个部队的？”

那个一直目视她的士兵说：“我们是 127 师的，您是乔阿姨吧？”

“是啊，是我，我是乔文娟，你们是哪个营的？怎么到这里来看病？”

还是那个士兵说：“乔阿姨，我们是修理营的，您去给我们讲过课。”又指着那个伤兵说：“他的腰碰伤了，这里比师医院近，医生让化验、拍片。”

哦，原来是修理营的，她还是他们营的营外辅导员呢。

拍片子的下班了，医生给伤兵开了两瓶治疗跌伤的喷剂。

魏春菊家开的诊所“泰生堂”就在她家对面，她曾在那里治疗过。其间，魏春菊表示要加入拥军志愿者的行列，用祖传的秘方去为士兵义务治伤解痛。

她拦了一辆出租车，带他们来到“泰生堂”。路上，得知伤兵叫亚辉，陪护亚辉的士兵叫晓利。

魏大夫正好没有外出，查看了伤兵亚辉腰部的伤情。

魏大夫给亚辉敷上药十分钟后，伤处开始往外排细密的水，这时伤兵亚辉咳嗽时也不剧痛了。半个小时后，包扎完毕，亚辉就能自己从治疗床上起来了。

晓利要给魏大夫钱，她替魏大夫说：“不用付钱，只要是军人负伤来看病的，魏大夫是一律免费给治疗的。”

魏大夫说：“对，只要是兵妈妈带来的伤兵，一律免费治疗。以后你们部队战士有训练受伤的，让他们来我这里治疗，我给免费治疗。”

2007 年 1 月 23 日，当乔文娟乘坐火车从天津回到洛阳，就被洛阳火车站的几位领导迎进贵宾室，聘她为“洛阳车站路风监督员”，让她架起洛阳火车站与驻洛部队官兵的桥梁，尽最大努力为部队官兵的出行排忧解难。

乔文娟被聘为“洛阳车站路风监督员”的两个月里，就帮助九名军人如愿登上旅程。其中她记忆最深刻的是 3 月 2 日发生的事。

3 月 2 日凌晨 1 点 30 分，她和五妹、五妹夫到洛阳火车站，送小妹妹毛毛和小外甥女依依回桂林。刚到候车室，看到有一位男士拿着一张火车票来找军人候车室门口的值班员。

听值班员说：“我没有办法帮你，你的票是 3 月 1 日 3 点 48 分开车，现在已经是 3 月 2 日 1 点 50 分了，你的票已经作废了。”

听这位男士说：“第一次乘这趟车（西安—哈尔滨），是我算错时间了，我到售票口再去买票，但是售票口连站票都不卖了。我急着归队，怎么办？帮帮我吧！我想买张站台票进去，上车再补票，可一问，站台票也停止销售了。”

又听值班员说：“你如果是军人，那正好兵妈妈在这里，你找兵妈妈帮你想办法吧。”

听值班员这么说，乔文娟走上前询问，得知这位男士姓曹，是黑龙江佳木斯65947部队的一名指导员，上尉军衔，家是洛阳新安县的，假期到了，如果今晚上不了车就要超假了。

值班员让乔文娟进站，去三站台找付领班说说，看能不能让他进站，上车补票。

她拿着曹指导员的军官证和他已经作废的火车票，一路小跑，跑进站去找付领班。跑到三站台没有找到付领班，318列车马上就要开过来了，她只好先把小妹妹毛毛和小外甥女依依送上火车。

她跑到三站台，问站台上的值班员哪位是付领班。值班员用步话机帮她联系，联系上付领班了，付领班不在三站台，付领班让她去找梁领班。站台上人多，她也不知道哪个是梁领班，男值班员对她说，个子最高的就是梁领班。

她把曹指导员的情况一说，梁领班二话没说，让她把曹指导员带过来。她赶紧又往站台外跑，从三站台到候车室要通过地道。把曹指导员带到三站台，可梁领班又不知道去哪里了。她又前前后后跑着去找梁领班，跑得满头满脸都是汗，肝区隐隐发痛。

西安开往哈尔滨的临客L430次列车开过来了。她把曹指导员交给梁领班。

看着曹指导员登上列车，她长长舒了一口气，觉得有一股甜滋滋、清凉凉的风掠过心头。

她从车站回到五妹家，已经是凌晨4点多了。

公交车上的一片“兵心”

开往北京西客站的387路公交车上，要回洛阳的乔文娟就军人免费乘坐市内公交车的问题与售票员交谈。

国务院、中央军委于2004年8月1日颁布实施的《军人抚恤优待条例》第三十四条第二款中明确规定："现役军人凭有效证件乘坐市内公共汽车、电车和轨道交通工具，享受优待，具体办法由有关城市人民政府规定。"

在售票员那儿了解到，在北京，军人持士兵证就可以免费乘坐市内的各路公交车。

乔文娟问："军人持士兵证不必穿军装吧？"售票员说不用。看来，有的地方规定军人必须身着军装、手持证件才能免费乘坐市内的公交车，这样太没道理了。

洛阳市是"全国双拥模范城"五连冠，可军人还不能免费乘坐市内的公交车，作为兵妈妈、作为洛阳市人大代表，乔文娟心急啊！

"我一定要为洛阳的士兵们争取！"

2011 年 2 月，乔文娟联合十三位市人大代表撰写的《关于洛阳市驻军义务兵免费乘坐市内公交车的建议》，正式提交洛阳市第十三届人民代表大会第三次会议。

洛阳市公用事业局先后与市财政局、市民政局沟通讨论，共同制订了《洛阳市驻军义务兵免费乘坐市内公交车实施方案》，经市政府批准，免费乘车卡发放工作已于 2013 年"五一"前完成。

为了退役士兵

乔文娟把手机的响铃时间定在 5 点 40 分、5 点 41 分、5 点 42 分，连响三次，怕的是听不见响铃声而误了火车。

因为明天要到郑州河南惠文教育科技有限公司去签协议，然后到河南省双拥办，去送一份双方联手启动的《关于开展河南省复退军人就业安置"八个一工程"拥军活动的请示报告》，约定上午 10 点半到双拥办，所以不能耽误了。

感觉刚迷糊睡着，就听到手机的响铃声，乔文娟赶紧起来洗漱，把长发盘起来，穿上军装，拿起绿色的小旅行包急忙下楼。

下楼出了院门就是大路边，南来北往的车辆也很少，深秋的季节，天短了，已经是早晨 6 点 10 分了，可外面的天还是黑的。

来了一辆的士，她赶紧招手。

1102次列车进站了。她挤上火车。一会儿，车厢的过道就站满了人。

列车9点21分到达郑州火车站。

她来到河南惠文教育科技有限公司，代表中国拥军网和河南惠文教育就开展河南省复退军人就业安置“八个一工程”拥军活动签订了合作协议，并一起前往河南省双拥办提交了“八个一工程”拥军活动请示报告。

双拥办当场回复她和河南惠文教育八个字：“非常感谢，大力支持！”

她策划组织的中国拥军网首届“八一”征文，就是河南省双拥办与中国拥军网联办的，奖金和奖品都由省双拥办出资。

对于绝大多数退役士兵来说，从入伍到退役，短短几年，他们要做出人生的两次重要选择：一次是为国家尽义务，另一次是为自己谋职业。第二次选择更为困难，面对市场竞争，如果没有一定的就业技能，很难找到理想的工作。

以“把最可爱的人培养成为最有用的人”为目标，河南省复退军人就业安置“八个一工程”大型专项科技拥军公益活动顺利起航。

活动计划用三年的时间，在河南省一百个县（市）巡回举行一百场复退军人职业规划讲座，每年讲座覆盖受众一万人；在三年活动期间，惠文教育每年将投入一百万元，为一万名复退军人做免费的职业测评和职业规划；每年为一千名复退军人免费提供电脑实用技能培训，提供就业信息并推荐就业；三年内还将选拔、资助扶持一千名有志于IT行业求发展的复退军人掌握高端网络技能，推荐安置对口高薪就业。

光荣牌：致敬“最可爱的人”

“俺家几代人，从没像今儿这样光荣过……”

洛阳市伊川县江左镇晋庄村张玉贤的家门口鞭炮齐鸣、锣鼓喧天，张玉贤高兴得直抹眼泪。

原来，在中部战区陆军某部任班长的儿子荣立二等功，该县政府和人武部领导登门送立功喜报、“功臣之家”牌匾，并宣读慰问信、发放慰问金。媒体跟踪报道，场面隆重又热闹。

张玉贤家光荣的一天，与乔文娟《关于为烈属、军属家庭挂光荣牌的建议》相关。

乔文娟在向洛阳市第十三届人民代表大会提交的建议中写道：

为烈属、军属家庭挂光荣牌，对提高烈属、军属的社会政治地位，增强他们的荣誉感，激发广大官兵爱军习武热情有着重要的意义；对于进一步发扬拥军优属光荣传统，营造全社会拥军优属氛围有着十分重要的作用。为此建议：

1. 为烈属、军属家庭挂光荣牌，按照属地管理的原则，由市（县、区）统一制作发放，所需经费从当地双拥工作经费中列支。烈属家庭统一挂“光荣烈属”牌，军属家庭统一挂“光荣军属”牌。

2. 悬挂光荣牌要醒目、协调，做到庄重得体。一般应悬挂在烈属、军属家庭正门门框正上方的中间位置。

这份建议转到洛阳市民政局协调落实。

乔文娟说，民政局非常认真，召集有关部门开会，积极地去落实。民政局杨相儒科长很快给她送来了答复文。

洛阳市在全国较早出台了“红头文件”：《关于印发统一组织悬挂烈（军）属光荣牌和送达军人立功喜报的通知》（以下简称《通知》）。对挂光荣牌提出明确规范，同时对如何送立功喜报做出统一规定，用刚性政策破解依法优待“落地难”。

翻阅这份《通知》看到，悬挂烈（军）属光荣牌有六条细则，对如何组织仪式、哪些领导参与、赠送什么慰问品、价值多少、光荣牌挂在什么位置、合影留念等，规定要求明晰具体；送达军人立功喜报也有四条规定。军属光荣牌上不了墙要问责，立功喜报进不了家要追究。《通知》规定，每年市民政局、军分区组织两次检查，落实情况与评选“双拥模范城”、党管武装表彰和个人评先考评挂钩。

第十一章　情暖边关

列车在东北大地飞奔，乔文娟的眼前浮现出一棵树——

那棵树生长在祖国的边疆，它高大挺拔，历史悠久。

春天到了，这棵大树枝繁叶茂，挂着灿烂的笑容。人们问它为什么要长出这样多而茂盛的枝条，它说：“因为我要让边防战士乘凉。”

不久，它长出了丰厚、甜美的果实，并且笑得更甜了。人们问它为什么要结出果实，它说：“夏天来了，我要让战士们解渴。”

就这样周而复始，这棵迸发着青春活力的大树渐渐衰老了。冬天到了，雪花纷纷扬扬地飘落下来。好像有人在告诉它，你不会再长出枝叶了，不会再结出果实了。大树常常哭泣，它知道只有新的环境才能挽救它的生命，但是它宁死不屈，仍然在边疆守卫着。有人问它为什么要这样做，它却说：“边防战士们一天不离开，我就要和他们一起守卫边疆。”

这棵大树的精神震撼着乔文娟的心：它不正像我们默默无闻、自强不息的边防战士吗?!

乔文娟的心绪比列车的速度更快，早飞到了东北的边防哨所。

阿妈走了

航天英雄陈冬的发小郝艳军找到乔文娟，说他所在的洛阳兰迪玻璃机器股份有限公司想跟着她拥军，为边防部队做点事。

该公司生产的全钢化真空玻璃，是当今玻璃行业中节能环保的高科技产品，单个手指厚的钢化真空玻璃的保温效果超过一米厚的砖墙，保温性能超过普通中空玻璃的十倍，寿命是普通中空玻璃的五倍，在零下40℃不结霜。

乔文娟说最冷的地方在东北，这种防寒产品适合用在东北的边防哨所。

于是，她马上与辽宁慈善总会的张洪杰秘书长电话联系，请其帮忙联系在东北的边防哨所。

在张秘书长的牵线搭桥下，兰迪公司与吉林珲春某部联系上了，因防川哨所是刚装修完的，所以免费安装防寒玻璃就定在五家山哨所。

兰迪公司工程师去五家山哨所测量，然后回洛下料，制作了二十五个窗框架。

2017 年 5 月 7 日，乔文娟带着她的拥军牡丹作品，早晨 6 点多就出了门，与洛阳兰迪玻璃机器股份有限公司负责人一起乘高铁去郑州机场，再飞往长春。

坐上由长春开往珲春的高铁，天色已渐渐暗下来，虽说窗外到处是绿植，但能见度越来越低。

列车呼啸着，穿越夜色苍茫的大地，向北疾驰。

乔文娟的手机铃声突然响了起来。

“姐，阿妈走了，阿妈走了……”

手机里传来妹妹的哭声。

拥军路上的同行者

2017 年 5 月 7 日 19 点 20 分，她阿妈走了，在她赴东北拥军的路上离她而去了。

她走进火车上的洗手间，泪珠断线般滚落，滚落……

她阿妈叫王新兰，藏族人，1955 年末随她父亲从上海来到洛阳，一起加入建设洛阳的大军中。阿妈一生勤劳善良、慈祥可敬，和父亲养育了她们姊妹六人。阿妈还当选过洛阳市涧西区第六届人大代表。

她闻到粽子的清香了。每年清明前，阿妈都要买几斤马兰菜，洗干净，再用开水焯一下晒干，晒干后收藏起来，待到端午节前一天取出来，用水泡开。再把瘦猪肉切成小块，用酱油泡上几个小时后，和马兰菜干放在一起包粽子。马兰菜干和肉包的粽子吃着可香了，还有阿妈包的红赤豆粽子、红枣粽子，吃着津津的、糯糯的。

她听到上海牌手表的“嗒嗒”声了。可惜那块手表在 1976 年 8 月 31 日的那次车祸中摔坏了。手表是阿妈花了五张工业券，一百二十元人民币，排了一天的长队给她买的呀。当听说她的手表摔坏了，表蒙子碎了，她让建民把手表放在她眼前，她静静地看着，轻轻地抚摸着。最美的风景不在远方，而在心里。

她看到阿妈在国旗冉冉升起时自豪的眼神了。阿妈经常和她一起走军营，去看望、慰问部队官兵，多次帮她为患重病住院的战士熬鸡汤、炖排骨。当阿妈得知女儿要带她一起去北京，去看望、慰问天安门国旗护卫队的官兵时，兴奋了好多天。

乔文娟和阿妈一样兴奋。无数回，乔文娟到北京来，只要有时间，她就会来到国旗护卫队驻地前，观看战士们的训练；多少次，天不亮，她就来到天安门广场看升国旗。让她难忘的是，在国庆五十二周年之前的 9 月 30 日晚上，安排好身患白血病的战士蒋友清休息后，她就孤身来到天安门广场，一张报纸铺地，她坐在国旗台前的地上，静静地等着，为的是以最近的距离目睹国旗护卫队将五星红旗升起。

2009 年 8 月 21 日，她和阿妈随张邵文化发展研究会副会长宋援建，以及全国爱心老人代表，一起来到向往已久的天安门国旗护卫队。阿妈和大家参观了国旗护卫队的驻地，观看了战士们精彩的升旗模拟表演。听着雄壮的国歌，目睹庄严的五星红旗冉冉升起，阿妈的眼睛里充满了自豪，她站在那里，安静地注视着，心里和眼睛里装满了一个藏族老人对中华人民共和国国旗的挚爱。为了表达对国旗护卫队官兵的敬意，她和阿妈买了六十本书，代表中国拥军网赠送给国旗护卫队的官兵。

她远远望见，在那个寒冷的冬日，阿妈默默地守望着。2017 年 1 月 25 日，农历腊月二十八，再有两天就是春节了，天格外冷，似乎连空气都要被冻僵。阿妈就坐在门口，看着门口堆放的六十套保暖衣。她告诉阿妈，保暖衣放在门口不会丢的，下午车就拉走了。可阿妈坚持要坐在门口，在寒风中守望着那六十套保暖衣。这六十套保暖衣，是一个爱心企业老总给叶挺独立团的优秀士兵买的。下午她们心连心艺术团去叶挺独立团演出，要带去的。

她父亲 1950 年就职于上海华东建筑工程公司，1952 年初被选为工人代表，到北京光荣地出席了全国第一次工人代表大会，曾获评上海市第一批劳动模范。1954 年，国家“一五”计划时，他毅然从上海来到洛阳参加内地建设。她们姊妹常为自己有这样一位父亲而感到自豪。不幸的是，2003 年 8 月，她父亲被查出患了眼眶恶性肿瘤。她父亲在建设洛阳十号街坊的苏式房子时，带领一个班的工友安装门窗，遭到国民党特务的暗害，从他必经的脚手架做手脚，使她父亲从脚手架上跌落。那时候的脚手架是竹劈做的，竹劈断了，刺进了她父亲的肺部，经抢救保住了生命。2003 年医院检查，就是旧伤部位发生的癌变，转移到眼球上的。9 月 4 日，她父亲做了右眼球摘除手术。手术进行了四个多小时，她父亲忍着钻在骨头上钻、刀在骨头上刮的剧烈疼痛竟一声不吭。

经过三十次的痛苦放疗后，伤口基本愈合。但是，可怕的癌细胞早已生在肺部。又在短短的一个月里，癌细胞快速地侵蚀了椎体的骨头多处，前后胸部产生剧烈的疼痛，强痛定针剂已经不起效了，最后只好靠两个小时就要注射一针杜冷丁来止痛。

在弥留之际，父亲把她和她二姐叫到病床前，右手拉着她的手，左手拉着她二姐的手，用微弱的、断断续续的声音对她们说："我没有多少时间了，等我走后，不要给爸爸单位领导提任何要求，不要向组织提任何困难，一切按照政策办理，尽快火化不要拖时间，不然会影响你们工作的。等我走后，不要忘记感谢所有关心我和到医院来看望我的亲朋好友们。"最后，她父亲紧紧拉着她和她二姐的手说："好女儿，我走后，你们要照顾好你们的阿妈……"

2005 年清明节，她们姊妹和阿妈一起去给爸爸扫墓，在去北邙塔陵公墓的路上，看着车窗外公路两旁开着的星星点点的黄色迎春花、晶莹剔透的梨花、白色的玉兰花，阿妈幽幽地叹道："牡丹花又快开了，你们爸爸看不到了，也不能陪我一起去看花了。"

听了阿妈的话，她的心里很是内疚："妈妈，对不起，今后无论再忙，到了牡丹花开时，我就陪您去看花。"

她们姊妹开了家庭会议，最后表决通过了三个决定，其中一个就是强迫妈妈接受会议决定，服从姊妹几个的安排，轮流照顾妈妈，让妈妈有个幸福的晚年，也让爸爸放心。

之后每年的牡丹花开时，她都会陪阿妈去公园看牡丹。

2017 年 4 月如同往年一样，她带着阿妈去牡丹广场看牡丹花，看广场上的人们在唱歌、跳广场舞，带着阿妈去牡丹公园，去解放军外国语学院里的牡丹园，去隋唐遗址植物公园，去文峰塔……

2017 年 4 月 30 日上午，中国拥军网心连心艺术团在周王城广场有演出，吃了早饭，她和阿妈道别。

中午，她四妹把阿妈接走了，说接阿妈去住一个月再回来。

没料到，这是阿妈与她在一起最后的时光。

“我没有阿妈了，没有阿妈了……”

她喃喃自语，一缕缕思念的疼痛从心底泛起，伴着深深的愧疚，漫过双眸……

我得去东北的边防哨所啊

一声悠长的汽笛如母亲的呼唤，消逝于万籁俱寂之中，给她一股温暖且恒久的力量。

阿妈，请您原谅，您走时我不在身边，现在也不能马上返回，我得去东北的边防哨所啊！

乔文娟站在火车车厢的连接处，发疯般地不停地拨打电话，不停地发信息，给她妹妹打电话，给她同学打电话，期望能把电话拨出去，期望手机短信能发出去。

好不容易和贾庆国、孙景峰、刘继坤三位同学联系上，请他们去她四妹家帮忙。

泪水打湿了手机，也打湿了这个五月……

当她面带笑容出现在五家山哨所官兵面前时，谁能想到刚刚失去母亲的她心有多痛！

兵妈妈在哨所

1931 年“九一八事变”后，我国东北沦陷到日寇手中。随后，日军强行征役中国数百万劳工和妇女，在东北边境线上修筑了东起吉林珲春、西至内蒙古海拉尔的十四个军事要塞和慰安所，全长三千八百公里，被日本关东军称为“东方马其诺防线”。位于中、俄、朝三国交界的吉林省珲春市五家山要塞，就是该防线最南端的起点。

1945 年 8 月 15 日，日本宣布无条件投降。可由于停战的指令没有及时传到这闭塞的地方，龟缩在东宁、虎头要塞的日本关东军负隅顽抗。苏军与日军在东宁、虎头要塞展开血战，战斗一直持续到 8 月底，日军无法扭转败局，最终彻底缴械。

庞大的要塞工程早已被炸得七零八落，一米见方的水泥石块遍布山野，交通壕、堑壕、反坦克壕在山腹上纵横交错。在乱石堆中，一块凸起的石碑上面刻有“护国神社”四个字，是当年侵华日军在此立的石碑。这块石碑高一点二米、宽一米，是一块不规则的花岗岩石，基座是一块青石，“护国神社”四个大字清晰可辨，字旁是几处红色的印迹。

旁边，还有一个被当地群众称为死人沟的地方，沟里堆积的累累白骨，就是当年被日军强征劳工的遗体。

沈阳军区某边防团五家山哨所就驻守在这里。

五家山哨所坐落在国境线上的小五家山分水岭我方一侧。小五家山以分水岭为界，是中苏界山。东面几公里即为日本海，南面与水流峰(张鼓峰)相望，成掎角之势，属咽喉要冲地带。分水岭的另一侧就是苏军的一个瞭望哨，两哨直线距离不足五十米。

这里有一位战士，已经在这个哨所生活了十六年，他叫林树芳。

这个身材高大、性格豪爽的东北汉子，十六年来远离家人朋友，一直坚守在这个人迹罕至的边防哨所。

边防线冬天白雪覆盖，夏天云雾漫山。为识别边境走向，林树芳每天很早就起床，带上干粮，穿林莽、翻大山、过沟壑，认真做好标注，足迹踏遍数十公里边境线，一张无形的“活地图”记忆脑海。他苦练雷达技能，练就“顺风耳”硬功。他在军区组织的雷达专业比武中夺得了第一名。

不语的青山，见证了他们的忠诚；缄默的白云，目睹了他们的艰辛；皑皑的白雪，感受了他们的无畏坚守。

2017年5月8日一早，乔文娟走进五家山哨所。

她迎面看到，高高的哨塔巍然屹立，“祖国利益高于一切”八个大字神圣不可侵犯。

哨所官兵打出“爱国拥军，情系边关”大幅横幅，热情迎接兵妈妈的到来。

一身迷彩的她，微笑着融入战士当中。

一同迎接她的还有珲春市双拥办主任孟柠、珲春市副市长成松今，还有辽宁省慈善总会秘书长张洪杰。

她把痛失慈母的悲痛压在心里，和哨所官兵座谈交流。

她把她精心创作的牡丹画赠给哨所的战士们，让富贵吉祥的牡丹盛开在祖国最东边的哨所里。

随赠战士们的还有范仲淹的第三十代嫡孙范大伟的书法作品：“金戈铁马”。

提前到来的洛阳兰迪玻璃机器股份有限公司的工程师，已为哨所装好了防寒防热防噪声的全钢化真空玻璃。

她走进哨所官兵的寝室和哨位，一一察看来自拥军企业的得意之作。

她在心里呼唤着阿妈：阿妈对不起！阿妈对不起！我和哨所的战士们在一起，下午就回去，下午就回去……

战士们告诉她：“往常，哨所养的两条犬，晚上的叫声让我们睡不安宁，但是昨天安装了这特殊玻璃后，晚上听不到狗的叫声了，夜里非常安静。”

5 月 8 日临近中午时，她与五家山哨所的官兵告别。

一身迷彩的她，抬起右手，伸向眉际，敬了一个标准的军礼，以一名兵妈妈的名义向哨所官兵致敬、祝福。

辞别五家山，乔文娟一行又来到防川哨所，看望慰问了长年守护在这里的哨所官兵。

5 月 8 日下午，她匆匆踏上归程，因为阿妈在等她回去……

一片月色薄薄地铺在夜色上

经过高铁、飞机、汽车前后十六个小时的奔波，5 月 9 日清晨 5 点多，她回到了阿妈家。

她跪下了，久久地跪下了……

夜里，她点起一炷香，为远行的阿妈祈祷。她仿佛看见烛光映着阿妈的白发，像一片月色，薄薄地铺在夜色上。阿妈远去了，远去了，永远地去了……相信阿妈会原谅我的，因为她也是我拥军路上的同行者。

阿妈，女儿还想听您讲那过去的故事；

阿妈，女儿还想给您梳头；

阿妈，女儿多么期望您还能帮女儿洗军装；

……

她打开了衣柜。2017 年春节前她给阿妈买的毛衣外套，阿妈可喜欢了，可如今，阿妈再也穿不上了。还有在 4 月份给阿妈买的，还没顾上穿的新衣裳，都整齐地挂在阿妈的衣柜里。

她打开了冰箱，给阿妈买的雪糕还没吃完。每年天热了，她就给阿妈买雪糕，买十根放在冰箱里，阿妈想吃时，随时就能从冰箱里取，快吃完时，再买十根放冰箱里。

她打开了电视。阿妈最爱看电视连续剧《西游记》，天天看都看不厌，永远都看不厌，她能记住剧情里的细节。

之后的一日三餐，她仍如往常一样给阿妈做好饭菜，每天变着花样给阿妈做，一直持续了二十多天。

阿妈的床铺，还是和生前一样摆放。

2017 年 8 月 14 日，是她阿妈离开她一百天的日子，她集纳了二十九首藏族歌名，以此来怀念天堂里的阿妈——

我知道天堂里有我的《阿妈》，《天堂里的阿妈》她永远都是美丽无瑕。她就是《圣洁的观音》，她像《酥油花》开放在神圣的天堂，她就是《世界屋脊的格桑花》。

我有一个温暖的家，那就是《阿妈的眼睛》，她是我满天的灿烂的星辰，照耀我走过遥遥归程。回想起我《走天涯》去军营远离了家门，像一只《雄鹰在飞翔》，飞向那一座座军营，我无法忘记《阿妈的眼神》，想起《阿妈的酥油灯》，《吉祥的酥油灯》像《佛光》照亮我前行的拥军路。

我的阿妈，您的爱很暖很暖，拥军的道路很远很远，无论我飞得多高，无论我走得多远，《阿妈在等我回家》。我要把《最美的歌唱给妈妈》，一首《献给阿妈的歌》表达对《母亲》的爱。我追着太阳升起《唱给太阳》，我追着月亮落下，《月亮牵着心》，我知道《阿妈的笑脸》在门前《祈祷》，等我回家。

《边关有我》。2017 年 5 月 7 日晚上，当我正在往东北边防哨所去的路上时，我《慈祥的母亲》却无声无息匆匆地走了，《你在天边》留给我们却是《无尽的思念》，《卓玛的眼泪》止不住地流淌。抱着《妈妈的羊皮袄》念着《白度母的心咒》，我仿佛听到阿妈说《卓玛你别哭》。《阿爸阿妈》，用你们的魂灵保佑我吧！

第十二章　小云潇的故事

请原谅，这还是一个让人揪心的故事。

乔文娟常常用两句话勉励自己，一句是“我自豪，我是兵妈妈”，另一句是“我不哭，我是兵妈妈”。但她选择的事业是一个为兵、为军、为国、为民的事业，需要她做的，大都是解人于困惑、解人于危难、解人于急需，甚至解人于水火、解人于命悬一线的事情，伴随她的就不仅仅是笑，更多的是泪。

当幸福的旋律奏响时，心儿开始荡漾，于是眼睛分泌出一种奇妙的液体——晶莹的泪珠，这是快乐的结晶；当苦难悄然来到我们的身边，悲伤、绝望使我们几近崩溃，这时候，眼泪夺眶而出，所有的辛酸在一瞬间宣泄了出来，这是痛苦的影射。

让我们继续走近她，看一个兵妈妈的泪。她的泪为兵儿子而流，为战士而流，为抗洪英雄患白血病的四岁儿子小云潇而流……

救救抗洪英雄的孩子

2006 年 3 月中旬，一张求助帖子引起了乔文娟的关注：

> 退伍军人李江雷、尤红霞夫妇三岁儿子李云潇突患白血病，走投无路，求助中国拥军网！

求助的帖子上，小云潇明朗的眼神久久地注视着乔文娟。

那是一个三岁孩童的眼睛。那双眼睛在她心上闪烁，就像挂在苍穹的一颗星，折射着一种纯净的光辉，那么直接地表露出一种渴望，一种需求，找不到一丁点做作的痕迹，就像他那还不懂人间忧郁的小心灵一样。她仿佛可以窥见他的灵魂在纯净中舞蹈，虽然带着泪，却是明朗的。

为了核实情况，乔文娟按帖子上留的电话打了过去。当得知发帖子的是李江雷的战友、洛阳大学的李翠珍时，乔文娟便约见了李翠珍。

从李翠珍那里得知，李江雷原籍河北，曾在湖南省怀化市某部服役十三年，当年写下“生当英雄，死当烈士”遗书冲向 1998 抗洪前线，并立功受奖。2002 年 12 月份，李江雷退伍到山西省运城市绛县，但工作一直没有落实。李江雷的妻子尤红霞也是一名退伍军人，五四一厂下岗职工。

小云潇2003年4月22日出生，为了纪念部队的工作、生活，李江雷特意起名潇湘大地的“潇”字，同时也希望儿子潇潇洒洒幸福一生，长大后做一个对社会有用的人。不幸的是，小云潇2006年2月因高烧，嘴唇发炎，住进了五四一九厂职工总医院，经过各项检查，被确诊为“急性淋巴细胞白血病”，随即转至天津市儿童医院血液科治疗。

为了给孩子治病，李江雷夫妇变卖了房子及家里所有值钱的东西。为了省钱，李江雷夫妇俩住在医院走廊，靠喝白开水、吃馒头度日。现在，亲友能借的都借遍了，已经走投无路。

乔文娟立即给李江雷打电话，鼓励他们要勇敢面对，并表示中国拥军网会尽力帮助他们。

3月底，乔文娟到上海探亲，得知小云潇用的一种药只有上海能买到，便四处找药店买药。在上海五天，她三天时间都用来求医问药。

“救救抗洪英雄的孩子！”

回洛阳后，她在中国拥军网上发布信息，希望大家的爱为小云潇撑起一片蓝天。

从这一刻起，这位抗洪英雄面临的难题，已不单单属于一个家庭。

“紫月亮”首先捐助五百元，“无月无语”捐助二百元，“梅朵”捐助一百元，装甲兵工程学院学员李刚捐助一千元，西藏77680部队王伟捐助五百元，武警洛阳市支队席湘平捐助一百元……

乔文娟把中国拥军网会员捐给小云潇的第一批捐款三千零六十元汇给小云潇的父亲李江雷。

第二批捐款在持续……

“乔奶奶，您什么时候来看我呀？让我爸爸去河南接您来好不好？”她的心被小云潇那幼小的、渴望新生的、奶声奶气的声音打动。

2007年1月1日上午11点10分，她乘坐K126次列车到达天津。

本想到天津看看孩子就走，但看着在绝望与希望中挣扎的退役士兵夫妇，她迈不动脚步了。

小云潇多彩的童年蒙上了阴影，整天与药、骨穿形影相伴，承受着各种化疗药物的侵蚀。因副作用强，运动神经受损，走路困难，需要每天揉腿防止肌肉萎缩。在激素的影响下，小云潇脸部虚胖，肚子大，而两腿却细得可怜，经过多次骨穿、腰穿、指扎血，孩子对治疗室和医生都产生了恐惧感。小云潇的妈妈尤红霞为了救小云潇，又怀孕在身，准备用第二个孩子的脐带血来救小云潇的生命。现在他们又欠医院一千多元治疗费，马上面临着被迫停药出院的窘境。

当晚，一个朋友带乔文娟来到里士满酒吧乐队，商议救助事宜。乐队的赵刚得知她天津之行的情况后，立即拿出五百元捐给小云潇，乐队的李德林、徐婷婷、方强也各捐出二百元，一会儿的时间里，她就收到了一千一百元的爱心捐款，原本没有底的心，顿时被天津人的热情、善良所感动。天津河北梆子剧院的一级演员王少华也来到里士满酒吧，他听说小云潇的情况后，提议搞一场义演，演出的收入全部捐给小云潇。

经过四处奔走、多方联系，中国拥军网终于和天津河北梆子剧院、《老年时报》、天津广明机械公司达成一致，联手在天津警备区八一礼堂举办大型义演晚会。

2007 年 1 月 20 日晚，“构建和谐社会，献爱心救助危重儿童慈善义演”如期举行，现场筹款一万八千多元。1 月 22 日，众多市民自发的第二轮爱心潮再次涌起，小云潇的爱心账户上又多了四千五百五十元，而且这个数字在不停地增长。

天津《城市快报》《老年时报》等报纸及网络连续报道白血病男孩小云潇的消息，牵动着众多古道热肠的天津市民的心，一笔笔爱心捐款、一声声热心问候，感动着这个不幸的家庭。在天津，最终为小云潇募捐款项十五万多元。

1 月 22 日是小云潇接受又一轮大剂量化疗的第一天。虽然小云潇几次病情复发，医生为他注射了大量的激素用于控制病情，但小云潇依然坚强地忍受着这一切。“化疗我不哭，我坚强，将来做完移植手术我就能好了!”听着小云潇的话语，周围人都忍不住掉下了眼泪。

1 月 24 日，小云潇的母亲尤红霞在天津生下一个女孩，为感谢天津人民的爱心救助之恩，取名李津心，小名津津。配型结果出来后，津津的脐血和哥哥小云潇的骨髓基因配型结果完全吻合，包括血型都一样。希望这个小生命的降临，可以让另外一个生命得到新生。

乔文娟在天津为救助小云潇整整奔忙了二十三天，回到家一副很疲惫的样子，眼睛血红，显然睡眠不足，说话的声音也是嘶哑的。她洗了洗，吃了点东西，一头倒在床上整整睡了三天。

小云潇伸出双手向她扑来

春节前，小云潇病情稳定后，从天津儿童医院出院，一家四口人回到河北滦南县的奶奶家。春节过后，小云潇跟着妈妈、爸爸、小妹妹津津，从河北奶奶家又到山西的姥姥家。

2007 年 5 月 5 日，小云潇腿疼，到医院检查，病情又复发了，不能远行到天津儿童医院了，就住进了山西运城血液病研究所。等小云潇稳定后，尽快做移植手术才能救小云潇的生命，可是在天津收到的捐款已所剩无几了，小云潇的父亲李江雷希望乔文娟能去山西帮助他，并帮小云潇联系做脐血移植的医院。

5 月 25 日晚，乔文娟给在北京照顾女儿的丈夫建民打电话，告诉他下周要去山西看望小云潇，让他通知他们公司的财务人员，把他这个月的工资支付给她。

5 月 30 日，她中断了牙病治疗，带着丈夫刚支付的月工资前往山西运城。一是代表中国拥军网和拥军志愿者看望小云潇，同时当面感谢山西运城市为小云潇奉献爱心的好心人。二是要参加“六一”当天运城市八家单位在南风广场举办的大型募捐活动，呼吁更多的人献爱心。运城《黄河晨报》联合运城市工商联、非公有制企业家协会、卫生局、教育局、民政局、团委、妇联、红十字会等八家单位，策划 6 月 1 日在南风广场举办一个以“凤城尽飘黄丝带”为主题的大型广场捐款活动，为小云潇募捐手术费用。她要通过这次有意义的活动，让那些不管是现在穿着军装的还是曾经穿过军装的人知道，只要为保家卫国立过功、流过汗，人民永远都不会忘记他，都会竭尽全力帮助他。三是与北京、天津、济南等地的医院联系给小云潇进行移植手术的医生。

5 月 31 日上午，乔文娟来到山西运城血液病研究所。

小云潇盖着毛巾被正在床上输液，当她将口罩摘下亲切地喊“云潇，奶奶看你来了”的时候，小云潇一下子怔住了，片刻之后，突然不顾一切地伸出双手，向她怀里扑了过来。若不是她上前给拦住，孩子险些把扎在胸前输液的针头拉掉。

小云潇眯着眼睛，紧紧抓住她的手，伸长脖子，张开小嘴，在她脸上美美地亲了几口。尤红霞笑着对她说：“你要是不挡，他真还要一口气亲个没完没了哩！”

为了不影响小云潇输液，她弯腰蹲在病床前，从随身带来的一个塑料袋里掏出不少食物、玩具，一件一件地摆放在小云潇面前。小云潇拿着玩具高兴地摆弄，嘴里不时重复着一句话：“奶奶对我可亲哩。”

乔文娟对来看小云潇的好心人说：“这孩子聪明懂事、人见人爱，就是白血病把娃害惨了。去年孩子在天津儿童医院住院期间，我在那儿停了二十三天，天天都跟孩子在一起，处下感情了。”

乔文娟拉住好心人的手：“想不到运城人是这么富有爱心，运城人真好！”

凤城尽飘黄丝带

虞舜面对莽莽盐池，曾情不自禁地唱道：“南风之熏兮，可以解吾民之愠兮；南风之时兮，可以阜吾民之财兮！”这就是《南风歌》。它寄语上天，祈愿百姓获得健康与财富。山西运城南风广场正是取其寓意而得名。

2007 年的“六一”儿童节，对于山西运城社会各界人士来说，成了救助白血病患儿小云潇的爱心日。当天，八家单位举办的“拯救小云潇——凤城尽飘黄丝带”大型募捐活动在市区南风广场举行。

“黄丝带”的故事源于美国。

1971 年，一名服刑人员在出狱前给妻子写信说，如果妻子已另有归宿，他不会责怪她，只会随车而去，永远不会去打扰她；如果妻子还爱着他，希望他回去，就在镇口的老橡树上系一根黄丝带。出狱那天，车快到目的地时，他惊奇地发现，镇口的老橡树上已被妻子和村民们挂上了成百上千条黄丝带。

后来，这个故事被《纽约时报》刊登，同时被制作成了歌曲，伴着歌声，这个故事也传遍了全世界。从此，“黄丝带”便成了爱心、宽容、奉献的代名词。

当天的南风广场，成了黄丝带的海洋。市领导来了，兵妈妈乔文娟来了，三百多名志愿者来了，众多市民从四面八方自发赶来了……上午9时整，募捐活动开始。市领导张茂才、董鹏翔、王殿民、吴菊仙、潘和平带头为小云潇捐款。乔文娟带着中国拥军网工作人员的心意，捐款一千二百元。部分党政机关、企事业单位、学校、部队、医院、银行及房地产商、社区居委会的代表，手持捐款牌上台捐款。

在南风广场募捐现场，一个年轻人红着眼圈，将二百元塞进了募捐箱。记者上前采访他，他不肯说出自己的名字，只说他是太原人，来运城出差路过南风广场。

“这一场面太感人了。我的儿子今年也是四岁。看着病中的小云潇，我心里很难受；看到这么多运城人为小云潇捐款，我又特别感动，为运城人的大爱而感动。”这名年轻人激动地说。

他说，通过这件事，他对运城、对运城人有了另外一种看法。运城人的大爱使魅力运城更具魅力，这一场面彻底改变了运城在他心目中的形象。

6月1日一大早，运城客运中心稽查队的陈晨上班路过南风广场，看到大家都在为小云潇捐款时，毫不犹豫地掏出一百元投进了募捐箱。曾在太原当了四年兵、在部队入了党、2004年退伍参加工作的陈晨动情地说：“这几天我天天看《黄河晨报》，早就想为李江雷治好儿子的病尽一份微薄之力，但一直没空。今天正好赶上捐款活动，就了了这个心愿。不为别的，就为这份战友情结，为了咱同是当过兵的人！”

在华联购物广场募捐处，一位人力三轮车师傅也加入捐款的行列中。他看了宣传资料后，毫不犹豫地掏钱捐款。他用满是老茧的手从衬衫的上衣口袋取出一沓用夹子夹着的皱巴巴的零钱，投入捐款箱。

三轮车师傅的捐款打动了在场的很多人。受他的影响，捐款的人越来越多。

上午9时许，一个面颊黑干、衣着破旧、肩扛大行囊的老汉来到了募捐箱前。在看了报纸很久后，他向小云潇捐出了一角爱心款。

这位操着很浓的乡音的老汉是河南商丘人，来运城打工。他把干巴巴的手伸进上衣口袋，摸出发皱的一角钱，慢慢地放进了捐款箱。“这是我的一份心意。”老汉眼睛中的浑浊遮挡不住善良之光。

一位哲人曾经说过：“心灵和道义的天平是不能用金钱的砝码来衡量的。有的人拥金巨数，心是污浊的；有的人虽一贫如洗，而心却是晶莹透明的。”

在捐赠的行列里，多数人自己的日子过得并不宽裕，他们克勤克俭、节衣缩食，然而，当听到抗洪英雄的呼唤时，他们的心在颤抖。

中国戏剧梅花奖、文华奖获得者，运城市蒲剧青年实验团团长景雪变，中国戏剧红梅奖金奖获得者、山西电视台“走进大戏台”2003年度专业组总擂主、运城市蒲剧团演员贾菊兰等蒲剧名家来到募捐现场进行义演。

景雪变为大家演唱了《杜鹃山》《山村母亲》两个唱段。贾菊兰为大家演唱了戏歌《河东颂》后，在一条长约八米的长幅上，挥笔写下“祝云潇早日康复”七个大字。

演唱完毕，景雪变、贾菊兰还进行了捐款。

据悉，景雪变当日有三场演出，她特意抽出时间来到广场募捐现场进行义演。贾菊兰也是在了解小云潇的事情后，推掉了其他演出活动，专门来义演。

同一时间，在运城火车站、客运中心站、市委市政府门前、华联购物广场、购物中心、东星时代广场设立的募捐箱前，前来捐款的人络绎不绝。

6月1日，因南风广场飘满了黄丝带，导致商店里的黄绸布脱销。

乔文娟告诉我，她耳闻目睹了为救助小云潇而发生的无数个感人的故事，被深深地感染了、打动了。她说：“特别是在南风广场上，我看到黄丝带汇成了一个爱的海洋，深深地感受到了运城人的真诚、善良和热情，看到了军民鱼水情深，共筑钢铁长城的凝聚力。大爱无言，情暖人间。运城不愧是爱心之城、和谐之城、魅力之城。”

他们这样献爱心

除了直接捐款捐物，运城市区许多单位还采用其他方式表达对小云潇的关爱。

运城市大学生艺术团团长李金亮看到报道后到晨报编辑部，承担了募捐活动现场的文艺演出及主持的任务。

运城市大观喷绘广告公司免费提供了气柱、彩虹门以及主席台背景喷绘的设计和制作。

运城市购物中心承担了活动主席台的搭建以及活动完毕后的拆卸工作。

南风广场管委会免费提供场地、电源和椅子，还派出专人协助维持现场秩序。

海之源制水有限公司为当天的活动免费提供了两百箱矿泉水。

运城市卫生学校的三百名青年志愿者协助主会场以及市区六个募捐点的募捐工作，同时还负责现场一万余条黄丝带的布置工作。

盐湖公安分局特别派出二十名民警在现场维持秩序。

从 5 月 29 日开始，运城市客运处向全市出租车司机发出倡议，号召向英雄的孩子献爱心。运城市区北方、现代、永昌、神剑、万里、晋运、红旗、凤凰、昌平、燎原十家出租车公司纷纷响应，各家公司分别向出租车司机发出倡议，号召每名出租车司机捐出自己的一次起步价（五元）。两天来，运城市区一千五百名出租车司机踊跃捐款。一些的哥还表示，如果李江雷需要出去办事、给孩子买东西，他们每天将轮流在医院门口值班，为他服务。

在大家纷纷为小云潇进行资助之时，运城市血研所的医护人员也在默默地用爱心关怀着小云潇。

从小云潇入院起，院领导就格外重视，成立了治疗小组和护理小组，对小云潇的诊断和治疗进行周密计划，同时积极与各方专家联系，商讨和调整治疗方案。为减轻小云潇的家庭经济负担，院方对小云潇按济困病房对待，减免各项费用的百分之二十。为了有利于小云潇的疗养和化疗之后的身体恢复，科室还专门为小云潇安排了单间病房。

“为小云潇献爱心，我市各级共青团组织责无旁贷，我们一定要千方百计筹够足额的手术费，把小云潇从死亡线上拉回来！”

根据市直九单位、团体联席会议的分工安排，团市委除每天派出志愿者轮流到血研所病房照顾小云潇的生活外，“六一”当天还出动三百名大中专学生组成的志愿者到会场服务。

团市委还向全市各级团组织及一百二十万余名团员青年发出了倡议书。团市委和国家、省、市命名的十二个“青年文明号”已为小云潇捐了款，其他团组织的募捐活动也已展开。

《黄河晨报》的报道也深深地打动了千里之外的异乡人。北京一女士通过上网查到晨报爱心热线询问后，立马给李江雷、尤红霞夫妇的银行账户上汇来一千元爱心款。

“感谢运城人救我儿子的命！”这是 6 月 1 日上午，李江雷抱着儿子小云潇在捐款现场向大伙说出的发自肺腑的感谢话。

李江雷说：“我和妻子一年来面对儿子治病无钱、走投无路的绝境，多次抱头痛哭。想不到运城这么多好心人能帮我，使我再次看到了儿子获救的希望。千言万语汇成一句话，运城人是我们全家人的救命恩人，你们对我儿子的恩情，我会永世不忘。”

从 5 月中旬到 6 月中旬，短短一个月时间，运城捐款总额达六十四万三千零五十二元。

据悉，这笔善款除足额支付小云潇的治疗费用外，余款将作为运城市大病救助基金，用于援助其他急需救助的重病患者。

爱心簇拥着，朝这个孩子招手

乔文娟已经联系好了可以做脐血移植手术的医院。但小云潇的病情没有得到控制，做脐血移植手术必须等病情缓解了才能做。

6 月 13 日凌晨 4 时许，小云潇从山西运城血液病研究所转至天津儿童医院。小云潇到儿童医院后一直高烧不退，在炎炎夏日里，他穿着病号服蜷缩在棉被下，即使这样仍不断喊着：“妈妈，我冷——”母亲尤红霞急得手足无措，把病房里的毛巾被、浴巾、床单统统盖在小云潇的身上，可孩子依旧在发抖。

经检查是肺部感染，6 月 16 日晚小云潇出现脑昏迷，住进了急救室。据主治医生讲，小云潇这次患的是白血病并发症，已形成了双肺弥漫性病变，导致呼吸衰竭。同时，由于小云潇体内白细胞比例非常低，加之自身没有抵抗能力，孩子的身体极为虚弱。

运城市红十字会在李江雷带小云潇赴天津治疗的同时，已将五万元爱心款汇到天津市儿童医院的治疗账户上。

该院的医护人员正在对小云潇进行全力救治，等肺病被控制住后，准备进行化疗缓解和脐血移植手术。

大家在为小云潇祈祷，祝愿小云潇出现奇迹，早日苏醒。

脐血有了，治疗费也足够了，一切看起来都在向好的方向发展，生的希望被认识的、不认识的爱心簇拥着，朝这个孩子招手……

冬日，那一抹抹金色的阳光

但小云潇还是没能坚持到手术的那一刻。

他病情急剧恶化，身体各项机能衰退，2007 年 12 月 27 日下午 3 时零 9 分离开了人世。

窗外，是冬日那一抹抹金色的阳光。

小云潇走了，走的时候是在父母怀里，他带着父母的爱和乔文娟、还有很多陌生人的关心走了。

乔文娟记得第一次见小云潇时，他坐在病床上，大大的脑袋，胖乎乎的脸，声音很清脆，虽然只有三岁半，可他像个小大人似的。小云潇的一举一动还历历在目，仿佛昨天才发生一样。可是，她再也看不到他和父母撒娇时的样子，再也看不到他生气时噘起的小嘴，再也看不到他纯真、明亮的眼睛，一个来到人世仅仅四年零十个月的小生命就这样消失了。

小云潇，一路走好！另外一个世界不会再有痛苦，愿你在天堂快乐成长！乔奶奶能力有限，没能还大爱一个奇迹，还世界一个奇迹……

小云潇走了，给中国拥军网会员，给天津、运城人民留下了永远的遗憾。很多人哭了，兵妈妈乔文娟更是伤心至极。

小云潇的墓碑应该这样写：

我来过，我很乖……

躺在这里的四岁小帅哥李云潇，是九八年抗洪英雄之子，三岁患白血病，兵妈妈乔文娟携天津各界募捐十五万元，运城十万人为他募捐六十四万元，在他有生之年，感受到了人世的温暖。

第十三章　月亮有紫色的吗

乔文娟有一个美丽动听的网名——“紫月亮”。

很多网友问她：月亮有紫色的吗？

她说：有啊，在西藏就能看到紫色的月亮，在这里也能看到紫色的月亮，那就是我！

西藏不但有紫色的月亮，还有紫色的云、紫色的圣湖、紫色的雾、紫色的山和紫色的小草呢！

我们一起来看看她眼中的紫月亮，看看她那色彩斑斓的一面——

我的网名：紫月亮

我是卓玛，也叫达娃。因我的外婆是藏族人，家在拉萨，所以喇嘛赐予我达娃卓玛的名字。

我喜欢绿色，但生活中不仅仅有绿色；我还喜欢紫色，因为它高贵、典雅、神秘、从容、浪漫……

我还很小很小的时候，每逢过年，家家户户都要贴对联。一次我看见门楣贴着“紫气东来”，那时我就痴痴地想，这“紫气”，应该是从东海仙岛上飘来的朵朵紫云吧！

它飘呀飘呀，飘落在我的身上，变成了一件美不胜收的紫衣裳，一件云的衣裳。

或许从那一刻起，紫色就在我幼小的心间布下了偏爱的种子。

1995年之前，我的紫色衣裳特别多，每逢我穿上紫色的衣裳，带来的赞叹也格外多。

淡紫色的连衣裙，就像田野上漫过的暮霭；深紫色的套裙，让我想到充满爱情的浪漫岁月。

同伴们说我像一朵“紫牡丹”，从此“紫牡丹”便成了我的绰号。

他们说我像个紫姑娘，在阳光下紫得鲜艳，在月光中紫得冷峻。那时，我的心情就像成熟的紫葡萄，轻轻一挤就会有甜蜜的汁液四溅。

我的卧室里，无处不是紫色。浅紫色花的壁纸，深紫色的吸顶灯，土黄底带紫色花的窗帘，淡紫色底带一朵朵小黄花的床单、被罩。

在南海舰队当兵的战士刘磊回家探亲时，从西沙群岛给我带回了两个拳头大的圆形的紫贝壳，哦，好美的紫贝壳！

有时我会感觉我居住的小屋，就像是这只紫贝壳。紫贝壳放的年数多了，落了很多灰尘，也有点褪色了。两只紫贝壳打碎了一只，让我一直心疼到现在。

一次，我带女儿去看画展，女儿惊叹于一幅《紫色的大海》，一声声问我，大海有紫色的吗？

尽管我也没有见过紫色的大海，但我确信会有，因为在西藏的南迦巴瓦峰下有个圣湖，那个圣湖里的水，就是紫色的。

自从有了网络世界，工作劳累一天后，抽空到聊天室里来放松一下，听兄弟姐妹和网友们唱歌、吟诗。

于是“雪域紫狐”“天边的云”“牡丹仙子”“紫贝壳”“紫牡丹”便成了我的网名，可我更喜欢用“紫月亮”。

很多网友问我：月亮有紫色的吗？

我说：有啊，在西藏就能看到紫色的月亮，在这里也能看到紫色的月亮，那就是我！西藏不但有紫色的月亮，还有紫色的云、紫色的圣湖、紫色的雾、紫色的山和紫色的小草呢。

我喜欢“紫月亮”，因为达娃就是月亮的意思。

我的“小屋”

2006 年 9 月 16 日上午，小明从北京到洛阳来，第一次到我家里，送给我最好的礼物，就是帮我注册了这个博客，我称它是自己的“小屋”。

小明帮我注册好这个博客后，给我讲了操作方法。也许是要做的事情太多了，所以我听过后就忘了，就只好自己琢磨怎么发帖，怎么添加照片，又到其他朋友的博客里去参观学习。无意间在百度搜索到芦苇大姐的博客后很是惊喜，就让小明在北京远程教我，把芦苇大姐的博客与自己的“小屋”链接在一起了。

有了这个“小屋”后，每天只要有空，处理完中国拥军网站的事情后，就会登录进自己的“小屋”。

一日很晚了，过了午夜，我抬头一看，中国拥军网站论坛总版主洛城飘雪妹妹在QQ上。

哈，我的“小屋”暴露了。飘雪妹妹埋怨我建博客了也不通知一声。呵呵，不是我不通知，是我的文笔太臭，再说进到“小屋”半天无言，不知道写什么才好。又想，管他呢，反正是自己的“小屋”，想说什么就写什么吧，也算是释放自己的心情。

看到飘雪妹妹的博客装点得很漂亮，就让飘雪妹妹也帮我把“小屋”点缀一些飘飘飞舞的紫色玫瑰花。小明也帮我把中国拥军网站的宣传标语搬过来安在“小屋”的门头上，才使我的“小屋”有点像模像样了。

在我的“小屋”，我最大的收获就是认识了很多有才华的朋友，有了一群兄弟、姐妹相称的博友。这群我视为老师又作为朋友的哥哥、弟弟、姐姐、妹妹们，认识他（她）们真好!

当我看到自己拙笔涂鸦的几篇文章被推荐时，心中有几分惊喜，更让我想把这几十年来自己是一路怎么走过来的写出来。

有了自己的“小屋”，开心的事也好，烦心的事也罢，都喜欢独自在这里倾诉。

2006年10月23日晚上，我去武汉为不幸患白血病的战士许志坚采血，寻找骨髓，事情不像预想的那么顺利。26号下午，我带着迷茫、困惑乘T192次列车回洛……

当我登录来到我的“小屋”，看到朋友们的留言，我的心里潮潮的，鼻子酸酸的，眼睛就被热泪蒙住了视线。

我把泪咽下去，把苦吞下去，在沉默中让自己站起来。

我喜欢我的“小屋”。在这里，会使我感到轻松快乐，会让我忘记劳累一天疲倦的身体，会使我忘记不快和不幸，这里让我感到温暖、祥和。

珍藏的红舞鞋

我从不足八岁就开始学舞蹈、跳芭蕾。教我们舞蹈的陈老师是从部队军区文工团转业的。

陈老师对我们要求很严格，她从基础开始训练我们芭蕾舞基本功、民间舞基本功。可以说是魔鬼式的训练，如果一周劈叉不到位，陈老师就会残酷地用手把我们的腿按下去，疼得我们边哭边练。对于学舞蹈的孩子来说，那确实是对身体“施刑”，压腿、甩腰、弹跳……练功、练功，不停地练、发狠地练，浑身酸痛酸痛的。每天下午两节课后，我们宣传队的走进排练室，随着老师的琴声，开始做把杆上的第一个半蹲组合。之后就是擦地、小踢腿、画圈、单腿蹲、控制、踢腿……我也非常刻苦，脚趾每天都会磨流血，脚趾上的皮和袜子被血水粘连在一起，袜子脱不下来。每天回到家，要把脚放在热水里泡，把干结的血化开，使袜子和脚趾头分离，第二天继续穿上袜子，跛着脚去上学，下午两节课后继续练功，含着眼泪练，练足立，旋转……流血，结痂，流血，结痂，愈合，一直练到一双脚趾变形，磨出茧子，能在舞台上用足尖旋转。虽然跳芭蕾很辛苦，可我不怕苦，因为喜欢跳舞。小时候我不爱说话，很内向，喜欢用肢体语言来表达情感和内心世界，所以从小就迷上了舞蹈，非常热爱舞蹈。

后来，我不幸遭遇了车祸，车轮从我的腰部、腹部碾过，到医院时血压、脉搏都没有了，肝脏破裂，许多地方也不同程度地被车轮碾伤。那天电闪雷鸣，下着大暴雨，血库里没有血。那年我不到二十二岁。一个多月后，我从死神那里回来了。我很幸运，据说，当年我是中国首例肝脏破裂被救活的。医生说，我就是活了，这一辈子都要与病床相伴，可能永远也站不起来了，以后就是结婚了也不能生育子女了。后来，我凭自己的坚强和毅力以及亲人们的关爱呵护，战胜了伤残，站了起来。医生说，即便是我能站起来，以后也不能再练功，不能再跳芭蕾了。我含着眼泪把我心爱的芭蕾舞鞋丢进了蜂窝煤炉里。没想到，我重新站起来了，不过，从那时起，我的足尖再也没能在舞台上旋转，如今我还在舞台上，但不能跳剧烈的舞蹈了。

脚尖鞋可以说是高贵的象征，缎质的面料与笔直挺立的造型令它显得与众不同，它使芭蕾舞演员显得挺拔秀丽，是一次次对人体正常限度的想象性突破。而脚与鞋是一种无声的抗争，只有舞者的身体去默默承受这漫长的流血、结疤、愈合，再流血、再结疤、再愈合，无休无止的折磨……

女儿继承了我的爱好，我每天下班回家，在蜗居的小屋，随着音乐起舞，女儿就模仿我，跟着我学跳舞。后来女儿长大了，读大学了，从北京给我买了一双红舞鞋寄给我。她说："妈妈，虽然你不能再跳芭蕾，但这双芭蕾舞鞋就当个念想吧。"

"葵花向阳"开

我喜欢厨艺，喜欢烹调，从 1971 年起，每个月我都用省出来的钱去新华书店买一本《食品科技》杂志。那时候我还在农村当知青，每个月初，我都要借房东家的自行车，骑行到谷水街书店去买一本《食品科技》，后来改版成《中国食品》了。有了网络世界，我就不再订购了。

不过，每次丈夫出差不在家或去北京女儿家时，我自己在家没有买过蔬菜。除了战士们到家里来，我才会去菜市场购买鱼、肉和蔬菜。

我每天的伙食很简单，一把挂面煮好后，用开水把酱油、盐、味精冲开，再把面条捞出来放进去。不然就是米饭就咸菜、泡饭就咸菜。忙起来没时间做，就到我家对面的米皮店买一碗凉皮或者米皮，时间宽一点了，就吃一碗米线。

每次去北京和省里、市里开会，或者朋友请吃饭，吃得太好我就会拉肚子，不适应。

2008 年，我被选为奥运火炬手。7 月初市里第一次预演的时候，头天晚上住进了洛阳大酒店，第二天一早到洛南新区的隋唐遗址植物园门前等候。谁知吃的油水一大，又拉肚子，两次往临时洗手间跑。洗手间门前的学生排成长龙，幸好学生们得知我是兵妈妈，又是最后一棒火炬手，所以没让我排队如厕。因为拉肚子，差点不能参加预演，所以在第二次的预演和 7 月 27 日的火炬正式传递前，在洛阳大酒店，我不敢吃炒菜，只敢吃咸菜，怕影响第二天传递。

战士们到家来，兵儿子到家来，女儿回来，或逢年过节，我都会露一手。

你看这张照片，是我在春节的家宴上做的凉拼“葵花向阳”，形象吧！先把鸡蛋磕开放碗里，用一双筷子使劲把蛋黄和蛋清搅匀融合在一起，再摊成鸡蛋薄饼，切成条。很久不做了，这刀工生疏了，切得不好。把自己煮的酱牛肉切片码在盘子里，再把鸡蛋饼条摆成网状铺在酱牛肉上面。把鸡蛋煮熟剥皮，用线勒成六瓣，摆在盘子一周，“葵花向阳”就成了。

春节家宴上我做的鸡蛋饺子，八个鸡蛋做了三十二个蛋饺，里面包的是肉馅。这也是半成品，吃的时候要加高汤，加假鱼肚（干肉皮油炸过后泡软），加木耳、黄花、竹笋片，炖七八分钟起锅。

我做的红烧肉是和阿妈学的，在阿妈做的基础上又改良了，不用白糖，也不用冰糖，用蜂蜜，口感更好。

有了这厨艺，我的兵儿女们也有口福了。

卓玛也爱红装

在 1995 年之前，我的衣裳都是自己裁剪制作的。这条连衣裙，是用 1979 年买的一块减价黑底小碎花的布，自己设计裁剪制作的，那时候很少人穿连衣裙，所以我一穿出去，就引起路人的纷纷议论呢。

这件中西式衣裳，是我去深圳出差时，去沙头角中英街花十五元买的一块布头。这件衣服的面料，是五妹买的一块布头送给我的。我喜欢穿中式衣裳。这件无袖旗袍也是自己裁剪自己制作的；这条紫色的裤子也是在沙头角中英街买的布料。但是每件衣裳的盘扣都是阿妈帮我做的，我做得不好，纽扣做不圆。

我也是普通女人，也有爱美之心，有时，也好想给自己买两件时髦、漂亮的衣服，可一想还有许多地方需要钱，就只好打消这个念头。我把爱美之心深藏在心底，为的是把爱心播撒得更远。所以 1995 年之后，迄今二十六年了，绿色军装就成为我永远的时装。我多次去北京领奖，包括受到中央领导的两次接见，穿的也是没有领花肩章的 97 式旧军装。2019 年国庆节，我去北京参加庆祝中华人民共和国成立七十周年大阅兵观礼，规定让穿正装，我临行前只能去洛阳电视台的主持人蓝月老师家，借她的衣服去了北京。

2014 年 12 月 4 日，在我过生日的前一天，我收到了一位小妹寄给我的一身红棉袄。

看，照片上的我，穿上这身红袄喜庆吧！

过了生日后，这套红袄没有机会穿，就压在军装下面睡觉了。

突然有一天，天气真好，冬天的太阳照在身上感觉暖融融的。我忙里偷闲，带着这套红袄，准备出去放飞心情。

穿了二十多年的军装，猛然穿红装还不习惯呢。先看看门外有人吗。咦，真好，外面没有人，院里没有人。我跨出大门。

看，这是新买的绣花鞋，好看吧！正好配我这身红袄。

我边走，边唱，边跳——

身边的那片田野啊，手边的枣花香
高粱熟来红满天，九儿我送你去远方
身边的那片田野啊，手边的枣花香
高粱熟来红满天，九儿我送你去远方
啊，高粱熟来红满天，九儿我送你去远方
九儿我送你去远方……

牡丹花与钢铁长城

从小，我除了酷爱舞蹈，还喜欢涂鸦。

在上山下乡当知青的岁月里，很多村民家的土墙上都贴着我画的水彩画。

1975 年 12 月，回城参加工作后，我每天下午一下班，顾不上吃晚饭，就背着书包去上补习班。上完初中上高中，又学财会，拿到了会计证，又考上助理会计师的资格证。后来，我毕业于武汉大学企业管理专业，又毕业于中国科学院心理研究所心理学函授大学。1988 年，又毕业于中国书画艺术学院国画系。2014 年 3 月，我很荣幸地考取了国家一级美术师。

“春来谁做韶华主，总领群芳是牡丹。”我走近牡丹，细细端详有着铮铮铁骨的百花之王。它华丽而不失高雅，温和中透出威严，酷似童话故事中那集美貌、气质于一身的女王，使得旁边的花儿都黯然失色。桃花和樱花风情万种，但美得太甜太媚，格调就落入俗套，怎比得上牡丹典雅端庄？幽兰和茉莉空灵清秀，但容颜过于素白，意有余而形不足，怎比得上牡丹雍容华贵？

这牡丹里有过欢呼，也曾有过心酸。多少个春秋冬夏我扬起笑脸，历尽艰辛让那红尘生机一片；多少次临帖研读，走过千山，切磋画艺让那丹青锦绣无限。

庆幸我生命里有花。我将对子弟兵的爱意写进心里，融入牡丹。那画卷上多姿的牡丹，饱含着我对子弟兵的深情，承载着我对所有帮助过我的好人的感恩之心。

乔文娟常用草绿加黄再加三青调出的纯正军绿色，画出三杈九顶的叶子，簇拥着盛开的牡丹，使其在百花丛中更鲜艳。这何尝不是一个个傲立冰雪之中的战士，整装待发的雄鹰！画面中，牡丹干、茎、柄、叶、枝、蕾巧妙组合，在那具有审美曲线的 S 形构图中，向人们展示的正是“军民团结如一人，试看天下谁能敌”的壮丽画卷。

每每到军营慰问，她都带着她精心创作的牡丹画。她的牡丹画，曾赠送给全国见义勇为英雄徐洪刚，赠送给航天英雄陈冬。她带领中国拥军网心连心艺术团去铁军叶挺独立团慰问演出，一次赠送了十幅牡丹。军委原副主席范长龙说，没想到兵妈妈还是一位画家，牡丹画得这么漂亮，这么有灵性。范副主席送乔文娟一幅他的墨宝：“惠风和畅”。

2021 年 3 月，乔文娟在洛阳市涧西区退役军人事务局的帮助下，把装裱好的四幅牡丹用航空快递，寄到新疆喀什海拔 4733 米的红其拉普哨所和西藏海拔 5374 米的甘巴拉雷达站、海拔 4730 米的乃堆拉哨所、海拔 4620 米的詹娘舍哨所。她先后为部队捐赠自己创作的牡丹作品一千多幅。

2021 年 7 月 17 日，乔文娟带领文艺轻骑兵小分队，携带了价值三十万元的牡丹画作品，沿着 318 国道第二次进藏，去慰问雪域高原哨所的子弟兵。

兵妈妈的牡丹盛开在军营，绽放在人民子弟兵的心坎上。

第十四章　背后的男神

数学博士论证：人的一生平均每天会遇到一千个人左右，而两个人相爱的概率仅 0.000049。

在这百万分之四十九的概率中，她和他相识、相知、相恋、相爱，最终走到了一起。

他叫张建民。

从此，他陪着她笑，陪着她哭，陪着她听，陪着她舞，陪着她行走，陪着她奔跑……相伴着她一起走过四十多年漫长的拥军路。

那晚的月亮

已经过去四十多年了，那晚的月亮总是在乔文娟的思绪里明晃晃地晃荡，一晃就把她晃进那个神秘又美好的夜晚——

1973 年，建民考上了开封黄河水利学校，先我离开了农村。

建民走后没多久，村里的小学要开音、体、美课程，所以就让我去当代课老师。当代课老师，可以派饭到学生家，可以吃饱肚子，再说，我也喜欢和孩子们在一起。

1975 年，海军文工团招文艺兵，一位朋友帮我报了名，又带我去考试。接下来我过了面试关，又过了表演、体检关，我真的好高兴，热血沸腾，总算可以圆军营梦了！

谁知道到最后又被人顶掉了，我的心情很沮丧、很难过，这时，我收到了建民从开封黄河水利学校寄来的一封信。

建民在来信中询问我在农村的现况，更多的是鼓励之类的话，并说马上要放暑假了，等放了暑假回来要和我谈谈。

读了来信，我的心里七上八下的，和我谈什么呢？

那一天终于来了。

虽然是八月天，蝉在树枝上群鸣着，我走在路上却没有感到热，也许是到了傍晚没有烈日的缘故吧。

从家走到天津路车站需要七八分钟，到了天津路 1 路车站，没等多久 1 路公共汽车就来了。车上人不多，我找了个靠窗口的单座坐了下来，望着窗外向后跑的树木、房屋和路边的行人。风从窗外吹进车厢，吹在脸上很惬意，想着晚上就要观看的芭蕾舞剧《白毛女》，我的思绪飞到那剧情之中，也为宣传队队员们今晚能相聚在青年宫剧院兴奋着。

我下了车，正东张西望找拉如和建民，看见建民在不远处向我招手，我一路小跑来到了建民面前。

建民说："来了。"

"嗯，来了。他们呢？"我问。

建民回："他们没来。"

"哦。"我以为他们没有到呢。

建民说："走吧。"说着往东走去。

"好。"我答应着跟在建民后面，中间保持着十步远的距离。

那个年代，男女青年是不能双双并肩走在大街上的，不然会成为奇观的。从西关车站到老城青年宫剧院要走两站路，到了剧院门口，已经有不少人了，门口已经开始放行了。看舞剧的人三三两两往里走着，建民在青年宫门前西边的大石狮前等着我，见我过来，对我说："你先进去吧，我等一会儿再进去。"

"好的，那我先进去了。"说着，我就朝剧院门口走去。因为来得早，剧院里来的人还不多，我找到了 9 排 17 座就坐了下来。看看旁边的人都没有来，我以为建民在外面等宣传队的人呢。

剧院里的人渐渐多了起来，快到开演的时间了，我的座位前后左右都坐满了人，都不认识，只有右边 19 号座位空着。我很纳闷，突然有种预感，顿时心脏激烈地跳起来，原来不是宣传队发的票啊！只有我和建民两个人。

到了开演时间了，在一阵铃声中，剧院的灯一下灭了，报幕员走出来开始报幕了，舞剧《白毛女》的旋律响起。建民这才走进来，坐在我旁边的 19 号座位上，我的心脏又加快了跳动，脸上火辣辣地热。

我们两人都无语，默默地一起观看着戏台上的表演。

一会儿，我的心渐渐平静下来，被舞台上演员的表演所吸引，当看到喜儿的爹杨白劳被穆仁智带领的一群狗腿子打死，喜儿在悲天呼地哭爹爹那场戏的时候，我陪着喜儿落泪，呜咽着。这时，感觉有人把一个软软的东西塞在我的手心里，我一看是建民的手帕。我接过手帕，擦着泪水。最后，舞剧在大春在深山里找到了白发的喜儿，天亮了，解放了，把黄世仁斗倒了的故事中结束了。

我看到把黄世仁抓住了，要开斗争大会了，就起身对建民说："我先出去了，在西边的大石狮前等你。"说着就往外走。

那时候谈恋爱的人，无论看电视或者看戏，两个人没有同时一起进、看完一起出来的，都是女的先进去，等灯灭了男的再进去。电影快散场的时候，女的先出去。演完了，灯亮了，男的再出来。我虽然那时候还没有谈恋爱，可毕竟是单独和一个男子在一起看戏啊。

我出了青年宫剧院的大门，走到西边的大石狮前等着建民，一会儿听到剧院里的铃声响了，散场了。一时间看戏的人都往外涌，又等了一会儿建民来了。

建民说："舞剧好看吧？"

"好看。"我回答着。

建民说："走吧，不然一会儿没有车了。"说着就往西关公交车站走去。

"好。"我回着建民的话，跟在建民的身后往西关公交车站走去。"今晚怎么就我们两个人来看戏啊？"我边走边问。

建民回："真是个傻丫头，你说为什么？"

我一时无语，脸红心跳地跟在建民的身后走着。路上只有三三两两的行人，过往的车辆也不多，抬头望去，天上布满了星星，一轮圆圆的月亮挂在空中，把四周照得亮亮的。

我跟在建民身后走到西关公交车站，等1路公交车发车过来，我们乘上了1路公交车，到天津路车站，建民陪我一起下车，跟在我身后走了十几步说："等一会儿再走，我们说一会儿话。"

我停下脚步等建民走到面前，我们走到路边的梧桐树下停下来，建民开始东拉西扯，又评论起晚上看的舞剧《白毛女》中演员的表演水平。我把一根长辫拉在胸前，用手指绞着辫梢，仰着脸看着建民，听他说着。

突然建民停下话语，停了一会儿对我说："傻丫头，真的不知道为什么只有我们两个人来看舞剧吗？我喜欢你，从第一次在井台上见到你那时起我就喜欢上你了。这次放假回来，我找了拉如，说出了心里的话。拉如说洛阳市歌舞团正好在青年宫剧院演出芭蕾舞剧《白毛女》，你一定喜欢看，所以我就买了两张票。"听建民一口气说了这些话，我低着头，红着脸，心慌地用手指把辫梢绞得更紧了。

建民看我低头不语，又问："你说话呀？你喜欢我吗？"我仍然低着头，红着脸，手指绞着辫梢。建民笑着说："哈哈，是不是不好意思说呀？那我问你，如果你也喜欢我，你就点点头好吗？"

说心里话，建民是个多才多艺的人，而且心肠好，善良，是许多女生仰慕追逐的人。男女感情方面，对我来说是个盲区，就像建民说我是傻丫头一样，傻傻的，平时不喜欢多语高言，没事的时候喜欢一个人在小屋里画画、拉琴、压腿练功什么的，对建民也只是有好感，但从来不敢奢望能与建民成为"朋友"。

以前我看到的月亮总是孤傲地挂在高高的天上，离我们很远，把它的清辉清冷地洒下来，不食人间烟火的样子。再大的满月，也不过盘子那么大。那晚的月亮离我们好近，近到不需要仰视，近到好像再走几步就能把它抱在怀里，或者它把我们抱进怀里。

当我和建民第一次单独在一起，在月光下听建民说他喜欢我时，我呆呆地停在那里，仿佛雷击后的树桩，外表木然，内心却在灼烧，心感觉快跳出来了，辫梢紧紧地缠绕在两个食指上。

建民又笑着说："哈哈，我再问你，你喜欢我吗？喜欢了你就点点头好吗？"

我把辫梢紧紧地缠绕在两个食指上，红着脸，点点头。

牵手一路走过

爱，或者被爱，都不如相爱。

当她最爱的人和最爱她的人是同一个他的时候，她甜甜地笑了。

1979 年 4 月 28 日，一个春暖花开、群芳吐艳的日子，他——张建民，一个革命军人家庭出身的子弟，与因车祸伤残没有痊愈的乔文娟走进了婚姻的殿堂。

1976 年 8 月 31 日，乔文娟在去上班的路上遭遇一场意外的车祸，载重的车轮无情地从她的腹部碾过。

经过医护人员的及时抢救，她战胜了死神，但是医生宣判她将永远与病床相伴，即便是以后结婚成家，也不能生育。

两个月后，她凭着顽强的毅力站了起来，在众多的爱和自己的坚强中，她一步一步、一步又一步地从病房走出来了。医院说她又创造了奇迹。

车祸前，她和张建民刚开始谈恋爱。

那时，她刚参加工作不到一年。

那时，张建民刚毕业，准备到兰州去实习。

张建民从兰州实习回来后，分到郑州黄委会机械厂工作。为了能照顾她，张建民放弃了在省城当干部的工作，调回洛阳当了一名机修工人（后因工作突出被提拔为干部）。

张建民调回洛阳后，说要和她结婚，说要照顾她一辈子。

她听后百感交集。因为她爱建民，爱他的待人豪爽，爱他的正直善良，爱他的多才多艺；可她已经是一个不能再干重体力活的伤残人了，爱他，就要为他考虑，不能拖累他。

而且，张建民的父亲张兆汉是 1933 年参加革命的老红军，母亲卢振香是 1946 年参军的老兵，他们能接纳她这个不能生育的人当儿媳妇吗？

张建民说："你就是一辈子站不起来，一辈子不能干活，我也愿意伺候、照顾你一辈子。我父母的工作我来做，不能生育没关系，以后想要孩子，我们可以去抱养一个……"

同样善良的公公婆婆看到儿子的固执，愉快地接纳了她，没有嫌弃她这个被医生宣判不能生育的女孩。建民的哥哥、弟弟和两个妹妹更是把她当妹妹、姐姐看待。

1979 年 1 月 8 日，她和建民领了结婚证。

很多时候我们相遇相知相恋相爱，以为不过是一段感情，到了最后才知道，原来那是一生。

1979 年 4 月 28 日，建民骑自行车把她从娘家接进了张家的大门，她和他开始了新的人生。

婚礼在华山路饭店举行，隆重又简朴。

洛阳市文化馆业余文工团的舞蹈队和声乐队以及曲艺队的队员们来为他们祝贺。

婚礼结束后，舞蹈队和声乐队还有曲艺队的部分队员来到他们在南村租居的小屋闹新房。人多，只能全部站着，大家的欢笑声和歌声惹得村民都涌进院里，站在门口和窗外张望。

她和建民举行婚礼第三天后，就带着建民去八号街坊看望她已经照顾了一年多的一对八十多岁的孤寡老人：蔡爷爷和蔡奶奶。从此，建民就和她一起照顾这对没有子女的老人。后来，建民又和她一起照顾工学院退休的老师章光学。章光学老师一直是孤身一人。

从 1976 年 12 月至 1992 年 12 月 2 日，建民一直和她一起照顾这三位老人，直到他们一个个先后离去。

1980 年 9 月 19 日上午，菩萨赐予他们的女儿顺利地降生了。如今，女儿也当了母亲，小外孙聪明又可爱。

2004 年 6 月 1 日，她没有和他商量，就把六岁的双目失明的孤儿党浩翔领回了家。

建民下班回来，她怀着忐忑不安的心情把小浩翔的不幸故事讲给他听。他听后，弯下腰，把小浩翔抱在他的怀里对她说：“不能再让这个不幸的孩子心灵再受到伤害，以后这里就是他的家……”

听他这么说，她先前的顾虑都消散了。因为这孩子太小，又是盲童，这意味着他们将为这个孩子付出的不仅仅是金钱。从此，他们有了一个年龄属于孙子辈的小儿子。

四十多年的风雨历程，是张建民与她相濡以沫，牵手一路走过。

寄自内心的生日书简

他并不是为她而生，但她却有幸与他相伴。在10月28日那个特别的日子，她千言万语从内心生起，给张建民写了一封长信，默默地把祝福点燃——

感谢你——我的爱人！是你一路伴随着我走过这漫长的拥军路。今天是个特别的日子，妻子在这里衷心祝愿你生日快乐！永远扎西德勒！

怎能忘记，结婚这四十年来，你不但在生活上关心我，而且在工作上更是支持我。你常对女儿说："战士们是舍小家为国家，你妈妈也是舍小家为国家、为军队，所以我们要支持你妈妈。"

做饭、洗衣服这些家务活，你总是几乎全包，说我身体不好，让我多休息一会儿。女儿出生后，你更是疼爱我，白天工作一天的你，晚上为了能让我多睡一会儿，你把女儿搂抱在怀里，给她喂水、喂牛奶、换尿布……看着在灯下忙碌的你，我的心底涌出阵阵的甜意和幸福感。

女儿三岁后，我从印刷厂调到区商业局下属的冷饮食品厂当厂长，从此，你更是又当爹来又当娘。你为了支持我的事业和工作，放弃了两次学习的机会，否则，你的工作环境会比现在更好。

每次有战士到家里，你总是二话不说，急忙到菜市场去买菜，买菜回来后，你就下厨房给战士们做饭。每当战士们夸你的厨艺如何好如何棒的时候，你就会呵呵地傻笑。

已经记不清你多少次为我买火车票了。每次有远方的战士打电话或写信来求助，你知道我的日程安排后，总是用自己的工资默默地为我买好票，然后提醒我不要落了东西，然后送我上火车，也免不了千嘱咐万叮咛让我路上注意安全，早去早回。

我的手机，出了洛阳就是长途漫游了，每天找我的人多，所以，一出远门，手机卡上的存费不到一周就没有了。你接到我的信息，就赶紧去网通营业部给我手机充值。

知道几个兵儿子在150医院做化疗吃不下饭，你在星期天总是早早地起来，到菜市场去买排骨，买回来煮好后才把我从梦中唤醒，让我趁热赶快给兵儿子们送去。有时我到外地部队去看望战士们时，你就会替我到150医院去看望住在那里的兵儿子们。所以，每次兵儿子们回家探亲回来，总会给你带两瓶家乡的酒和家乡的烟。每每听到兵儿子们叫你“爸”的时候，看你的眼睛都笑成了一条线。

2002年10月28日，是你五十岁的生日，我要去给你买生日蛋糕，你说，让我买个大蛋糕。我说，家里只有我们两个人，买大蛋糕吃不了。可你说，买个大蛋糕到解放军150医院去，让“儿子”们一起吃。那时，兵儿子李社军还活着，和兵儿子姜腾住在一个病房，正在做化疗，姜腾因做化疗头发快掉光了。你和我一起带着你的生日蛋糕和水果到解放军150医院肿瘤科。那时，血液科和肿瘤科没有分开。在肿瘤科住院的战士，每人吃到一块你五十岁生日的蛋糕。

这些年来，你随着我节衣缩食，为的是支持我拥军，从2001年6月份开始，一直到2002年10月，我为了几个兵儿子寻找骨髓，常年在济南、北京、苏州、镇江、武汉、重庆等地奔忙，两次在北京租屋照顾兵儿子蒋友清，很少回家，就是回家也是回来找你要钱，因为在北京吃住，还要给蒋友清寻找骨髓，都需要钱。可是你没有一句怨言。蒋友清在北京解放军307医院骨髓移植科住院的时候，你和女儿到北京解放军307医院骨髓移植科来看望蒋友清，又带蒋友清到王府井百货大楼给他买羽绒服、棉皮鞋和手套……

记得1997年开始单位效益不好，你们已经三个半月没有发工资了，我每个月只有五百零二毛五分的工资。4月份的时候，我接到一个陌生人的电话，他说他姓李，叫李斌，在洛阳东方红拖拉机厂工作，因为家里出了事，急需要用钱，听说我喜乐善事，所以就来问我借两千元钱。

面对一位陌生人的求助，又加上单位效益不好，我不知该怎么办。你说等我发工资了借给他吧，我说家里哪有钱，除了工资每月五百零二毛五，借给他多少？你说把我的工资先都给他吧，我说都给他了我们怎么办，你说我们再想办法吧，我说好吧。当那个李斌再给我电话时，我让他 26 号下午到我的办公室来，因为我们 26 号下午发工资。李斌来后，我把刚领到的工资借给了李斌五百元，自己只留下了两毛五分钱。这个李斌千恩万谢地走了，他说下个月就还我，哈！一直到现在只留下了一张借据，再也没见过那个借钱的李斌。那个月我们两个吃了一个月的酱油面条，没有舍得买一棵菜吃，除了战士们来家里。

2008 年 6 月 12 日上午 11 点多，我接到省文明办工作人员打来的电话，问我愿不愿意到北京去参加残奥会开幕式。在电话里我没敢问是不是自费进京。我把省文明办的通知对你说了，也说了我的顾虑。汶川大地震后我多次捐款，又缴特殊党费，加上女儿上个月住院，每天要给她补充营养，如果自费，又是一笔不小的开支。你听后开导我：去，自费也要去！残奥会也是百年不遇的全球性的运动会，有这个机会就不要放弃。

2006 年 9 月 9 日晚上 11 点，我去洛阳火车站接一位朋友，在洛阳火车站前广场上，遇到了八名从海南刚到洛阳，准备到洛阳大学报到的学生。一名女生怯生生地对我说："阿姨，您能不能带我们去您家？我们又饿又冷，这时候到洛阳大学也不知道能不能找到住的地方。"

我听这个女孩一说，看到八个孩子都用渴望的眼睛看着我，我赶紧给你打电话，让你去附近的面馆，让面馆的师傅不要封火，不要关门。随后，我叫来两辆出租车。出租车到了我们居住的楼下，老远看到你已经等候在楼下大门口，你帮着学生们把行李拿到四楼家里。饭后，你把放在柜顶、柜里的被褥都拿出来，把卧室和客厅都铺上褥子。我安排三个女生睡卧室的大床，两个女生睡卧室的地铺，三名男生睡小屋的地铺。那晚你睡在客厅的长沙发上，我自己蜷缩在客厅的单人沙发上。

2004年，我创办中国拥军网，你也是默默地支持我。你看到我在初建中国拥军网的那段日子几天几夜不睡觉，在熟悉管理网站的技术问题，你心痛地说我：你真的是仙子啊，不吃不喝也不睡觉，拥军也要爱惜自己的身体，自己的身体本来就不好，再这样下去，看你怎么再去拥军？我说没有办法啊，很多东西我都不懂，幸好有小船、风雨、兵之恋他们帮我解决技术上的问题，我要边学边做。你说那也要爱惜自己的身体，说着，你煮好一碗面端过来，放在我的电脑桌上，让我趁热快吃，一股股暖流涌上我的心头……

你的工作很忙，公司的事情很多，可是你总是抽出时间来帮我整理资料，买菜、做饭，家里的家务活你几乎包了，让我现在上菜市场不会买菜，买东西不会讲价钱，每次买回来的菜都没有你买得便宜，你就会呵呵地笑我：真笨！

每当家里来人，看着家里客厅里满屋的锦旗和奖牌时，朋友和客人们都会说，这些“军功章”有你的一半。我说，这些“军功章”都是你的！因为没有你对我的理解、关爱、支持，我没有这么多的力量。是你，才使我坚定信念，一路走过了这四十多年的拥军路。

多少次我都在心底对你说：“对不起，我不是一个好妻子，和你结婚之后，总是给你添很多的麻烦，逢年过节全家团聚的时候，我却在军营和战士们在一起，不然就是在医院照顾和我们毫无血缘关系的战士。结婚四十多年了，你从来没有过怨言……建民，谢谢你对我的爱！谢谢对我的理解和支持！”

想说的话很多，在这里怎么能诉说完这四十多年来你对我的好？！千言万语汇成一句话：愿你身体安康、工作顺利、生日快乐、扎西德勒！

写完乔文娟背后的男神，我走出家门，抬头眺望星空，那相伴着一轮明月的几颗星辰，如晶莹的钻石点缀着美丽的夜空。月华浸染着整个大地，世界笼罩在圣洁的气氛里。我置身在这月光之海，心灵也在这圣洁中升华。

第十五章　这次，她选择了自己的女儿

有人说："世上有一种爱，虽然付出了，却不需要回报。这种爱就是母爱。"

有人说："世上有一个人，永远只会把幸福留给自己的孩子，自己则静静地等待灾难的来临。这个人就是母亲。"

有人说："世上有一个地方，那儿有一片海，海里尽装着母亲对自己儿女的关心与呵护。那地方就是母亲的心海。"

乔文娟也是这样的母亲。

但她怀抱着的不仅有自己的女儿，还有一百八十七个特殊的兵儿子，以及那一抹抹闪动在大江南北的国防绿。她与一万多名战士谈心，和三千多名战士通信，携两万名拥军网会员爱兵拥军，如此大的怀抱，她把母亲的意义延伸了、扩大了。

很多时候，她不得不舍下自己的女儿。

母亲的诉说

女儿张慧珍藏着妈妈给自己的一封没有写完的信，信的题目是《母亲的诉说》。

我最亲爱的女儿，今天是你的生日，爸爸、妈妈祝愿你生日快乐，永远快乐！

二十四年前的今天的上午 9 点零 5 分，你来到了这个世界上。

当护士把你洗干净，剪去脐带，抱在我的眼前，我看到刚刚出生的你，那粉嘟嘟的脸，清秀的面孔，居然睁着黑亮的眼睛在东张西望时，妈妈忘记了疼痛。你给爸爸、妈妈带来了无比的快乐。

1976 年的 8 月 31 日，妈妈遭遇了一场意外车祸。从死亡线上挣扎过来后，那一年妈妈不足二十二岁，医生说妈妈今后结了婚也不能生育。

1979 年 4 月，妈妈和爸爸结了婚。

在中国，一个不会生育的女人，就不是一个完整的女人。那时，妈妈的心里隐隐发痛，觉得对不起你爸爸、奶奶、爷爷。

1980年春节，一天吃饭的时候，妈妈突然感到恶心，然后就不停地呕吐，只以为是要过年，劳累过度，受过伤的肝脏疼痛引起的呕吐。可接下来的日子，妈妈不停地呕吐，喝口水也呕吐，就想吃辣的东西，可医生告诉过我，肝脏受伤不可以吃辛辣的东西，妈妈就偷着吃。

吐了将近一个月，妈妈才去医院看医生。妈妈去了经常复诊的外科，外科医生听妈妈说的症状后，又让妈妈去妇科检查。当妇科医生告诉妈妈说我是怀孕了，预产期是1980年10月16日，妈妈惊喜之余又害怕，急忙去找当年为我做手术的外科主任。孔靖涛主任对妈妈说："你已经创造了一个奇迹，你会再创造一个奇迹的！"

得知自己怀孕了，妈妈的心里好恐慌，好担心你在妈妈受过大伤的腹腔里长不好，天天为你祈祷。

妈妈和爸爸结婚后，因奶奶家里的房子不够住，就在洛阳工学院附近的工农乡南村农家小院里租了一间十五平方米的小屋。

房东一家人都是朴实的农民，妈妈和他们相处得像一家人一样。每次妈妈做了好吃的东西，总会送一些给房东大娘和她的儿女们尝尝。

1980年9月18日上午，我去婆婆家，婆婆去上班了，家里买了十元钱的蜂窝煤，那时候一元钱可以买四十六块蜂窝煤。搬完四百六十块蜂窝煤，又给婆婆一家人做午饭，又铺了两条小棉被的棉花。下午两点多从婆婆家回出租屋，一进房东家大院，看到院里堆积了一大堆刚从地里拉回来的玉米穗，房东大娘和她女儿正在把玉米穗编成长长的串串，然后挂在墙壁上。

闲不住的妈妈就搬个小凳子，坐到院里帮房东大娘编玉米穗串串。编完后，妈妈就又站在小凳子上，挺着大肚子，帮房东大娘把编好的一串串的玉米穗挂在墙上。

挂完了玉米穗串串，妈妈赶紧去做晚饭。

你爸爸回来吃过晚饭后，又去单位加班了。他在家指手画脚，嫌我洗印、放大的照片曝光不足了，角度不对了，等等。现在爸爸不在家，没有人管妈妈了。妈妈快速地支起放大机，把烘干上光机插上电源，让它预热，然后把显影粉、定影粉分别稀释在两个脸盆里，然后关掉电灯，换上十五瓦的红灯泡，开始放大照片，曝光、显影、定影、清水漂洗、烘干机上光，反复这么操作着。

当妈妈听到定时的小闹钟铃声响起，零点了，不好，你爸爸要回来了，妈妈赶紧收拾工具。“战场”还没有清扫完，就听见院门外自行车的铃声响，妈妈顾不上收拾了，赶快匆匆上床，想伪装在睡觉，可没有来得及烘干上光的部分照片还在洗澡盆的清水中，暴露了妈妈的所为。

你爸爸看着妈妈的狼狈样大笑着责怪我，又拿起妈妈的杰作看了一会儿说：“不错嘛，这张照片换个角度放大，比照相馆洗印的效果好。”妈妈得意地说：“那当然，谁让我聪明啊！”

我和你爸爸欣赏着照片，顿时感到好累好累。可不是嘛，这一天妈妈带着你做了多少活吧。

刚躺下不久，凌晨 3 点多时，妈妈就感到肚子痛，疼过一阵后，下身开始一直不停地往外排水。

早晨 6 点多，天亮了，你爸爸骑自行车把妈妈送到奶奶家。你奶奶一看，说是羊水破了，快要生了，你爸爸赶快把我送进工学院附近的拖拉机厂职工医院妇产科。

1980 年 9 月 19 日上午 9 点零 5 分，你在妈妈肚子里待了八个月零十天，提前二十七天来到了这个世上。你生下来的时候只有六斤三两。因为是早产儿，护士把你放进暖箱里，你在医院的暖箱里整整待了四天四夜。

哦，10 点 10 分了，不知不觉又一夜过去了，从昨天早晨 7 点多到现在妈妈没有休息了，以后有空了妈再写给你吧。

爱你、想你的妈妈。乖，你在北京好吗？

2004 年 9 月 19 日 10 点 13 分

女 儿 泪

听到女儿喊妈妈的时候，乔文娟整个心都化了。

看着女儿一天天地成长，她用心感受着、品尝着女儿给予她的幸福。

时光走得很快，一不留神女儿就长大了。

女儿叫张慧，小名贝贝。

1998 年，张慧在全国报考武汉纺织学院服装艺术设计专业的考生中，以第一名的成绩被学院优先录取。她担任班里的学习委员，在大学的第二学年，光荣地加入了中国共产党。张慧是一名品学兼优的好学生，她每学年获得奖学金，不但专业课好，文化课也非常优秀，并且勤工俭学，帮助同学。学院把张慧的多幅作品作为教材，她的设计作品还选登在《中国服装》杂志上，大学毕业时被评为湖北省优秀毕业生。

2001 年 6 月中旬，张慧病了，在家休息了五个多月。为了不影响学业，她回到学校边学习、边治疗，按期做完了毕业服装设计，并获得湖北省优秀毕业设计奖。

张慧助人为乐的事迹刊登在《纺院报》《武汉晚报》《湖北日报》。武汉电视台、湖北电视台也多次报道她的事迹。

2001 年 12 月 5 日，中央电视台教育频道把乔文娟母女请到中央电视台，做了专题节目《妈妈是我的榜样》，并把张慧树为全国“大学生道德楷模”。

节目在 2002 年元月播出后，学院的领导、老师和同学们才知道她的妈妈是有名的兵妈妈乔文娟。学院的领导问她为什么不向组织汇报妈妈的情况，张慧回答说：“我妈妈做的都是小事，不值得宣扬，战士们都管她叫妈妈。我知道，妈妈不是我一个人的妈妈，她为兵儿子做点事也是应该的。”

乔文娟为自己有这样一个聪明、善良、多才的女儿感到骄傲。

女儿知道，妈妈不光是她一个人的妈妈，那么多兵儿子需要他们的兵妈妈啊！

在乔文娟拥军的路上，女儿给了她坚定的支持，也是她的同行者。女儿在大学期间，利用课余时间卖服装杂志，卖得的钱不是给自己添衣买东西，而是利用寒暑假，去驻洛解放军 150 医院（现在的 989 医院）看望生病住院的兵哥哥，给他们买营养品和学习用品。女儿也经常帮助她、协助她，每年和她一起带着部分学生走进军营，体验军营生活。

但为了千千万万个兵儿子，有时难免委屈了亲生女儿。

七岁时，张慧跟着妈妈逛商场，看中了一件漂亮的连衣裙，好多次缠着要，妈妈始终没舍得给她买。然而，每当兵儿子们来到家中，妈妈都要赶紧招呼爸爸出去买菜买肉；战士们有了困难，她都慷慨解囊，还经常到部队给战士们送去慰问品。

有一次，感到委屈的张慧终于忍不住了，扑闪着带泪的睫毛，看着妈妈："兵哥哥们想要啥你就给啥，你却连一件衣服都不给我买，我究竟是不是你亲生的？"

女儿在北京工作期间，遇到了同样善良、能干的小明。

乔文娟和丈夫商量，到 2007 年牡丹花开的时候，在洛阳为女儿和小明举行婚礼。

女儿、女婿把婚期定在了 2007 年 4 月 28 日。

乔文娟的眼前依稀闪过女儿喜庆的身影——

莫非你是天使、仙女、花神？不，不是。你是我的宝贝女儿，她们把圣洁和美丽都给了你。

天使把洁白的婚纱披在了你的身上，仙女将缤纷的花瓣撒向了你的嫁衣。那花神化作妩媚动人的伴娘，眼前呈现出一片吉瑞的天和地。

当你与你所钟爱的小明牵手走来，仙乐飘飘，殿堂里回荡着浪漫而温馨的旋律。五彩的祥云从天而降，树下的蔷薇花为你们预约了佳期。

当一对新人向大家分发幸福的时刻，每一双眼睛都像星星一样，见证着此刻的甜蜜与欢喜……

乔文娟不知道怎么来补偿对女儿的愧疚，决定在给女儿准备婚礼的期间放下一切事情，让女儿像别家的女孩子一样，穿婚纱、坐花车，风风光光地把女儿嫁出去。

可每天要做的事情实在太多。2007 年 2 月 10 日上午，她去订酒店，去了很多酒店，没想到 4 月、5 月、6 月的好日子都被预订完了，最后只能订在 4 月 29 日这一天。

4 月 12 日下午，女儿突然晕倒，被 120 急救车拉到了医院。女儿这一病住了院，已经修改过的婚期再次推迟。

乔文娟鼻子禁不住一阵发酸。

2001 年 9 月 18 日上午，北京电视台“真情互动”栏目的编导给乔文娟打电话，说为了帮她为蒋友清寻找骨髓，破例做一期节目，安排在 9 月 19 日晚上。

一周前，她接到洛阳军分区的电话，通知她火速返回洛阳，济南军区政委张文台中将要来洛阳看望、慰问她。之前，她一直在北京解放军 307 医院照顾不幸患白血病的战士蒋友清，为他寻找骨髓。

2001 年 9 月 19 日是她女儿的生日。没回来不说，现在回来了，她就准备在洛阳陪女儿过完生日再回北京照顾蒋友清。

她和栏目的编导商量：“能晚一天吗？”

栏目编导：“不行，台里安排在 19 日晚上，我们栏目一般是不给外地人做节目的，因为你的事迹感动了我们，所以我们破例帮你早日为你的兵儿子找到相同的骨髓。”

她对女儿说：“贝贝，为了救你友清哥哥，妈妈今晚要走。”

女儿哭着说：“妈妈，那些生病的战士无论谁过生日，你总是买了蛋糕、鲜花和水果去医院陪他们过生日，这些年你从来没有给我买过蛋糕，没有陪我过过生日。现在我有病了，不能行走，你也不在家陪我，也没时间带我去医院做检查，明天就是我的生日了，你就不能在家陪我过一次生日，过完生日再走吗？”

她流着眼泪对女儿说：“贝贝，原谅妈妈，妈妈对不起你！”

女儿眼泪汪汪地说：“妈妈，你总说对不起、对不起，你对我说过多少次对不起了，你的心里永远装着你的兵儿子。”

她流着眼泪对女儿说：“贝贝，妈妈爱你，你是妈妈唯一的亲生女儿。”

女儿抹去了脸上的泪水：“妈妈，你去吧，现在友清哥哥比我更重要，家里还有爸爸照顾我。我知道你即便是在我的身边，但是你的心早已飞到你的兵儿子身边了。”

女儿理解妈妈，在妈妈面临两难时，总是把妈妈让给了更需要的兵哥哥兵弟弟。

2008 年 5 月 12 日 7 点 59 分，乔文娟的小灵通就响了，她开始了一天的忙碌。直到 13 点 40 分，得知中国拥军网“八一征文”公告发出了，她才躺下缓缓劲儿。

14 点 35 分，她被窗外喧杂的声音惊醒。

15 点 18 分，她看到新华网播报：据中国国家地震台网测定，北京时间 2008 年 5 月 12 日 14 时 28 分，在四川汶川县（北纬 31.0 度，东经 103.4 度）发生 7.6 级地震！

女婿从北京给她打电话：“妈，您在哪里？”

“我在一楼租的房间。”

女婿说：“地震了您知道吗？爸不在家，贝贝一个人在楼上，很害怕，刚才地震时从床上摔下来了，您快上楼看看贝贝！”

她赶紧上楼看女儿。女儿妊娠反应厉害，不能进食，昨天刚出院。

女儿见到她，委屈地诉说着刚才地震时从床上摔下来的恐惧和无奈……

女儿哭了，先是大颗大颗的泪水涌出眼眶，再一颗颗砸向地面，也重重地砸在乔文娟心里。

她把女儿轻轻地揽在怀里，在耳边小声说：“不怕，不怕……”

2017 年 1 月 23 日，还有五天就是春节了，女儿打电话问：“妈，今年去部队过年还是在家过年？”

一句话，问得乔文娟无言以对。是啊，这么多年，自己一直和战士们一起过年，今年得让闺女回来呀。

“贝贝，回来吧，今年妈跟你一块儿过年。”

1 月 27 日，农历除夕。天色已晚，乔文娟的手机响了。她走到女儿跟前，拨弄着女儿的头发，柔声地说：“贝贝，妈跟你商量件事，好吗？”

显然，妈妈又要去部队了。

张慧强作欢颜：“妈，我知道，你的心在部队呢！快去吧。”

说罢，张慧把脸背了过去。泪水，在回头躲避的那一刻流淌……

这一次，她选择了自己的女儿

我的采访在继续，许多时候，会被乔文娟的哽咽和泪水打断。

她记得很清楚，那是2010年7月2日的一个热得发狂的日子，她刚带小外孙检查完身体回到女儿家，接到洛阳市有关部门电话，说下周有个市道德模范报告会，让她参加报告团。

可女儿病了，这两天才刚能活动，小外孙朗朗特淘气，离不开人，她怎么能放下女儿从北京回洛阳去做报告呢？

她告诉我——

2001年6月13日，我买了去济南的火车票，准备去为兵儿子蒋友清捐骨髓做配型。临行之前，女儿突然高烧，倒在床上不能行走。

为了救这名战士，我含着泪水，忍痛与正在407厂医院门诊打点滴的女儿辞别。那次，我舍下了自己的女儿。

女儿那次生病后，因为没有得到及时治疗，落下了病根，一劳累就发烧，常年离不开药。

2001年12月，我背着女儿在北京看病时，在江苏镇江当兵的战士韩永立的姐姐和姐夫，到北京解放军307医院附近的小旅馆找到我，跪在我面前，求我救救他不幸患白血病的弟弟韩永立。第二天，我背着女儿从北京乘火车到武汉，把女儿送回学校。为了去救韩永立，建民只好在单位请了假，去武汉照顾带病读大学的女儿。我带着自己的骨髓配型报告单，从武汉乘火车去了苏州解放军100医院。那次，我又狠心地舍下了自己的女儿。

2003年12月29日，我接到一封来自武汉空军某部新兵营的信，为了使想当逃兵、刚入伍二十天的新兵不出意外，我准备乘30号晚上的火车去武汉。30号的上午，我刚从火车站买了火车票回家，女儿又突然发高烧。那次，我又狠心地舍下了自己的女儿。

2004年6月，我买了去郑州的火车票，准备背着我刚助养的六岁盲童孤儿党浩翔去做手术时，女儿又突然发高烧，躺在 407 厂医院病房输液。为了使可怜、不幸的孤儿党浩翔的眼睛能看见五彩缤纷的世界，那次，我又狠心地舍下了自己的女儿。

2005 年 12 月 31 日，为了去救助住在天津儿童医院不幸身患白血病的李云潇，我又狠心地舍下了突然发高烧的女儿。

一次一次又一次，我自己都记不清有多少次狠心地舍下了自己的女儿，去救助和我无血缘关系的人。

我和身边的好友以及 407 厂医院的院长都感到奇怪，不知道为什么，每次当我要去救助别人的时候，女儿都会突然发高烧。

2008 年 3 月 8 日妇女节，我荣幸地当选为中国十大杰出母亲；2010 年 5 月 9 日母亲节，我荣幸地当选为全国十大伟大母亲。当我身披绶带，胸前戴着光荣花，站在北京人民大会堂的颁奖台上，站在北京香山脚下的爱慕家疗养院的颁奖台时，我的心情感到很不安，因为我只能当战士们的好妈妈，不能做女儿的好母亲。

这次，市有关部门来电话，让我参加道德模范报告会，我的心情很矛盾，下周女儿能下地活动了吗？

7 月 9 日下午 3 点 25 分，负责此项工作的小张又来电话说报告会定在下周三（7 月 14 日），地点在洛龙区大礼堂，说领导对这次报告会很重视，希望我能参加。

夜里，我的思绪在脑海里翻卷着。对于这次报告会，只有两个选择：一、让女婿请一天假，我乘 13 号晚上的火车，第二天上午（14 号）7 点 20 到洛阳，让他们开车去接我，然后直接去会场。反正每次参加报告团，我不是第一个讲，就是最后一个讲。然后再乘晚上 8 点 20 的火车返回北京。二、不参加报告会。

可再考虑，这一来一去的火车票，和去火车站再从火车站到家的车费，这一趟就是五百多元，就是我的半个月退休金。7 月 1 日党的八十九岁生日时，在女儿的提议下，我已经向遭水灾的江西捐助了一千元钱。那虽然是建民的退休金，可建民的退休金每个月也才有一千三百多元啊。如果是去救不幸患重病战士的生命，再缺钱，就是借钱也是要去的。

为了省钱去帮助患重病和有困难的军人、失学儿童和有危难的人，我已经二十多年没给自己买过衣服，一年四季穿的都是部队首长送给我的没有领花没有肩章的军装。我也是女人啊！

天亮了，我决定不参加报告会，因为报告团少一个我，会议可以照常进行。

7月12日上午10点18分，我的手机震动了，小张又来电话。

我说：张老师您好！很抱歉，我不能完成任务了，请原谅，我女儿和小外孙现在离不开人照顾。

小张说：这次报告会是瀍河区主办的，得知您来参加报告团，区委很重视，四大班子领导都参加。

我只能说：实在抱歉！

这一次，我选择了自己的女儿。

千千不圆的结

乔文娟恨不得把全北京最暖、最温柔的风景统统摄入女儿的画面。她指着一张张神采飞扬的照片对我说——

好多年过节时，我们全家人没有在一起团聚了。这是2007年“五一”，建民、贝贝、我在北京什刹海公园游艇上，女儿贝贝一头长长的秀发剪掉了，不过贝贝留短发也挺好看的。

这是我们全家三口人第三次团聚在北京，不过今年我们家又添了一口人，加上小明，是四口人了。

记得第一次我们全家三口人来北京，是在2001年12月初。那次是应中央电视台教育频道栏目之邀来北京做节目，主要想借到中央电视台做节目的机会给女儿看病、检查病因。因为中央电视台答应我和女儿，给我们报销路费和一天的住宿费。再就是，我在北京解放军307医院照顾兵儿子蒋友清时，建民、贝贝到医院看蒋友清。

这次，贝贝病了，我于4月14日来到北京照顾女儿，建民是4月30号上午到的北京。贝贝爱吃爸爸做的菜，建民这一来，我就轻松了；建民这一来，女儿的病也好了，体温也正常了。

那天“五一”，北京晴空万里。

吃过午饭已经是两点多了，建民提议带贝贝出去转转，呼吸呼吸新鲜空气。贝贝病后，有四个多月没有出门了，贝贝说想去什刹海公园。

很久很久我们全家人没有一起出游了，我们打车到了什刹海公园。公园的游人很多，我们租了一艘脚踏的游艇，在什刹海上游了不到一个小时，贝贝感觉累了、头痛，我们赶紧把游艇靠岸、登陆。

我们一家人又去“聚点串巴”吃烧烤。

我们一家人很久没有团聚了，很多年过节时没有在一起了，这个“五一”，我们全家人团聚在北京，过了一个非常开心、非常难忘的劳动节。

乔文娟微笑着，幸福塞到了嗓子眼，像气泡一样向外扑扑直冒。

从她幸福的眼神里，我看到了她的渴望，渴望与女儿一家团聚，渴望天伦之乐的生活，渴望那浓浓的亲情。

你可知道，她这次来北京与女儿团聚，她心中有多少个不圆的结吗？

我看到了她“五一”那天的留言——

去年五一，我与装甲团的新兵们度过了一个难忘的节日。今年为了病中的女儿，只能舍去与兵儿子们共度节日，因为目前女儿更需要我。

今年五一，远在上海的姨妈和大表姐到洛阳了，我不能在洛阳陪同最疼爱我的姨妈去看牡丹花、游龙门石窟了。

今年五一，我不能陪同母亲晚上一起去公园看花灯，只有辛苦姐妹们了。

今年五一，我不能去看望年迈的公公，恕儿媳不孝。

今年五一，我不能带小儿子党浩翔一起去看外婆，不能带浩翔去给爷爷唱戏，不能带浩翔去各位姨妈家串门了，更不能带浩翔一起来北京，只能把浩翔留在孤儿院和小朋友们一起过节了。

今年五一，为了照顾女儿，我不能在洛阳迎接四方的宾客和我的兵儿子们，但朋友们和兵儿子们的问候不断，祝福多多。感谢你们！

今年五一，为了女儿能休息好，我不能与中国拥军网的战友们一起团聚、欢唱，望中国拥军网的战友们谅解。

一个“五一”，一个母亲去趟女儿家，竟有这么多的牵挂，竟有这么多千千不圆的结！

过了“五一”，她就得往回赶。

抗洪英雄李江雷的孩子小云潇病情又复发了，她要继续帮助小云潇募捐并联系做脐血移植的医院；

中国拥军网第三届“八一”征文又要开始了，她要和她的拥军网成员一起筹划；

入伍八年的小段在她去北京之前打来征婚的电话，她急着给他在洛阳找个女孩安家；

应洛阳市涧西区关心下一代工作委员会安排，她要去学校为小学生讲爱国主义教育课……

第十六章　风雨红尘中

乔文娟的拥军人生，留下了无数难忘的时刻，每每想起，她总会感到有一股暖流在身边环绕。

永远难忘，2007 年 7 月 25 日，她带着七名乔文娟拥军小组的志愿者，受邀免费到解放军 150 医院体检。医院“为军服务办”付玲玲主任说：“你们拥军小组常年看望、慰问生病住院的战士，很辛苦，也让我们感动。不能总让你们拥军，今年是建军八十周年，我们利用我们的便利条件，为你们拥军小组的成员做一次体检。”

永远难忘，2007 年牡丹花会时，中国拥军网在洛阳开年会，洛阳市郭宏昌市长得知后，让他的秘书问有多少网友来洛阳参加中国拥军网站的年会，并提供会议场所，帮助办理好网友赏花的相关手续。来自全国各地的中国拥军网的网友们感受到浓浓的国色天香，更感受到洛阳市委市政府对拥军事业浓浓的关爱。

永远难忘，63883 部队政治处张主任带着一个班的战士，春节前来帮她家大扫除。不到两个小时，十二名官兵把她家的客厅、大小卧室和厨房的角角落落收拾得干干净净，把玻璃擦得透亮透亮。女儿一家从北京回来过年，看到整洁的家说：“妈妈，解放军真好，您关心他们，他们也关心咱们家。”

永远难忘，一个星期天，家里来了一群兵，他们是她的兵女儿和兵儿子。兵女儿们与她相拥着一起去菜市场买菜。卖鱼的张金玲看她带了一群兵女儿来买鱼，用网兜捞了两斤多活虾，又杀了两条大鲈鱼，不肯收她的钱。金玲说，要向她学习，也要为子弟兵献一份爱心。买完菜，兵女儿们和她一起回家，那一抹抹绿色，那银铃般的笑声，引来路人羡慕的目光。

永远难忘，2009 年 8 月 23 日晚上，北京战旗豫剧团在北京军区大礼堂演出由她的事迹排演的豫剧《兵妈妈》，有很多将军前来观看。演出结束时，当报幕员说“剧中的兵妈妈今晚也来到了晚会现场，有请全国爱国拥军模范、中国十大杰出母亲——兵妈妈乔文娟”时，整个礼堂沸腾了，战士们的欢呼声、掌声使她泪花闪闪：为了战士，付出我的所有，甚至生命，也值！

永远难忘，她到一个营去座谈，全营集合坐了一个会议室，座谈完她要走了，战士们都站起来了，她一排排握手，他们全部站起来给她敬礼。她这排握完手到下一排，后面的全部自动转身，最后全场齐刷刷地对着她，目送着她离开。教导员说，没有哪个领导来了会这样，没有人指挥，大家是发自内心的啊！还有去安阳 116 师讲课，讲完她从大礼堂一侧离开时，一扭身，看到战士们全部扭头看着她，都在大声喊："乔妈妈再见！""乔妈妈我们爱你！"她说那个场面她永远忘不掉。她第二次到武汉市江汉区看望 17 营的五十六个新兵，大家高兴得跟疯了一样从那边跑过来围住她，他们说没想到乔妈妈第二年能来。教导员在武汉市休假，听说兵妈妈来了，他说"及时雨啊、及时雨啊"，马上打车回来。

永远难忘，2018 年"八一"，她带着心连心艺术团去老君山慰问二百多名海军老兵，去宜阳县参加庆"八一"晚会，因劳累过度，8 月 6 日住进了解放军 150 医院。出院后没有好好休息，又忙于拥军工作，同年 10 月份又住进了洛阳市第六人民医院。南京中医药大学退休老教授周熙宁和退役军人李红军得知后，他们商量说，只有把兵妈妈送到外地去调养，她才能安心休息。于是，李红军成立了"兵妈妈拥军后援团"，全国各地有二十多名爱心人士加入了"兵妈妈拥军后援团"。李红军委托在四川眉山的爱心美女陈晓琴，让她在眉山给兵妈妈租一套房子，又委托卫志永和兵儿子张志高把兵妈妈送上开往成都的高铁。李红军和成都的爱心美女罗群香在成都高铁站等候兵妈妈，又把兵妈妈"押"送到了四川眉山市。陈晓琴每天给兵妈妈用艾灸除体内的湿气，在饮食上为兵妈妈调理，陈晓琴的父母、爱人、儿子、妹妹待兵妈妈像家人一样。老教授周熙宁和广西柳州的中医杨烁大夫专程去眉山，给兵妈妈号脉、针灸，引发了全国各地的爱心人士陆续自费去四川眉山看望慰问兵妈妈。

永远难忘，伴着委婉缠绵的《十送红军》乐曲，她身着永远的时装——没有领花肩章的绿军装，和来自全国一百一十万张选票评选出的爱国拥军新闻人物一同登上人民大会堂领奖台。那天，人民大会堂重庆厅鲜花吐艳，穹顶上，璀璨的灯光犹如满天繁星。"你们以坚强的信念与博大的情怀，实践着爱国拥军的不懈追求；你们以如山的父爱和似水的母爱，演绎出关爱军人的至真亲情。在铸造共和国钢铁长城的事业中，你们快乐而执着地奔跑，不图世俗的回报，只为心中的目标。”评委感言后，镁光灯亮成一片光海。乔妈妈曾获得全国爱国拥军模范、中国十大杰出母亲、全国十大最美拥军人物、世界人民团结友好使者、全国情系国防十佳家庭、全国五好文明家庭、首届全国道德模范提名奖等一百多项荣誉。接过奖杯和鲜花，她的脸上难掩激动。

永远难忘，穿越血与火的历史烟云，历经建设与改革的风雨洗礼，伟大的中国共产党迎来了百年华诞，作为全国拥军模范代表，她受邀在天安门广场近距离聆听习近平总书记重要讲话，观看建党百年盛大庆典。她告诉我：“能够见证这一重大历史时刻，我实在是太幸福了！”暖场阶段，当全场七万多名观众和着军乐队奏响的旋律，一起高歌《社会主义好》《没有共产党就没有新中国》等经典歌曲时，她的感受尤为震撼和澎湃。当空中梯队悬挂党旗和巨幅标语飞过天安门广场时，当三军仪仗队迈着整齐的步伐护送国旗入场时，当跨越时空的一百响礼炮声响彻在天安门广场上空，她情不自禁地起身鼓掌，激动之情难以言表。“强国必须强军，军强才能国安！”习近平总书记掷地有声的讲话，在她心中激起久久的共鸣和回响，一种前所未有的自豪感和责任感从心底升腾。

……

然而，你可知道，她的拥军之路并不只有鲜花和掌声。

有一种酸楚叫无奈

2010 年 7 月 14 日，乔文娟的手机收到一条信息：“妈妈，你能不能帮我个忙？”

是一个陌生的号码。

她回：“你是哪位啊？有什么事吗？”

“我是××，你能不能借点钱给我，我回团就还给你。”

哦，是去年 12 月刚入伍的一名新兵。她回：“这是你新换的手机号吗？”

“可以吗？这个不是我的电话，我借别人的。”

她问：“你要钱做什么？需要多少钱？”

“我有急用，你能借我多少呀妈妈？”

她回：“ 你给我地址，我明天给你寄二百元，我现在只有二百元。”

她常常自责：“我虽然叫卓玛，但我不是仙子，不是菩萨，不是救世主，有时真的无能为力。”

当年她曾为了省下一角五分钱的公交车票钱，骑自行车来回跑二十多公里去打工。她把在三年中业余打工所挣的一万四千元工资，全部都用在了遭遇困难的战士身上。吉林籍战士张晖家中遭受水灾，她寄去一千元。为抗击非典，她给北京小汤山医院先后寄去了三封请战书和两千元钱。九江抗洪、汶川大地震、玉树地震，乔文娟一次也没落下。四十多年了，她为战士们天南海北东奔西忙的火车票可以铺成一条长长的路了，可她从来没有去哪个部门报销过一分钱。

1976 年的车祸致使她的肝脏破裂，虽然后来伤口痊愈，却留下了后遗症，劳累了，肝区就疼。她舍不得买医生开的昂贵特效药，疼得厉害了，就用手揉揉右腹部，找个东西一头顶在肝区，一头顶在桌子边。同事们说：看你快成焦裕禄了。

在外奔波饮食不规律，让她患上严重的胃溃疡，她不舍得买好药，疼痛时就吃点止痛片，喝点开水缓解一下。一次胃病复发，乔文娟的妹妹陪她一起到医院看病，医生给她开了一瓶进口药，她一看一瓶一百三十五元，就让妹妹把药退了，买了一瓶十二元的普通胃药，省下了一百二十三元。她心想：这一百多元，又能为兵儿子做些事儿。

为了省下住宿费，她在山东济南火车站的候车大厅和北京西客站的候车大厅度过漫漫长夜。为了省下住宿费，她在解放军 307 医院、苏州解放军 100 医院，坐在候诊大厅的椅子上过过夜。

2016 年 2 月 13 日，正月初六，中国拥军网心连心艺术团前往嵩县纸房镇火箭军某部慰问演出。

坐上车，袁洛英发现乔文娟的脸色不对。原来，就在几天前，乔文娟晚上外出，摔倒在地，两根肋骨骨裂。俗话说，伤筋动骨一百天，可想想自己和艺术团成员们对战士们的承诺，乔文娟愣是咬着牙上了车。

一路颠簸，乔文娟到底有多疼，没人知道。艺术团成员们看到的，是乔文娟认真准备演出的情景；战士们看到的，是乔文娟和团员们一起顺利地完成所有节目的表演。

“就连固定骨裂部位的绷带，她用的都是之前的旧绷带。”艺术团团员陈争鸣说。

乔文娟说：“如果战士和来找我求助的人需要血、需要骨髓，我都可以无偿地给，为了救战士的生命，我愿意用自己的生命去换。可是一说借钱，确实是难为我了。我丈夫打在左大腿里的钢板快七年了，也没有这笔钱去医院为他取出来。”

你能想到吗，她家至今没有钱装暖气。

2020 年 12 月 15 日，算是隆冬的一个温暖的日子，在乔文娟家，我、原河南柴油机厂报社总编徐洛民，一直穿着棉衣。在供暖的中部城市，有多少人在家里还这样穿着？乔文娟和家人就是这么过来的。

她告诉我们，2015 年装暖气时，初装费要一万七，她家哪有这笔钱呀！前段时间，洛阳市热力公司军人出身的老总知道了，马上带着人上门要给她家免费装上暖气，她执意谢绝了。她说：“我啥时有钱了，堂堂正正地装。我不能利用兵妈妈的身份谋这点私利，让人说三道四。”她对我们笑笑：“没事，我抗冻！”

我翻到她 2020 年 11 月 16 日的微信。她穿着棉衣，文字这样诠释：“冬天家里没有暖气，天太冷了，我就穿件小棉袄护着前胸后背。这件军用小棉袄，是二炮兵儿子张晖 1995 年 11 月退伍后留给我的，我就这么穿了二十五年过冬。”

一阵寒意蹿上心头，我猛地缩了一下脖子。

她清晰地记得那是 2006 年 10 月 23 日的晚上，她坐上开往武汉的火车，她此行是到武汉陆军总医院为一名不幸患白血病的战士采血，然后将其血样寄往台湾慈济骨髓库为他寻找相同的骨髓。之前，她给战士所在部队负责此事的助理员打电话，谁知那个助理员如此冷血：“你知道部队是做什么的吗？部队是搞战备的，很忙，现在没有时间去给许志坚找骨髓，等部队什么时候闲了再说……”

听他此言，乔文娟那强压也无法抑制的怒吼冲出喉咙：“战士的生命岂能等待！难道偌大的部队就不能抽出一个人，抽出一天时间到武汉吗？如果是你的亲弟弟，你会让他等下去吗？”

该战士血样在台湾做骨髓配型，台湾慈济库要收取检测费三千八百元。这笔费用，那个助理员坚持要乔文娟自己想办法，这样才能同意她去为其采血寻找骨髓。

部队和社会各界为这名战士治病捐助了二十多万元，不就是为了救他的命吗？为什么那个助理员就不同意付三千八百元的检测费呢？

窗外雨在下，一滴挨着一滴，淋湿了窗外，也淋湿了她的心。

兵儿子姜腾听说她要去武汉，又听说了此行的种种困难，对她说："妈妈，您为我们这些不幸的孩子，不但要花自己的钱，把全部的精力都放在救助我们上，还要受这么大的委屈……"

来她家给她做治疗的小孟说："乔阿姨，没有想到你做好事、做善事也是这么难呀！还自己出钱、搭时间，还要受气，如果是我，早就不去管那个兵了。"

她的朋友说她："你这是图什么呀？自己不舍得吃、不舍得穿，病了也不舍得去医院看医生，为了一个小战士，你值得吗？"

"我能见死不救吗？"

她说："我不想再说什么，因为这样的问话已经不是一次了，几十年了，我就是这么走过的……"

在现实中，她不可能不饱尝人生的许多无奈的酸楚，个中滋味只有自己才能深深体会。

多亏那个月补发了退休金，乔文娟才能有钱去武汉为这名不幸患白血病的战士采血。

命运多舛的拥军网站

2004 年，乔文娟和一群有爱心、热爱国防、热爱军队、热衷于拥军事业的兄弟姐妹创办了中国拥军网，他们一起用心血谱写着一曲曲新时代的军爱民、民拥军的赞歌。

没想到，中国拥军网一路走来竟如此艰辛。

中国拥军网正式成立后的一个多月就遭受意外。最终，在两位曾经的军人的帮助下，重新站了起来。

2007 年 3 月，中国拥军网原租用的空间出了问题，导致网站瘫痪，数据无法恢复，资料全部丢失。无奈，只好又重建一个中国拥军网，幸好拥军网论坛里的资料大部分还在。

刚重建了中国拥军网不久，6月初，租用的空间又出了问题，多日登录不了网站，只好再寻找正规、稳定的服务器出租商家。

紫田网络技术有限公司1DC业务中心在空间和技术上的支持，给了乔文娟继续办好中国拥军网的信心。

谁知，刚稳定一个多月，2007年8月25日，中国拥军网又一次无法登录，无法找到网页。而“中国拥军网第三届八一征文颁奖晚会”，就定在8月25日晚8点30分，在中国拥军网聊天室举行。

一年一度的“八一征文”颁奖晚会没有办法如期举行了，而且资料全部在论坛里。

2007年11月13日晚9点，乔文娟打开QQ，收到部分版主发来的不能登录的消息，之后，她发现用紫月亮的ID不能登录论坛，用中国拥军网的ID也不能登录。当她用另一个ID乔文娟登录时，发现论坛里丢失了帖子，马上查看情况。在用户列表里，发现管理团队中所有的版主都不见了，并多了一个管理员小风，经查，此ID的IP系湖北黄石的IP。

由此认定，有人盗用了她的论坛管理员ID，更改了密码，非法进入后台，删除了版主用户组，致使全体版主无法登录论坛进行正常的管理工作。全体版主三年来的帖子，包括会员们的跟帖全部被删除，大批重要帖子丢失。在损失的帖子中，有版主、会员发布的征婚信息；退伍、复员军人的安置政策；安置复转军人的招工信息；心连心艺术团的历次演出记录及相关资料；“让爱永驻人间”爱心捐助的捐助记录和受助记录；论坛和网站的各项管理制度、公告；论坛与网站各发展阶段的记事等。因各种原因，论坛近期没有及时进行数据备份，无法全面恢复。

当晚，她向洛阳市网监支队报了案，得到了洛阳市公安局网监支队领导的高度重视。洛阳市公安局网监支队领导又与洛阳市检察院联系，对此事件进行鉴定后立案。

2008年1月29日，她从洛阳市公安局网监支队蒋队长手中接过湖北黄石公安局寄来的《公安行政处罚决定书》。

原来是一个姓胡的小青年，为了研究如何保护网站不受攻击，拿中国拥军网试试身手。办案民警对小胡进行了教育，考虑到他认错态度较好且确有悔意，对其做出拘留七日的处罚。

历经两个月的时间总算有了结果，恶意破坏中国拥军网的黑客终得处罚，但是中国拥军网的损失怎么弥补？

2009 年 12 月 22 日，“洛城飘雪”给她手机发来信息：姐，网站关了，费用到期了。

中国拥军网站空间到期后，没有及时续费，因为她每月微薄的退休金，无法支撑网站的各项支出。

省双拥办一位领导对她说，如果想把中国拥军网办好，一定要得到政府的支持，有困难一定要说，向市领导反映，来解决经费问题，不然你这样不吃不喝退休金也不够。

她含着泪水给洛阳市市长写了封信，因为她从来没有给政府提过困难，让她向领导提困难好像失去了自己的尊严，所以她才会流泪。

在给市长的信中，她把当初创办中国拥军网的意义和目的，几年来中国拥军网发挥的作用，和中国拥军网现在存在的困难和无奈向市长做了汇报，希望市委市政府能支持中国拥军网，把中国拥军网继续办下去，继续发挥它的作用。

没想到，她给市长的这封信，被政府办公室的工作人员转到市信访局了，市长根本就没有看到。

“我是向市长汇报情况，又不是上访。”

她打开了水龙头，静静地，慢慢地蹲下，眼睛有一点点模糊，升腾起一片雾气，温热的液体和着冰冷的水划过她的指间，划过她的脸颊。

中国拥军网是否继续办下去？如果中国拥军网关闭，她也许就不会再这么累了；如果中国拥军网关闭，她就不会为每年的费用犯难了。

但在网络和现实相结合的拥军路上，乔文娟的脚步能停得下来吗？

一丁：文娟大姐辛苦了，既要照顾女儿，还要关心拥军网的事，还得牵挂兵儿子兵女儿们。

难得糊涂：一定要办下去!有困难大家帮忙解决，这不是您一个人的事。那是全国拥军爱民的一个基地和窗口，坚持下去，没有解决不了的困难。

阳光灿烂：人生可以有很多梦，有的梦是为自己，有的梦是为他人，中国拥军网是官兵的心灵驿站，也托起了多少战士的梦想。困难是暂时的，一定要办下去！

军中雨巷：支持乔大姐，不管前方再难，大家会一起和你坚持。保重身体！

城城：别着急，会好起来的，我们帮不上什么忙，但是我们永远是您的支持者，因为我们都爱军。乔阿姨，扎西德勒，愿您和您的家人都好！

宋洁：支持乔妈妈！希望网站早日恢复！不要有太多的忧虑，全国军人支持您！

兰格子：只要梦还在，终究有实现的那一天！姐姐，坚强些！一切都会好起来的！

Yanjiarita：乔阿姨，您非常辛苦，我看得到，也感受得到。慢慢来，不要急。孩子小的时候都是会三天两头地生病，以后长大了，免疫力强了，抵抗力就会强了。加油，大家一起加油！

……

来自铁杆网友们、姐妹们的支持和建议，给了乔文娟坚定前行的力量。

十七个春秋，在人类历史的长河中不过是短暂的一瞬；十七年的奉献，在爱国拥军的长征路上，却是一座爱心铸就的丰碑。

中国拥军网已成为千千万万个军人、军嫂、退伍军人和民兵预备役官兵另一个精神家园；同时，通过庞大、便利的网络资源，帮助众多军人解决了婚姻和就业等实际问题，使兵妈妈的拥军工作上了一个新台阶。

原来自己不是铁打的筋骨

下面是乔文娟的几则日记——

2007 年 3 月 27 日

头痛，咳嗽，浑身骨头痛，腰痛得站不起来，躺在床上不能翻身，在床上躺了三天三夜。第三天下午 4 点多，才能爬起来去路口的邮局，往广东湛江碧聊网站寄责任书。中国拥军网副站长峦溪前几天给我发信息，说碧聊的视频开通了，但要交责任书才能开通。明天晚上中国拥军网还有一个《老歌飞扬》的晚会，总之有很多事要做。

因病痛卧在床上，很希望建民能回来照顾我，可女儿那里更需要照顾。多少次都过来了，这次也能过来。

2009 年 5 月 22 日

和 63883 部队的罗副团长、政治处焦主任、宣传干事小邱告别后，到家已经是晚上 9 点多了。打开电脑，登录 QQ，我们中国拥军网心连心艺术团新上任的副团长畅畅给我留言，让我看一下 6 月 1 日晚在 UC 中国拥军大厅举办“六一”《童年的歌谣》飙歌晚会的公告。那会儿我突然感到很不舒服，头晕目眩，强打精神，让畅畅把准备发论坛的“六一”节的飙歌晚会公告传给我看一下。我看了畅畅写的公告，修改了两个地方，又把修改好的公告传给她。

一传完，我就坐不住了，一下眼睛发黑，就什么也不清楚了。等到醒来，一看摔在一边的手机上的时间，已经是凌晨 3 点多了。我坐起来，到论坛去看畅畅发的晚会公告，又修改了两个字。感觉身体还是不行，我扶着桌子、墙壁、门框，慢慢挪到隔壁小屋躺下。原来自己不是铁打的筋骨。

2021 年 4 月 19 日

正月十六晚，我的右腿突然疼痛不能行走，不能坐，不能躺，疼得不能呼吸。

我是一只孤鹰，在风中，在雨中，在狂风暴雨中翱翔，拼搏。日久劳累，竟在风雨中折了翼，无法飞翔，飞近不了军旗飘扬的地方。

“小小兵站”成了临时病房。

感恩所有关爱我的亲们，我现在已经能走路了。感恩你们在我趴倒的日子里对我的关心和厚爱，也要特别感恩梁金川弟兄三个每天来给我治疗，才使我重新站了起来，继续走在拥军、奉献的路上。

2021年7月20日

我们拥军小分队2021年7月17日早晨7点17分从洛阳出发，晚上9点半到达成都，第二天上午9点从成都出发，沿着G318川藏公路向着圣城拉萨挺进。穿越天路十八湾、海拔高4718米的卡子拉山、海拔高4280米的折多山、海拔高4668米的尼玛贡神山，晚上9点半，我们到达海拔高4300米的雅江县红龙乡。12个小时30分钟才跑将近四百公里，山路不好走，车多路堵。高反又厉害，天寒冷，穿棉袄棉裤也不暖和。天太黑了，看不清前面的路，我们的车差点翻入悬崖下，只能夜宿雅江县红龙乡了。这时候，我的双手冰凉、惨白，手指没有了知觉，掐了也不知道疼，嘴张不开，说不出话来。王国强和赵映红轮流使劲拍击我的左手臂腕，因为左手臂的血管通着心脏，赵映红又把氧气给我吸上，把三粒救心丸放我嘴里。我感觉自己已经奄奄一息了，说不出话，不能动，我强迫自己使劲睁开眼睛，不敢睡，怕自己睡着了再也不能醒过来了。我只是担心，我画的牡丹还没有送到雪域高原哨所士兵的手中，他们还盼着呢，我肩上的使命还没有完成呢。我心里默默地对自己说，要坚持，要活着，不能死。半夜1点55分时，我的手能动了，我慢慢地侧着身子，费劲地把电褥子的按钮打开，让电褥子暖我冰冷的身体。2点多，我活过来了。

第二天(7月19号上午8点半)，我们继续出发，向雪域高原上的雷达站和哨所挺进……

她不能倒下。她一次次坚强地站了起来。因为她是兵妈妈啊！她说，她是为部队而生的。军魂在她的心中，她的魂也早已融入军营之中，她爱绿色的军营，更爱那东西南北的子弟兵！

兵妈妈的渴望

洛阳电视台“人生”栏目记者小张电话通知乔文娟，让她第二天上午 9 点到台里去与主持人蓝月见一下面，为的是下午做一期访谈节目。

上午 9 点，在蓝月的办公室里，乔文娟和蓝月见面了。也许同是月亮，一个蓝月，一个紫月，她们的谈话轻松而亲切。谈到访谈内容，让乔文娟意外的是，蓝月对她说：“乔姐，访谈时您多谈一些拥军路上的艰辛和困苦。”

乔文娟“哦”了一声，弯下身子，把脸埋在双手里……

多少年了，她出现在各种媒体上，出现在鲜花和掌声中，可有多少人知道，在这条路上洒下的那数不尽的汗水，是她强咽下的泪水变成的啊！

她说：“我也是普通女人，我的心也是血肉组成，不是钢铁铸就，有时也没有那么坚强。”

她静静地坐在我的面前，她的眼中有充盈的泪光，似乎在下一秒就要滑落，然而她却只是悠悠一笑，又将泪水忍回眼眶。

人的一生只有一个生日，可她却有两个生日，一个是在 1955 年的 12 月 5 日，妈妈把她生在黄埔江边的一间平房里；另一个生日是在 1976 年 8 月 31 日，是共产党、是好医生、是解放军、是社会的爱心给了她第二次生命。

她有着与别人不同的经历，走着一条比别人艰辛的道路。这条路看似鲜花朵朵、掌声雷鸣，可却隐藏着许多的坎坎坷坷。她经历了无数次的狂风暴雨，但她以自己的顽强和不屈不挠的意志，坚定的信念，咬紧牙关，一路走来。

"多少次无数回，我渴望，我渴望……"

她说："我渴望我们这个社会的风气再好一点，好人再多一点，社会再文明一点，人与人之间的距离再近一点……"

第十七章　永远的国防绿

2008 年 7 月 27 日，北京奥运圣火开始在洛阳传递，这是奥运圣火在河南省境内的第三站传递。

上午 8 时，两千零八个气球徐徐升空，五千零五十六羽信鸽展翅飞翔。在上千名群众的欢呼声中，洛阳籍著名书法家张海从时任河南省委副书记陈全国手中接过第一棒火炬。

“中国加油！”“奥运加油！”激动与喜悦的呐喊声响彻火炬传递路线，五星红旗、奥运会五环旗交相辉映。

火炬途经王城大道、古城路、厚载门街、开元大道、长兴街、牡丹大道、永泰街、开元大道，就要抵达洛阳新区体育中心了！

兵妈妈乔文娟高举着祥云火炬，从第二百零七棒火炬手手里引燃。

奔跑，奔跑，奔跑！

她的心激动着，似乎她身上的每一根毛细血管都有跳动的欢畅。

她高擎火炬，冲进洛阳新区体育中心并点燃圣火盆……

执着地奔跑着

她从拥军的跑道跑来。

我手头有一份她近几年的拥军清单，请看 2019 年她的“行军路线”——

1. 1 月 20 日，率中国拥军网心连心艺术团到火箭军 534 医院慰问演出。

2. 1 月 21 日，在“战士之家”为 66069 部队三位来访的战士做心理咨询。

3. 1 月 23 日，被解放军 66069 部队汪政委邀请到龙门营区，教炊事班的战士雕刻萝卜花、黄瓜花、番茄花，做洛阳水席的牡丹燕菜，和官兵们一起吃年夜饭。

4. 1 月 26 日，和乔文娟拥军优属服务中心办公室副主任卫志永一起接待 66069 部队的几位官兵，安排他们用午餐。

5. 2 月 4 日，接待 113 旅四位官兵，安排他们用午餐。

6. 2 月 12 日，赴宜阳空军慰问。

7.2月22日，赴113旅参加春晚。

8.3月1日，为洛阳一中学生授课：国防教育的必要性。

9.3月7日，为洛阳理工学院学生讲授爱国主义教育课，鼓励大学生参军入伍。

10.3月13日，到洛阳巨龙技工学校进行国防教育。

11.3月14日，为解放军66069部队新安县新兵营战士授课。

12.3月21日，赴洛阳一中为全体教师讲授国防教育的必要性。

13.3月22日，和服务中心办公室副主任卫志永一起接待32149部队六名去解放军989医院看病的战士，安排他们用午餐。

14.3月27日，被友好口腔医院聘为“拥军顾问”，并为友好口腔医院医师授课。

15.3月30日，和服务中心办公室副主任卫志永、张慧、李转建一起带领五十多名小学生进军营接受国防教育。

16.3月31日，带领中国拥军网心连心艺术团为六十多名参战老兵慰问演出。

17.4月1日，去113旅勘查机关灶做饭燃气问题。接到113旅后勤科长的求助电话，得知从燕山脚下移防来洛的113旅的机关灶两年来通不上燃气，便和服务中心办公室主任张志军一起去现场实地勘查。当场将勘查情况上报洛阳市双拥办。经市、区双拥办与燃气公司协调，113旅机关灶终于通上了燃气，官兵们吃上了热乎乎的饭菜。113旅送来一面锦旗：“赠乔妈妈：着军装敬军礼心系强军，知兵心解兵忧兵也爱您。”

18.4月9日，带领服务中心张慧、彭兴隆去市中心医院，看望生病住院的九十九岁抗战老兵郭建华老英雄。

19.4月17日，和服务中心办公室副主任卫志永接待32149部队和渭南131旅不约而同来的几位战士。

20.4月19日，到河南省洛阳经济学校授课，鼓励学生当兵去。

21.4月23日，受邀到洛阳市东升第三中学授课，进行国防和爱国主义教育。

22.4月24日，在“战士之家”“小小兵站”，为来访的“洛阳舰”连国庆政委等八名官兵举行了一个小小的却又隆重祥和的庆祝会，庆祝中国人民海军成立七十周年，并赠送每人一幅牡丹作品。

23.4月30日，和洛阳市心理咨询师协会杨会长一起去113旅慰问。

24.5月1日，和艺术团政委彭兴隆接待武警战士藤东海，并为他牵红线搭鹊桥。

25.5月9日，与服务中心办公室副主任卫志永去医院看望训练受伤的战士黄天林，为他送去鸡汤和营养品。

26.5月21日，到洛阳理工学院为学生授课，动员大学生踊跃参军保家卫国。

27.5月29日，赴四川成都看望兵儿子们。

28.6月21日，接待山东烟台某部战士李勇。

29.7月24日，接待渭南131旅战士。

30.7月26日，接待西藏部队军官王鑫。

31.8月1日，看望慰问抗美援朝老战士。

32.8月3日，接待33基地和66基地的几位战士。

33.8月4日，接待32149部队的两位战士。

34.8月19日，为孤儿战士藤东海提亲。

35.8月28日，和服务中心办公室副主任卫志永看望慰问患病的原吉利区武装部张政委。

36.8月31日，接待到访的新疆塔城军分区干部。

37.9月1日，和服务中心办公室副主任卫志永到三门峡军分区慰问，并到三门峡市双拥办走访。

38.9月4日，为孤儿战士藤东海操办订婚宴。

39.9月10日，与服务中心办公室副主任卫志永一起去河北雄安参加兵儿子的婚礼。

40.9月12日，在河北保定看望慰问127旅官兵。

41.9月19日，率中国拥军网心连心艺术团赴嵩县大章镇小章村扶贫演出。

42.9月21日，率中国拥军网心连心艺术团赴宜阳参加全国残疾人婚礼演出。

43.9月23日，洛阳理工学院教育科学与音乐学院与洛阳市乔文娟拥军优属服务中心合作，挂牌“青年志愿者服务基地”，带领大学生走上拥军之路。

44.9月27日，接待113旅两位军官，为他们解决困难。

45.10月1日，在北京参加庆祝中华人民共和国成立七十周年阅兵观礼。

46.10月25日，组织中国人民志愿军洛阳老战士联谊会的老兵，举行庆祝中国人民志愿军出国作战六十九周年大会。

47.10月25日，赴信阳解放军990医院看望电影《上甘岭》张连长的原型张继发老英雄。

48.11月13日，为武警洛阳支队新兵连授课。

49.11月14日，到113旅新安县新兵营为新兵授课。

50.11月26日，赴火箭军68基地新兵团为三千多名新兵授课，并携书法家为官兵们泼墨写作，书画拥军。

51.12月26日，为十位参战老兵做心理疏导。

……

拳拳爱国心，悠悠拥军情。

年事已高的乔文娟身体大不如从前，说起话来也不似当年那么中气十足了，但她胸膛里那颗爱军兴武之心仍然跳动得蓬勃有力。

她的手机一年四季挂在脖子上，二十四小时开着机，随时与兵儿子、与战士们沟通联系。

她的一百八十七个特殊的兵儿子中，其中有二十二个身患绝症。她把他们当成自己的亲儿子，从内心里疼爱他们，陪他们一起伤心，一起高兴，一起满怀希望地跟病魔抗争。每当他们中有人不幸离世，她都难过得吃不下饭、睡不着觉，久久难以走出悲痛。

有人劝她：“你拥军干点什么不好，何苦非要受这种折磨？”她说：“这些不幸的孩子渴望亲情的温暖，他们需要我，我怎么能不管他们呢?”

对每一个因病去世的兵儿子，她都亲手为他们擦身子、换衣服、整遗容。“为了这些兵儿子，做什么我都愿意。我最怕眼睁睁地看着我身患绝症的兵儿子离开，心里已经有了亲情，那种感受刻骨铭心。”

有人问：“你做那些事不害怕？”她说：“妈妈送别孩子，只有悲伤没有怕。”

乔文娟憧憬军营生活，渴望成为一名光荣的人民解放军战士，因为无数个英雄，如邱少云、黄继光、董存瑞、欧阳海、王杰、雷锋等都出自军营，包括她那化作了山脉与雪山融为一体的哥哥。他们在她的心中矗立起一座座丰碑，在她的内心深处编织出一簇簇绿色的梦幻。

四十多年前，无情的车轮从乔文娟的腹部碾过，肝脏破裂，是共产党、是解放军、是白求恩般的好医生和无数的好人们，挽救了她的生命。从那时起她就决定，今后的日子里要为众生及山河大地奉献自己的所能；那时起她就认定，爱国拥军一辈子！

打起青春的背囊，看一眼镜子中的那张略显稚气的脸，她坚定地朝着梦想出发。

披满尘埃的身影，一路走来竟达四十五年！

不仅因为爱，不仅因为感恩。

2010 年 7 月 1 日，是中国共产党成立八十九周年的日子。一早起来，乔文娟在女儿的画夹里翻出一张对开的大红色的纸，又找出黄颜色的广告色和画笔。

她把大红色的纸铺在女儿家（北京出租屋）的茶几上，用画笔蘸满黄颜色的广告色，在大红纸的左上角画了一把弯弯的镰刀，又在弯弯的镰刀中间画了一把斧头。一面自制的“党旗”画好了。

女儿见状，惊讶地问她：“妈妈，您这是？”

她说：“看，这是妈妈自做的一面党旗。今天是党的八十九岁生日，我们家的三名党员今天都不能参加自己单位的组织生活，我们这个临时党小组，就在这里庆祝党的生日吧。”

她是 2002 年“七一”前夕正式加入中国共产党的；女儿是在 1999 年，读大学第二学年时加入的中国共产党；丈夫是在 1983 年加入中国共产党。早在 2002 年“七一”，他们家就成立了“党小组”，丈夫党龄最长，就自然任组长了，女儿是副组长。

女儿病了，在北京解放军 306 医院和二炮总医院经仪器检查，疑是颈椎骨质紊乱，造成头部不能动。医生说要住院待查，可住院费用太高，无奈，120 救护车又把女儿送回她在北京的出租屋疗养。七天过去了，虽然女儿还是静卧，但下半身能动了，说话也清楚了，声音也大了，乔文娟的心情也轻松多了。女儿看着她画的党旗，精神好多了，兴奋地对她说："妈妈，别忘了我的党龄比您的长。"

她说："当然，当然，所以你和你爸爸思想觉悟比我高，不然怎么能当我的坚强后盾，支持我去拥军爱兵，去奉献社会呢？期望今后你还要一如既往地支持妈妈、理解妈妈哟。"

丈夫找出透明胶带和剪刀，帮她把党旗庄重地贴挂在女儿的床头上端雪白的墙壁上。

布置完，已经是上午 9 点钟了。窗外淅淅沥沥地下着太阳雨，把院子里的花花草草冲洗得干干净净。

女儿只能躺着，一岁七个月的小外孙朗朗倚在外公的怀里，列席参加他们的纪念活动。

面向"党旗"，由乔文娟主持，开始了纪念活动。

小朗朗的小手在外公的右拳里，高高地举上头顶，一双黑溜溜的大眼睛，好奇地盯着墙壁上的"党旗"，听着他们重温入党誓词。

他们高唱《没有共产党就没有新中国》《党啊，亲爱的妈妈》，最后唱响军歌，《长城长》《哨所里的喇叭花》悠扬、深情的旋律缓缓流淌……

歌声宛如征途上前进的火炬，激励着他们热爱党、热爱祖国、热爱军队的豪迈情怀。

2019 年 10 月 1 日，乔文娟作为全国六名双拥模范代表之一，赴京参加中华人民共和国成立七十周年的大阅兵观礼。

此次大阅兵，是我军革命性整体性改革重塑后的全新亮相，更是我军向世界一流军队奋力进发的庄严宣示。辆辆战车轰隆隆驶过长安街，她坐的观礼台第七排座椅被战车震动，战车上散发的硝烟让她仿佛置身在战场，仿佛她就是其中一兵。当国歌奏响，五星红旗缓缓升起的时候，她含着热泪唱着国歌。

参加完大阅兵观礼，10 月 3 日，她从北京出发，首先去了位于河北省易县的狼牙山。1941 年 9 月 25 日，八路军五壮士马宝玉、葛振林、宋学义、胡德林、胡福才，为掩护群众和主力撤退，毅然决然地把敌人引上了狼牙山棋盘陀峰顶绝路，在子弹打光了的情况下，纵身跳下了万丈悬崖，用生命和鲜血谱写出一首可歌可泣的壮丽诗篇。

一面鲜艳的党旗镶嵌在狼牙山山脚下，狼牙山五壮士雕像屹立在党旗前。乔文娟久久地伫立着。“砰砰砰”，震耳欲聋的枪声不断地传向她的耳膜。“打倒日本帝国主义！中国共产党万岁！”五壮士跳崖时豪迈的口号声令她动容。

在上学的时候，她看过电影《小兵张嘎》和《雁翎队》，就知道河北有个地方叫白洋淀，所以就有一个愿望，长大了一定要去一趟白洋淀。走下狼牙山，她就来到了位于雄安新区境内的白洋淀。

抗日战争时期，这里曾经诞生过一支神出鬼没的水上游击队伍。乔文娟乘坐在小舟上，在芦苇荡里穿行。她仿佛置身于战火纷飞的抗战岁月，隔空对话那支令敌人闻风丧胆、令百姓欢欣鼓舞的水上抗日游击队，耳边传来熟悉的民谣，悠远绵长——

雁翎队，是神兵，来无影，去无踪。汉奸心里直打战，鬼子跺脚喊头疼。

雁翎队，是奇兵，端岗楼，像拔葱。淀头、刘庄、十方院，眨眼端个干干净。

雁翎队，是天兵，打了伏击打保运。水路切断运输线，旱路击毙杨文凤。

雁翎队，是子弟兵，白洋淀百姓最欢迎。群众是水他是鱼，鱼水相连骨肉情。

惜别白洋淀，乔文娟又去了位于河北省石家庄市平山县中部的西柏坡。这里曾是中共中央所在地，党中央和毛主席在此指挥了决定解放战争走向的辽沈、淮海、平津三大战役，召开了具有伟大历史意义的七届二中全会和全国土地会议，解放全中国，故有“新中国从这里走来”“中国命运定于此村”的美誉。

党的七届二中全会会址前，党徽党旗如火焰般燃烧跳动，好似那喷薄的朝阳冉冉东升。

乔文娟再次举起右拳，用激动的声音重温入党誓词：我志愿加入中国共产党……

信仰的力量激励她在拥军的跑道奔跑……

即使很漫长，即使有风有雨，但是，坚定的信念一直陪伴着她欢笑地、努力地、飞快地奔跑。

人生的瑰丽正是从奔跑中闪光。

小时候，她觉得，梦想就是理想；长大后，她觉得，梦想就是通过自己的努力，要去实现的目标；现在她觉得，梦想是一种精神，梦想是一种信仰，梦想是一种力量。

她说她还有好多个梦想没有实现呢，她一直在努力，一直在奋斗，一直朝着标定的目标努力，希望梦想早日实现，能去帮助更多的人。

在她心里只有开始，没有终点……

接触到的乔文娟身边的人，无论是部队战士还是拥军小组成员，提起乔文娟，最多的话语是“她信念坚定，她内心坚忍，她心无旁骛……”

从乔文娟身上，我体会到：信仰是人生的支柱，看似无形，却顶天立地；信念是生命的动力，寂然无声，却催人奋进。这位普通女工，虽然有和我们一样的双脚，但比我们站位更高；虽然有和我们一样的眼睛，但比我们看得更远。

她心无旁骛地、义无反顾地、矢志不渝地奔跑在精神的高地……

每个人都想行走在巅峰之上，我们都在努力攀登。同时，我们往往感到身心负重，不堪其累。也许，是因为有太多的外在事物缠绕；也许，是因为不尽甚至不明的欲望遮盖了内心；也许，是因为不清楚多余品与必需品；也许……

你是否知道，运动员在攀登雪山的过程中，需要不断扔掉之前准备的很重要的装备，直到扔无可扔。在险要处，甚至连呼吸都要控制，因为稍微粗重的呼吸都可能引发一场雪崩。此时，其他都是“多余”，只有呼吸才是“必需”，如此才能一览众山，行走巅峰。

向最美的攀登者、奔跑者致敬！

共鸣与共振

下面是一个洛阳女子的真切感言——

那一年我高中毕业不久，一边在一个乡村中学教书，一边复习备战高考。每天早晨我都要围绕着炼油厂跑步三千多米，然后到校园后面的一片果树园里读书。突然，一个绿色身影闯入我的视线：一个解放军战士，神情专注地正捧着一本书在默默地读着呢。

终于有一天，那心中的一抹绿色，慢慢地向我靠近，走到了我的面前。我不敢相信这微妙的变化，心里咚咚跳个不停，双手捧着书捂着心口，生怕狂跳的心跳出喉咙，眼皮耷拉着，不敢抬眼看他一眼。“绿色”走近我三米远的时候，终于开口了：小姑娘，我明天就要随部队出发到前线了，我叫徐洪笙，再见了！记住，要好好学习，争取考上大学啊！我张大了嘴巴，不知说什么好，目送着他的身影消失在远方，只有绿色的记忆留在了我的心里。

从此以后，我记住了这个令我魂牵梦绕的“绿色”的叮嘱。每天一如既往地到果树园里读书，每日的日记里记着他，梦里也经常呼喊着他，每年的征兵我都眼巴巴地望着从部队来的身着军装的带兵者，渴望着自己也能当上女兵，走进绿色军营，幻想着能找到自己心中那一抹绿色。甚至连穿衣服也是想办法搞一套绿军装，一年四季都是晚上洗白天穿。遇到乡里、村里敲锣打鼓的拥军活动就积极参加。到了谈婚论嫁的时候，特别对军人情有独钟，曾一度发誓非军人不嫁。然而有一天，从电视和报纸上看到了一个英雄军人徐洪刚的事迹，他见义勇为、拔刀相助，为了救助人民群众的生命财产，肠子被歹徒捅破流出来好长，仍然坚持和歹徒搏斗。英雄事迹感动了整个中国，也使我激动万分。难道这是他的兄弟？不然名字怎么会这么相像，仅一字之差？那些日子的新闻报道我几乎是目不转睛地观看，幻想着能从电视屏幕里找到那一抹难忘的绿色。

正是这一抹绿色的叮嘱和祝福，给了我无穷的精神力量，成为我生命的支柱。我不计较在他心里只是个小女孩，也不管他还记不记得我，我只有拼命地苦读；正是这一抹难忘的绿色，鼓励我顺利地考上了大学，真正从农门跳进了城市。二十多年过去了，这一抹绿色一直是我心中永恒的颜色，一直激励着我克服困难，越过坎坷，勇往直前！我一直寻找着这绿色的身影，期盼着今生奇迹的发生。找啊找啊，竟在报纸上看到了一个拥军模范，一个和我长相酷似的乔文娟大姐，她走过了几十年的拥军路，在这条路上洒满了自己的心血，无私地奉献着一个兵妈妈的爱心。多少次我看得热泪盈眶，无数次向同事和朋友述说着兵妈妈这样的绿色之神，她就生活在我们的身边！徐洪笙、徐洪刚、乔文娟……都是我生命中的绿色，一个温文尔雅的书生军人、一个顶天立地的军旅英雄、一个绿色的使者——兵妈妈，是那样地让我刻骨铭心！是那样地让我佩服得想要顶礼膜拜！

绿色！我心中的那一抹绿色，是如此令人向往和敬仰！原来是超越生命的一种力量！

下面是一名中学生写给乔文娟的信——

文娟妈妈：

首先请原谅我未经过您同意就这样称呼您了。我从报纸上看到您的事迹后很受感动。您以无私的爱心和执着的奉献温暖了一群爱您、愿您做妈妈的兵儿子。您把仅有的钱全捐给别人，自己却穿着别人给您的旧军装。作为一名中学生，我不能不为这种精神所感动。也许这封信根本就寄不到您的手中，因为我不知道您的具体地址和邮编，但是我还要写信，希望它能邮到遥远的洛阳。

人海茫茫，但很多人不为他人奉献，只知索取，因此我更尊重您的高尚品质。如果天下多一些像您这样的人，那么军营中会处处充满爱心。我爸爸也是一名军人，我很小就对军人很崇拜，尤其敬重那些用生命、用青春维护祖国的人。因此我很想加入你们的拥军小组，虽然拥军小组不缺我这一个人，但我缺拥军小组。希望您能成全我这个愿望。虽然我在西峰，不能和你们一起去看望那些有病、有困难的战士，但我可以为我们这个拥军小组多做宣传，让更多的人关心军营。虽然我只是一名中学生，不能为他们捐很多的钱，但十块二十块也是我的一片心意。众人拾柴火焰高，求求文娟妈妈答应我的要求。如果我可以叫您一声妈妈的话，那您的女儿在此向妈妈问候，祝妈妈全家快乐！

您的女儿：芳

2001 年 9 月 18 日

下面是 54784 部队通信营战士春富的饭堂广播——

战友们、兄弟们，母亲来了！我们渴望已久的乔妈妈来了，她就在我们身边！

看！今天的阳光是多么的灿烂，今天的春风又是多么的欢欣与轻快。妈妈那慈祥的笑脸如这春风中的鲜花，也犹如这蓝天中的太阳，她给我们带来了慈爱，给我们带来了光明与温暖，同时也给我们注入了人生坚定的信念和理想。妈妈，我们感谢您！军营中的母亲，我们崇敬您！您的形象将永远铭刻在我们心上，您那伟大的母爱将永远激励着我们、感召着我们，把我们的灵魂引向崇高，把我们的思想变得纯洁。

我不管别人心目中的偶像是谁，我心中的偶像就是您，也只有您！

2017 年 9 月 26 日，主播落雁在 WXSY 海阔天空公众号平台发出邀请——

我的姐姐乔文娟是一个值得用心去尊敬的人！她的事迹深深地感染着我们每一个人和每一位人民子弟兵。在这举国欢庆的节日里，我们 WXSY 海阔天空公众号平台诚挚地邀请诗友和子弟兵们动动你们的金笔，一起为兵妈妈送上您最虔诚的祝福！她把一生的美好时光奉献给了军营，我们又能为她做些什么呢？来吧，一起来把最美好的祝福送给她！

即日起，我们 WXSY 海阔天空公众号平台开通拥军专栏：军民鱼水情。

一时间，来自四面八方军营的儿女们,来自全国各地认识和不认识的朋友们，纷纷将心中的赞歌和祝福送给兵妈妈。下面是其中的几首——

达娃卓玛——紫月亮

合风祥云

一轮紫色的月亮，
升腾夜空的中央，
挂着达娃的名字，
把绿色军营照亮。

弯弯的月儿，
似达娃甜甜的笑脸，
把绿色军营的儿女们，
深情地守望。

一朵美丽的格桑花

闲庭信步

她是一朵美丽的格桑花，
中原大地上，
有她幸福的家。
她甜甜的笑靥里，
盈满了爱的佳话。
像清晨升腾的太阳，
染红了天边的云霞。

她是一朵美丽的格桑花，
中原大地上，
有她幸福的家。
四十年前的她，
正是青春嘉年华，
一场不幸的车祸，
使她的生命，
危在旦夕，一线悬崖！
是无数的好心人，
让她的血管里，
沸腾了希望的火花！
她的生命才能够，
重新绽放奇葩！
因此她情系部队，
心向兵娃。
随着年龄一天天长大，
她从兵姐、兵嫂，
成为今天的兵妈妈。
她给了她的兵儿子们，

一个温暖的家！
几十年如一日，
为他们洗衣、做饭、谈心，
在兵营里，
战士们像见到了，
自己久别的妈妈。

她是一朵美丽的格桑花，
中原大地上，
有她幸福的家。
她是一位温馨的兵妈妈，
兵儿子、兵女儿们，
成了她永远的牵挂。
她用自己的虔诚，
把温暖的爱心播撒。
她像和煦的春风，
所到之处，
蓓蕾开花！

她是一朵美丽的格桑花，
中原大地上，
有她幸福的家。
她精通舞蹈、琴艺与书画，
她亲手绘制的牡丹花，
在绿色的军营里悬挂。
她就是洛阳牡丹甲天下，
她也是西藏的孩子，
达娃卓玛！
让我把虔诚的祝福送给你，
亲爱的达娃卓玛！

愿你的爱心像希望的火炬，
传遍海角天涯，
让爱的春雨，
在苍茫的祖国大地上，
尽情地飘洒、飘洒……

飞扬的爱

裴海波

一身没有军衔的军装穿在身上，
为兵解难的使命时刻担当。
几十年如一日，
您如磐石坚守在“妈妈”的岗位上。
因为您的爱，
共和国的钢铁长城更加固若金汤。
您对士兵的爱如清泉，
甘甜着士兵的心田；
您对军人的爱似春风，
让神州大地处处有温暖。
您无愧为军人的好妈妈，
您的肖像在士兵的心里铭刻。
您无私的爱，
永远在八一军旗上飞扬！

一群人、一座城的奔跑

2006 年 7 月 30 日上午 9 时许，洛阳周王城文化广场出现了这样一群男子：他们都穿着雪白的 T 恤，T 恤上写着“献爱心救战友”几个鲜红的大字。原来，他们都是驻洛某部的退伍军人。

乔文娟和披着“乔文娟拥军小组”红绶带的大爷大妈们，捧着倡议书向市民倡议：救救身患白血病的退伍军人向志刚！

捐款箱刚刚摆出来，一位老太太颤巍巍地走过来，往箱子里塞了一百元钱；洛阳市无偿献血金奖获得者吴淑玲捐出一百元钱后含泪表示，如果向志刚需要输血小板，只要血型相合，她会毫不犹豫地伸出胳膊。

乔文娟和披着“乔文娟拥军小组”红绶带的大爷大妈们穿梭在人群里，将沁人心脾的玫瑰花送到每个捐款者的手中……

1999 年 2 月 9 日，由河柴职工徐洛民、潘寒松，退休职工赵水成以及热爱国防事业、热爱子弟兵的一批爱心人士自发组成的“乔文娟拥军小组”，活跃在军营内外，年龄最大的八十五岁。

乔文娟拥军小组如今已发展成为洛阳市乔文娟拥军优属服务中心，志愿者已从十多人扩至上百人，仅 2018 年就组织了四次爱心捐助，其中为中国人民解放军 32149 部队、中国第九批赴南苏丹瓦乌维和工程兵大队，捐助了五十四万元的爱心物资。乔文娟接到赴南苏丹（朱巴）维和步兵营李副营长的求助，说他们需要二十部电子书，希望能帮助他们。乔文娟发动大家献爱心，很快就把电子书送到了维和步兵营训练驻地。

越来越多的志愿者和乔文娟一起奔跑。

在洛阳市老城区房管局工作的徐丽霞，在 1999 年“三八”妇女节前夕找到乔文娟，让她帮忙牵线，要带领单位的同事去军营慰问女兵。于是，乔文娟带着她们去了解放军 72749 部队，慰问警通连的女兵。从此，徐丽霞就追随着乔文娟走在拥军爱兵的道路上，2020 年被洛阳市退役军人事务局评为“创建全国双拥模范城八连冠拥军优属先进个人”。

同获“创建全国双拥模范城八连冠拥军优属先进个人”的，还有厦门金龙联合汽车工业有限公司河南地区经理卫志永。乔文娟说，从 2017 年起，她每次去外地部队拥军的来回火车票，都是卫志永支持赞助的，包括去云南看望扫雷英雄杜富国的机票。2019 年 10 月 3 日，卫志永冒着大雨，开车送她去河北省狼牙山下的易县参加兵儿子王英的婚礼。王英的家在很远的大山里，那里不通车。卫志永先后开车送她去了很多偏远的部队慰问子弟兵，帮兵妈妈完成心愿。

2020 年 11 月 26 日，洛阳理工学院教育科学与音乐学院开元校区排练大厅布置得庄重而喜庆。“二月兰”志愿拥军服务大队成立大会暨授旗仪式将在这里举行。

教育科学与音乐学院志愿拥军服务始于 2018 年，经历了“听兵妈妈讲故事”“帮兵妈妈做好事”“与兵妈妈共拥军”渐次递进的三个阶段。2018 年 11 月，学院一百多名青年志愿者聆听乔文娟讲述其四十多年的拥军爱兵事迹。2019 年 9 月，学院在兵妈妈的“战士之家”建立志愿拥军服务基地。2020 年 10 月，学院承办中国人民志愿军抗美援朝出国作战七十周年专项慰问活动。

大会在雄壮的国歌声中开始。

乔文娟身着没有领花肩章的迷彩军装，神采奕奕地走上讲台。

她深情回顾了三年来乔文娟“战士之家”“小小兵站”与教育科学与音乐学院协力拥军的实践历程，阐释了“二月兰”志愿拥军服务大队的文化底蕴，对志愿拥军服务大队未来发展及大学生成长成才给予殷切期望。她鼓励当代大学生，把学习雷锋精神与拥军爱军活动结合起来，传承红色基因，牢记使命担当，激发爱国之情、报国之志，真正成为爱党爱国的一代、奋进自强的一代、勇于担当的一代。

教育科学与音乐学院党委书记苑成存在讲话中说，成立“二月兰”志愿拥军服务大队，扎实深入开展志愿拥军服务，标志着教育科学与音乐学院新时代文明实践进入了一个崭新的阶段。同学们要珍惜每一次志愿拥军服务机会，时刻牢记“谦逊质朴、无私奉献”的团队理念，积极践行“内修品质、外树形象”的团队价值，做一株迎风摇曳的二月兰，像二月兰那样积蓄能量，把握时机，高扬爱国热情，怒放美丽人生。

苑成存向乔文娟颁发“二月兰”志愿拥军服务大队顾问聘书。

乔文娟向“二月兰”志愿拥军服务大队大队长郭鹏程、副大队长丁锦辉授旗。

郭鹏程久久地挥舞着“二月兰”志愿拥军服务大队队旗。

“二月兰”志愿拥军服务大队百名成员自动起立，齐刷刷地注视着“二月兰”的鲜红旗帜。

掌声热烈而持久，好似一团燃烧的火焰。

会场静下来了，低婉动情的乐曲响起来。跳跃的音节，如花开的声音，弥漫着香雾，浸入骨髓。

“二月兰”志愿拥军服务大队成员、2020级新生路梦扬时而平缓、时而起伏的朗诵，将一幅幅气势非凡的风景画推送到志愿者们面前——

二月兰是一种常见的野花，花朵不大，紫白相间。花形和颜色都没有什么特异之处。如果只有一两棵，在百花丛中，绝不会引起任何人的注意，但是它却以多胜出。每到春天，和风一吹拂，便绽开了小花；最初只有一朵、两朵、几朵，但是一转眼，在一夜间，就能变成百朵、千朵、万朵，大有凌驾百花之上的势头了。宅旁，篱下，林中，山头，土坡，湖边，只要有空隙的地方，都是一团紫气，间以白雾，小花开得淋漓尽致，气势非凡，紫气直冲云霄，连宇宙都仿佛变成紫色的了……

永远在路上

我敲击完上述文字，行将结束本文的时候，乔文娟又出发了，向着军旗指引的方向，向着西藏雪域高原出发了！

此行，她和乔文娟拥军小组的三名骨干成员——彭兴隆、王国强、赵映红，去看望慰问世界上最高的人控雷达站——甘巴拉雷达站的官兵，看望慰问守卫在“风雪最大的地方”——乃堆拉哨所的金珠玛米，并应邀前往“兵城”格尔木，为32356部队官兵讲授《传承红色基因，牢记初心使命》。

让我们跟随她的微信朋友圈，向雪域高原挺进。

2021年7月17日——

7月17日早晨7点17分，我们拥军小分队从洛阳出发。

进入秦岭地带，车太多了，车堵得像蜗牛一样慢，着急得很啊！

好不容易过了秦岭三号隧道，下起了大雨，云雾弥漫，车不敢开快，150米外就看不清路了……

亲们，我们已经进入四川的境界了，这里阳光明媚，天气很好。

经过16个小时1000多公里的奔波,晚10点17分到达成都。

7月18日——

在那路的尽头，为什么有金色的光环？那是金珠玛米头顶上的帽徽。我看见那路上有九千九百匹骏马，我看见那路上有九千九百朵雪莲，一条哈达飞向甘巴拉雷达，一条哈达飞向乃堆拉哨所，我们轻骑兵小分队正在向你走来。

现在是北京时间 20 点零 1 分，我们翻越天路十八弯，这里的海拔高 4500 多米……

我们路过尼玛贡神山，这里海拔高 4668 米，空气很冷，冻手，赶紧把军棉袄穿上。幸好部队哨卡首长让我们带上棉衣，有点高反……

7月19日——

我们拥军小分队昨天上午 9 点从成都出发，沿着 G318 川藏公路向着圣城拉萨挺进，穿越天路十八弯、海拔高 4718 米的卡子拉山、海拔高 4280 米的折多山、海拔高 4668 米的尼玛贡神山，晚上 9 点半到达海拔高 4300 米的雅江县红龙乡，12 个小时 30 分钟跑将近 400 公里。山路不好走，车多路堵，车跑不快。高反厉害，天气寒冷，穿棉袄棉裤也不暖和。天黑了，不能再往前赶路了，只能夜宿雅江县红龙乡了。半夜 2 点钟，活过来了，没有牺牲，今天上午 9 点继续出发……

我们沿着金沙江，红军长征走过的路前行。

穿越海拔高 4150 米的宗拉山，又穿越海拔高 4376 米的拉乌山，晚上 9 点半到达西藏昌都市芒康县如美镇。天色也晚了，我们就住宿在这里，今天才跑了 300 多公里，一路都是急转弯，把五脏六腑都快甩出来了。明天上午，我们就要穿越海拔高 5130 米的东达山，但和海拔高 5374 米的甘巴拉英雄雷达站一比，都不算啥。所以，我要做好思想准备，因为那里有我们的战士，我在那里就能行。

7 月 20 日——

我们拥军小分队今天 16 点 20 分路过怒江大桥，这座桥第七个桥墩里长眠着 1965 年 8 月 24 日牺牲的年仅二十一岁的烈士熊汉俊。今年是熊汉俊烈士牺牲五十周年。路过的排着长龙的车和我们都鸣着长笛，缅怀熊汉俊烈士，缅怀英雄的铁道兵战士为修建这条铁路做出的贡献。我们把车开到离桥墩最近的地方，向英雄熊汉俊致敬！

哪有什么岁月静好，只不过是有人替你负重前行，我们一定要珍惜现在的幸福生活，不辜负那些革命先辈们的付出。

7 月 22 日——

山越爬越高，雾很大，海拔也越来越高，空气越来越稀薄……

拥军小分队上午 9 点 40 分到达海拔高 5374 米的甘巴拉英雄雷达站。这里是一个缺氧但不缺精神的地方，我们拥军小分队战胜了氧气稀薄的雪域高原，和我们英雄的甘巴拉雷达站的战士们在一起……

雷达站空气稀薄，又冷，战士们把军大衣披在我们身上，又让我们吸氧气。在雷达站工作了二十五年、服役二十八年的一级军士长王胜全带我们参观，并给我们介绍了雷达站的发展史和光荣史。彭兴隆为官兵们吹奏口琴《我和我的祖国》，王国强为战士们演唱《小白杨》。在呼吸困难的海拔高 5374 米的雪域高原上，他们要有多大的毅力啊！不是他们有当兵的经历和对战友们的热爱，怎能在缺氧的高原上放歌、吹奏！

7月23日——

亲们早晨好！我们拥军小分队于 7 月 22 日上午上了海拔高 5374 米的甘巴拉英雄雷达站，中午告别官兵后，就向日喀则亚东县方向走。

看这西藏的天，看这西藏的云。西藏的云洁白圣洁，西藏的云浓得推也推不开。我好想伸手扯一片云，织成一条条圣洁的哈达，献给驻守在雪域高原的金珠玛米。

我们拥军小分队登上了海拔高 4655 米的詹娘舍哨所，看望驻守在国门的官兵们。

我把我珍贵的国画牡丹图献给詹娘舍哨所，表达对雪域雄鹰——边防军人的敬意！

詹娘舍，藏语是“雪山孤岛”的意思。

该哨所因独立山尖，云遮雾绕，又被称为“云中哨所”。詹娘舍哨所四周全是 85° 坡度的悬崖峭壁，哨所风大，以前官兵站岗时，只能腰拴背包绳，防止被狂风卷下山崖。

向边防军人致敬！

7月25日——

我知道乃堆拉哨所，是在很多年前，从藏族歌手泽旺多吉的一首《我想回拉萨》中得知的。

歌词中唱道："我想回拉萨，看看美丽的布达拉，再喝一碗青稞酒，再品一回酥油茶。我想回拉萨，看看雄伟的珠穆朗玛，再游一回纳木错，再登一次乃堆拉……"

听泽旺多吉唱到"再登一次乃堆拉"，当时我就想，这乃堆拉指的是什么？我问"度娘"，原来乃堆拉，藏语译为"风雪最大的地方"。这里风雪雷雾四季不断，每年平均有四个月大雪封山，有时达半年以上，大雾笼罩长达两百多天。海拔 4400 米的乃堆拉有个哨所，与印军哨所阵地仅一网之隔。

自从知道乃堆拉哨所后，我就有了一个心愿：去登一次乃堆拉，去看望哨所的官兵……

这里的山脊高过云头，这里的太阳晒化石头，这里的孤独没有尽头，这里的哨所守望在高天里头，这里的思念藏在心头，这里的尊严高昂着头，这里的深情没有尽头，这里的士兵把使命扛在肩头。

我们拥军小分队的王国强，1983 年入伍后在这里服役了三年，唱了三年的歌，被官兵们誉为"雪域哨卡百灵鸟"。重回高原哨所，激动的神情在王国强脸上飞扬，他以深情的歌声为战友们送上诚挚的问候和祝福。

今天是 7 月 25 日，早餐后，我们与英雄的雪域高原哨所的官兵们道别时，教导员给我们献上圣洁的哈达，英雄的官兵列两队在军营大门口欢送我们。我把心里的恋恋不舍化成了热泪，涌出了眼眶。英雄的乃堆拉哨所的亲人金珠玛米，再见了！英雄的詹娘舍哨所的亲人金珠玛米，再见了！云中哨所的亲人金珠玛米，再见了！

你们都是雪域高原的雄鹰，祝你们阖家幸福安康！扎西德勒！

7月26日——

拉萨，卓玛回来了……

拉萨，外婆的家乡，我的故乡！

7月，是拉萨多雨的季节。下午去布达拉宫广场走走，时不时下雨，在“天上西藏邮局”房檐下躲雨、等车，看到立在邮局门口的邮筒，感到特别亲切，想起家里存放的宝贵的几千封盖着红色三角邮戳的，从各个军营的兵儿子、兵女儿处寄来的信……

7月27日——

拉萨，再见了！

为了肩上的使命和责任，不能在这块让我时常魂牵梦萦、心心念念的故土停留，只能匆匆路过。

再见了，我的故乡——拉萨！

下一站：“兵城”格尔木。

东方天际，满天红霞。

乔文娟身着没有领花肩章的迷彩军装，带领拥军小分队向着军旗飘扬的方向——格尔木奔去。

这座因军而建、因路而兴的“兵城”，全城一半人口都是军人，骨子里流淌着浓浓的国防血液。

驻守在此的32356部队官兵，翘首盼望着兵妈妈的到来。乔文娟将为官兵们讲授《传承红色基因，牢记初心使命》。拥军小分队的成员还要和战士们联欢。

之后，她必须日夜兼程赶回洛阳。

2020年10月20日上午，在全国双拥模范城（县）命名暨双拥模范单位和个人表彰大会上，洛阳市再次荣膺“全国双拥模范城”。至此，洛阳市已连续八次获此殊荣。

“八一”到了，她要到洛阳驻军一线兵营慰问。

她要看望她的兵儿子。

她要慰问抗美援朝老兵和“两参”老兵代表。

8月1日上午，乔文娟拥军优属服务中心、中国拥军网心连心艺术团将在东方宾馆举办“庆祝中国人民解放军建军九十四周年暨中国拥军网创建十七周年”的文艺活动。

最美的迷彩永远在路上……

在拥军的路上，乔文娟奔跑着；在拥军的路上，无数个“乔文娟”奔跑着。

那一抹国防绿，永远绽放在他们的心田！

这绿，是硝烟散尽后生命对阳光的诉说；这绿，是悬挂在和平年代耳边的警钟；这绿，是流动在21世纪中国版图上吉祥的风……

图书在版编目（CIP）数据

兵妈妈 / 骆自星著. -- 北京 : 中国文史出版社,
2022.1
ISBN 978-7-5205-3325-6

Ⅰ. ①兵… Ⅱ. ①骆… Ⅲ. ①纪实文学－中国－当代
Ⅳ. ①I25

中国版本图书馆 CIP 数据核字（2021）第 221068 号

责任编辑　牟国煜

出版发行：**中国文史出版社**
地　　址：北京市海淀区西八里庄 69 号院　邮编：100142
电　　话：010-81136606　81136602　81136603（发行部）
传　　真：010-81136655
印　　装：廊坊市海涛印刷有限公司
经　　销：全国新华书店
开　　本：710×1020　1/16
印　　张：17.75　　　字数：273 千
版　　次：2022 年 1 月第 1 版
印　　次：2022 年 1 月第 1 次印刷
定　　价：59.80 元